Preference of Poseidon

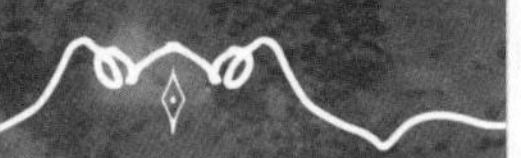

有的人愿意面向未来，

有的人愿意留在过去。

我也是今天才明白，死亡并不代表遗忘。

那我明晚游去对岸，灯火通明的地方就有人在挂念你了。

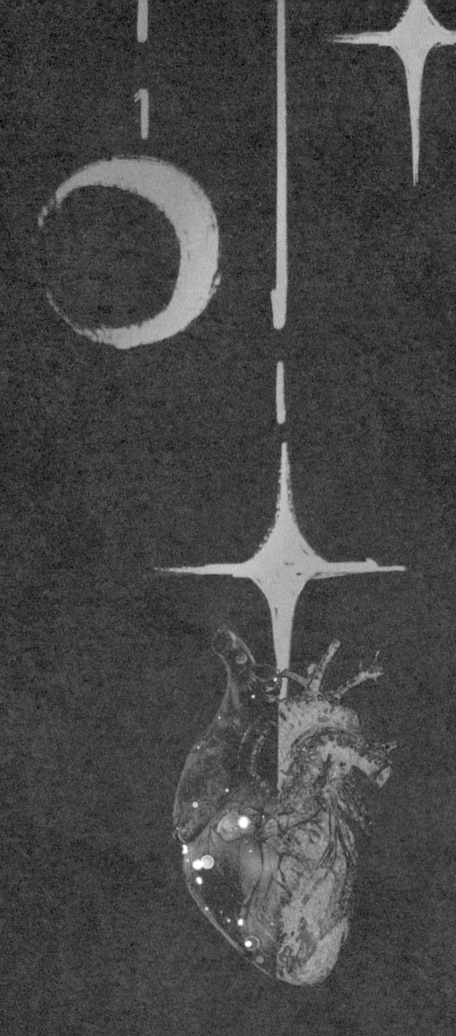

Preference of Poseidon

海洋有两颗心脏：一颗是生者之心，

就在我胸腔里，是海洋亿万生命的源流；

另一颗是死者之心，死海心岩，汇聚深海往生者夙愿。

目录

Contents

第一卷

线与发条：咒使者

第二卷

金绿蓝三色：孔雀尾羽

第三卷

因果轮回：地狱一夜

第四卷

海与潮汐：生命轮回

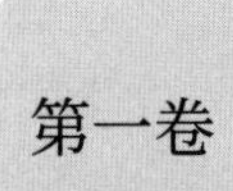

第一卷

线与发条：咒使者

第一章

交换学员

前往机场的大巴行驶在凌晨 4 点的公路上，窗里窗外一片黑暗。整辆车里只有兰波的鱼尾和萤的屁股亮着，一个蓝光一个绿光。

这次与 PBB 军事基地的交换训练总共有二十位成员参加，学员的名单是白楚年拟定的，包括刚进入搜查科的萤、小丑鱼和獴，还有在蚜虫岛考核中脱颖而出的毕揽星、陆言和萧驯，以及余下几位成绩排在前十名的学员。

医学会派韩行谦为代表，带了两位医生参与交换训练。相应地，PBB 雷霆援护小组也派了年轻医生中最出色的三位到 IOA（国际亚体联盟）学习。

技术部派了段扬和助手过来。听说 PBB 军事基地新购入一批高新技术设备，像段扬这种技术大佬、机械达人绞尽脑汁地想去看看。

兰波的作息时间很健康，枕着车窗打瞌睡，偶尔鼻子里会冒出一只小的蓝光水母，再随着呼吸缩回去。

白楚年今天总是站起来从行李架上拿东西，时不时拿包纸巾。

他回头看见兰波已经在梦里啃了半个窗帘了，赶紧让兰波继续睡，给被吃了一半的窗帘打了个结，装作无事发生。

小丑鱼和白楚年之间只隔着一个过道，萤坐在他旁边靠窗的位置。

白楚年盯着小丑鱼的脸看了半天："我怎么记得你以前是单眼皮来着？"

小丑鱼："……这个……"

陆言扒着车座靠背，从上边冒出来："对，我们都觉得小橙长得越来越好看了，眼睛变大了，皮肤变白了，腿也变长了。他们说是因为十八岁了就会变好看，我十八岁的时候也会变好看吗？"

白楚年训他："你也就这样了，谁让你站起来的，坐下！"

毕揽星用藤蔓把陆言从危险的地方拉下来，将藤蔓作为安全带卷着他："你已经够好看了，阿言。"

小丑鱼不好意思地挠挠头。因为那句翻译，王赐给了他美貌。自从收下兰波赠予的蓝光水母之后，于小橙每天收到的情书越来越多，以至于他现在看见人就拉上萤一起跑。

而且他的共生召唤物海葵也发生了变化，从前金黄色的海葵变成了灿金色，并且覆盖了一层幽蓝色的花纹，看起来璀璨炫目。

白楚年示意小丑鱼把同样靠着车窗睡觉的萤叫醒："让他注意点，别动不动屁股就亮起来，出任务容易暴露。"

"萤最近分化到 M2 级了，有点控制不住溢出的能量，所以屁股老是亮着。他也很苦恼，都失眠好几天了。"

一听这原因，白楚年乐了，让小丑鱼找条毛毯给孩子盖上，别给冻着了。

韩行谦坐在后排的长座位上闭目养神。萧驯坐在他旁边，感觉韩医生一直闭着眼睛不动，可能是睡着了，就悄悄靠近他身边，手放在膝头端正地坐着，尾巴摇起来。

从监狱回来后，韩医生一直很忙，两人说话的机会少了许多，中间韩医生发消息让他过来一起吃饭，萧驯觉得周围都是医学会的老师，他去不太合适，就婉拒了邀请。后来想想，又担心韩医生会因此不高兴，萧驯这些天一直都在想这件事。

坐了一会儿，他觉得韩医生是真的睡着了，于是小心地使用 J1 亚化能力[1]“万能仪表盘”，想看看韩医生的心情怎么样。

情绪占比：

——愉悦 50%；

——好奇 30%；

——戏弄 18%；

——欲望 2%；

…………

测出这样奇怪的心情数据，萧驯也很摸不着头脑。虽然他能检测出目标的情绪，但他不能判断这种情绪是怎么产生的，一时头脑混乱。

“测到什么了？”一个悦耳平和的声音在耳边响起。

萧驯僵了僵。

“你在检测我吗？”韩行谦唇角带笑轻声问，“你的亚化因子[2]很好闻，向日葵。”

萧驯低下头。

---

1. 亚化能力：指每次亚体升级，必然获得一种与自身亚化特征相关的主动性能力。
2. 亚化因子：物种与相关的基因讯息，带有气味。

“含羞草更适合你些。”韩行谦用圆珠笔帽理齐他翻折的衣领。

“那个……”

“嗯？不过，这个数值在亚体[1]中算是很低的，你不如去测一下白教官。”

韩行谦坦然的态度反倒让萧驯觉得是自己狭隘了。既然韩医生这么说，他就暗促促地测了一下白楚年的情绪数值：

欲望 50%—90% 区间快速变化；

发疯 10%—50% 区间快速变化。

万能仪表盘的数值面板混乱到模糊。

韩行谦看着小狗，食指抵在唇边强忍笑意：“看到了吗？正常亚体都是这样的数值。”

萧驯迅速关闭了万能仪表盘，太可怕了。

韩行谦轻声安慰：“经常被亚体的亚化因子冲击，亚化细胞团[2]会引发一些过敏症状。你可以靠我近一些，这样公狮子的亚化因子就不会冲击到你。”

“哦哦。”萧驯往他身边蹭了一点。

最后一排只有他们两个人，大巴在公路上小幅度颠簸，没过一会儿，萧驯就困了，抱着背包合上眼睛。

大巴将他们送到航站楼外，白楚年整队点名核对人数。不一会儿，一辆路虎在他们面前停下。

“我应该来送你们，”金缕虫推开副驾驶车门下来，“但我找大巴的时候迷路了，等我到了，你们已经走了。”

---

1. 亚体：文中设定世界中的人类统称。
2. 亚化细胞团：可以传递亚化因子。

“这么客气呢，谁送你来的？”白楚年看了眼驾驶座，木乃伊手搭着方向盘，转过头面向他们。

金缕虫动了动指间的蛛丝，木乃伊停车熄火，走下驾驶座，打开后备厢，从里面拿出一个手提箱，来到金缕虫身边。

金缕虫打开手提箱，把礼物送给白楚年。

箱子里面是一些蛛丝织的东西，金缕虫给白楚年织了一件衬衣，给陆言织了一副耳暖，给毕揽星织了两只冰袖，给萧驯织了一双护膝，给兰波织了一个套在尾巴尖上的绒球帽子。

“会长说那里很冷，我的丝很保暖，也很坚韧。”金缕虫慢声细语嘱咐他们，“你们不在的时候，我和哥哥也会帮会长分担一些琐事。”

客机起飞，白楚年透过窗户看到底下越来越小的景色，金缕虫和木乃伊坐在车顶上朝他们挥了挥手。

兰波相比第一次坐飞机时淡定了许多，绑着安全带坐在白楚年身边。

“好可爱。”兰波很喜欢金缕虫织的小帽子，戴在尾巴尖上摇一摇，绒球跟着晃动。

白楚年望着窗外的天空：“你说得对。有的人愿意面向未来，有的人愿意留在过去。我也是今天才明白，死亡并不代表遗忘。

“我去调查过了，邵文璟名下的财产是他自己转移的，可能是知道凶多吉少吧，他把所有的钱都留给金缕虫了。”

白楚年从平板上找出一份资料给兰波看：“而且我从他家密室的床底下发现了一个用蛛丝封存起来的 U 盘。技术部破解了 U 盘，里面存着邵文璟那一年里调查得来的关于研究所的线索。”

"写了什么？"

白楚年放大指给他看："这是邵文璟生前总结的文档，109研究所的高管蜂鸟艾莲，现在已经是研究所的'一把手'了。

"你还记得我们在ATWL考试里拿到的文件A吗？讲的是17世纪初暴发了一场飓风病毒瘟疫，之后人们后颈生长出了亚化细胞团，一位欧洲魔术师当众表演飘浮魔术，最后长出翅膀飞走的事。一部分医生认为魔术师当时达到了M2级，亚化细胞团觉醒类型为蜂鸟。

"那份文件里没提到魔术师的性别，我的惯性思维觉得那是个强亚体。但是，也有可能是个弱亚体，弱亚体留下和自己同种族亚化细胞团后代的概率要远远大于强亚体。"

"拥有蜂鸟亚化细胞团的人类有很多。"兰波不觉得他这种思维跳跃性太强的联想有什么意义，"就算艾莲是蜂鸟魔术师的后代，又能怎么样？"

白楚年说："如果能证明他们之间有血缘关系的话，就能印证我的许多猜想。一开始，我也觉得他们制造特种作战武器只是为了发军火财，但是也不一定。

"你看，金缕虫是他们早期改造的实验体。"

"那蛇女目呢？"

"他的中位编号是5，意思是他的最初形态到最终形态之间拟态程度为50%。像你一样，你拥有人鱼和蝠鲼两种形态，拟态程度也是50%，所以你的编号是857。"

"你想说什么？"

"我以为蛇女目原本是条蛇，他被改造之后上半身生长出了人类拟态。那有没有可能，他原本是人类，改造之后才出现蛇尾？那样的话，他中位编号还是5。嗯……我不确定。等到军事基地以后，应该会讨论这件事，有了猜想，就会开始调查。”

“归根结底不是我们的错。”兰波手臂搭在白楚年的肩头，悠闲地摇动尾尖，“人会为高傲和自大付出代价，109 研究所也一样。”

“对了，我们现在去哪儿？”兰波向来听二不听三，随时随地想干什么就干什么，也根本不在乎。对他来说，无知和真相都不过是漫漫人生里短暂经过的瞬间罢了。

“先去红桃岛，PBB 狂鲨部队来接我们去军事基地。到了以后，应该会先安排住宿，再分配训练。”

兰波皱眉：“你去当教官，那我干什么？”

“当我学员呀。”

度过了二百七十年的鱼生，兰波第一次从人类宿舍醒来。这是一间通铺，PBB 特种部队的人给来交换训练的几位 IOA 学员加了几个床位。

兰波是被凌晨 5 点的集合哨音吵醒的，他揉着眼睛从硬板床上坐起来，身体醒了脑子还没醒，看着自己的尾巴尖发呆。

一只刺猬走到他床边，轻轻晃醒他：“队长吹哨了，再不整理内务出去集合，队长就进来打人了。”

陆言睡在兰波旁边的床上，虽然他娇生惯养惯了，但在蚜虫岛也习惯了这样的训练作息时间，所以也没多少不适应，见有人去晃兰波，顿时精神一振，兔耳朵竖起来，对那个穿着 PBB 战士服的刺猬轻喊了一声：“天哪，别碰他啊！他有起床……气……”

此时，兰波已经抓住了刺猬的脖颈，将他提到自己面前，幽蓝的眼瞳光芒涌动，低沉道：“noliya bigi，nowa weiky Siren。（失礼的人类没有资格唤醒塞壬。)”

然后，兰波释放出高阶亚化因子，整个房间都被白刺玫气味的压迫因子充满。

“A……A3……？”刺猬吓得立刻缩成一团，背刺全竖起来，扎了兰波的手。

“aaaa。”兰波扔下刺猬球吹了吹手，刺猬球自然掉落在他尾巴上，把兰波扎得从床上弹了起来，吸附到了铁质窗框上，又被没有遮盖的暖气管道烫了一下尾巴。兰波吃痛地甩了甩尾巴，狠狠盯着刚刚烫到他的暖气管，蓝色鱼尾渐渐转变成愤怒的红色。

陆言和萧驯赶紧跑过去把快要发飙的兰波从窗户上扶下来。别人不知道兰波发怒的威力，他俩可是见识过的，一旦激怒了兰波，这栋楼还能不能保住都不一定。

所有人都看了过来，房间里高阶亚化因子的压迫感异常沉重，几个低阶亚体被压迫得站不起来。

“哥，算了，算了。”陆言搂着露出尖牙的兰波的腰把他往回拽，萤和小丑鱼在边上劝。

被小兔子抱着怪软乎的，兰波的鱼尾又恢复成蓝色，平静下来。

兰波轻蔑地哼了一声，打算宽恕这个乳臭未干的小孩。

但这边的骚动引来了队长。

他们住在PBB狂鲨部队的宿舍，因此归狂鲨部队管理。鲸鲨队长踹门进来：“看看表，几点了，等会儿挨罚的时候，再给老子闹？”

他一抬头与兰波目光相接，心里动了动。

真是巧了，人鱼居然是IOA派来的交换学员，这下可有意思了。

他故意板着脸走过去，站在兰波面前，释放出M2级压迫因子，指着兰波凌乱的床铺问：“为什么不按规定叠被？”

兰波漫不经心地抬起眼皮：“我没叠过，不知道怎么叠。”

鲸鲨知道兰波能力很强，在M港也见识过他的实力了，实力强就容易高傲。但就算是IOA派来的交换学员，这态度也太嚣张了，必须好好管教一番。

“还看什么，都出去集合！”鲸鲨抬高嗓门，让其他人都出去，然后看着兰波说，“你留下。”

IOA的人们不放心地跟着人流走出去，频频回头望兰波。

“IOA向来没规矩，这我知道。看着，老子教你怎么叠被。”鲸鲨把兰波摊在床上的薄被铺开，然后熟练、快速地叠成规整的方形。

“学会了？”鲸鲨问。

兰波坐在床边，手肘搭在床栏上，懒懒地看了一眼。

以往，只要鲸鲨一放压迫因子，学员们就麻溜地乖乖听话，没想到这次却没作用了。

鲸鲨抖开刚叠完的薄被：“按我刚刚教的重叠十遍。”

兰波支着头斜倚在床栏边，轻轻挑眉：“小子，你父母给予你宝贵的生命，不是让你来我面前找死的。”

鲸鲨被他这话给整愣了，半天没想出该接一句什么话好。

他的耳边突然响起电流的嗡鸣声，一股近乎恐怖的压迫力从他头顶降了下来，白刺玫的浓郁馨香剧烈冲击着他的亚化细胞团，鲸鲨小腿一软，勉强撑住了床。

“A3……你三阶分化……”鲸鲨捂住闷痛的脏器，却感到还有另一重压迫力蕴含其中。

这股强大的力量不仅仅来自 A3 级亚化细胞团，还有物种压制。

鲸鲨在水生型亚化细胞团中已经算顶端物种，能够对他形成物种压制的亚化细胞团寥寥无几，更何况还是一个弱亚体。

“年轻人，你还嫩了点。”兰波提起床上的薄被，搭在鲸鲨手上，“帮我叠好，我先去集合了。”

他在钢结构楼房间吸附爬行，走得稍快了些。第一天训练就迟到，小白知道了会不高兴吧。

好在抵达时海葵副队正在报数点名，他刚好赶上。这里气候干冷，气温接近 0 摄氏度，队员们为了方便训练，都穿得很单薄，冷风一吹瑟瑟发抖。不过，兰波觉得这个温度刚好合适。

昨晚，白楚年并没在宿舍休息。他们抵达军事基地后，连夜商讨如何安置和教育实验体。

早在监狱行动前，PBB 就已经做好了收容实验体的准备。但白楚年对实验体更熟悉，为保险起见，夏少校希望多听听白楚年的建议。

鲸鲨队长敲开门，少校抬头看他：“什么事？”

鲸鲨不好直说，把白楚年叫了出来。

“怎么了，魏队？”白楚年后背靠墙，手插在裤子兜里。

鲸鲨名叫魏澜，PBB 狂鲨部队一队长，负责这次学员交换训练工作。

“你学员里有个叫兰波的人鱼，对吧？”

“啊，对，是我的学员。”

“他今天没整理内务，被也不叠，等我叠呢。”

白楚年见他气势汹汹地过来，还以为兰波把人家战舰击沉了，顿时松了口气：“噢，没事，你不用管他。你把他的被没收了就行，他不需要盖被。”

魏澜：“不是我说，除了兰波，其他几个小孩那被叠得也是一言难尽。还有，人人用花里胡哨的毛巾、牙刷，摆起来那好看吗？你在 IOA 就是这么要求你的队员的？”

白楚年一怔：“这是什么大不了的事？五颜六色，那不挺好看的吗？”

魏澜气不打一处来，搓了把脸，撑着被兰波的高阶亚化因子压痛的腰与他争执：“他们现在还小，还没养成好习惯，你不严格要求他们，长大了坏毛病都改不了了，你这是害他们。啧，得亏你们来这儿交流了，不然我都不知道你们 IOA 那边这么大毛病。”

“得，别生气，魏队，回头我教育他们。”白楚年翘着唇角给他递了根烟。

从表情上根本没看出他吸取到什么教训了。俗话说，伸手不打笑脸人。魏澜看着他手里不超过八块钱的烟，更无语地揉了揉脑袋。

“等我会儿，我还有最后一句话，回去说完了就跟你走。”白楚年稳住魏澜，把没点燃的烟叼嘴里，推门回去，撑着桌面道，“关于如何教育实验体，我的建议是，打服就可以了，打服他才会好好听你说话。只服强者，这就是实验体的出厂设定。学员那边有点事，我跟魏队去看看，失陪。”

看着白楚年潇洒离开的背影，夏少校若有所思。

何所谓以为少校愠怒了，咳了一声打圆场：“我跟他打过不少回交道了，他这人就这样。其实，IOA 的人都这样，不好守规矩，跟咱们不一样。”

夏镜天却放下文件笑笑：“像我。让他安排吧，散会。”

白楚年跟着鲸鲨去了操场，他刚在学员跟前站定，队里的兰波就扬起尾尖晃了晃，朝训练他们的副队抬抬下巴：“你来得正好，这海葵训我呢。”

海葵，名字叫封浪，一头棕红色短发硬邦邦地支棱着，人倒是挺俊的，就是路走窄了。

白楚年跟他们副队打了声招呼，走到兰波面前站定，问他：“他训你什么？”

兰波冷笑：“训我站不直。”

白楚年扑哧笑出声来。

“你再晚来一分钟，我就会让他永远站不直。”兰波的尾尖缠着白楚年的脚腕向上蜿蜒爬动，“你笑什么？”

“没什么，觉得你好可爱。”白楚年不动声色地按住一直爬动的尾尖。

“你再捉弄我，我就让你当众出丑。”兰波轻轻扬唇，蓝眼微眯，“他们会觉得你是个对着学员撒野的教官吗？”

白楚年常年在身上备一块小的锋利的刀片，他的刀片就夹在左手指间，他悄悄抓住了兰波伸上来的尾巴。

他把细细的尾尖缠在指间，拇指轻轻揉搓。

兰波身体微微抖了抖，蓝色鱼尾泛起不明显的粉红偏光。

白楚年外表没有任何异样，在其他人眼里，白教官只是像平常一样站着。

“来吧，”白楚年面对着他，不怕死地轻声挑衅，“让我出丑。”

兰波直直地盯着白楚年的眼睛。

“我很高兴。因为只有我能驯服你。”白楚年把他的鱼尾缠在自己手腕上，压住脉搏，“感觉到了吗？”

尾尖的感知力极其敏锐，即使只是脉搏跳动，也让它像受到敲打一样。

兰波暗暗用力，想把尾尖收回来，低声威胁："你等着。"

"我等着你来教训我。"白楚年愉悦地弯起眼睛，"但是现在，把身体站直，屁股往回收，双手自然下垂，中指贴在你尾巴侧面的中线上，下颌微收，看前面，不要看我。"

第二章

地下训练场

“这位是IOA医学会的韩行谦韩医生。IOA特工组面对并战胜了进入恶化期的218号实验体甜点师，现在我们请韩医生为我们简单介绍一下当时的情况。”

PBB雷霆援护小组的医学专家们专注地围坐在会议桌前，查尔医生将激光笔递给了韩行谦。

聚集在同一张会议桌上的专家来自不同国家，语言各异，韩行谦只能全程用英语讲解。

他起身浅浅鞠了一躬，在屏幕上调出自己的PPT（演示文稿），上面是一些血腥的照片。不过，对医生们来说，这种场面只是家常便饭。

“甜点师的恶化是一管Accelerant促进剂引起的，Accelerant促进剂从他后颈亚化细胞团部位注射进去，药剂起作用后，原本只有10%拟态的蜜蜂实验体全拟态化，进化为蜜蜂形态，并且整体扩大了近十倍，无法控制自己的行为，攻击意图强烈。可以说，这才是特种作战武器的最终形态。恶化后，控制器不再起作用，人类武器无法伤他分毫。我们集中火力攻击了他的后颈亚化细胞团，在亚化细胞团严重受损的情况下，甜点师仍然能行动，并且具有修复能力。最后是由特工组搜查科长白楚年用泯灭亚化能力击杀了甜点师。也就是说，除此之外，也没有研究出其他方法能够使恶化期实验体彻底死亡。Accelerant 促进剂的专利在 109 研究所的蜂鸟艾莲手中，我尝试过仿制样品，但效果只能坚持 24 小时。”

一位医生举手提问：“从注射药剂到完全恶化需要多长时间？”

韩行谦回答：“16 分钟。在此期间，实验体尚未失去意识，但身体已经在向全拟态变化，并且开始显现破坏力。我们把这 16 分钟定义为‘恶显期’，恶显期实验体还没有进入无敌状态，在这个阶段摧毁亚化细胞团就能杀死他。”

“这个过程是不可逆的吗？”

韩行谦点头：“目前，还没找到从恶化期退化的方法。不过，我带来了一些甜点师的血样和组织切片，供诸位共同研究。”

查尔医生带头表示感谢。医生们纷纷转去实验室，对韩行谦带来的资料展开了研究和讨论。

在 PBB 雷霆援护小组工作的医生几乎全是行业内的前辈，在各个领域自有建树，与他们交流一上午，韩行谦感到头脑前所未有地通透。

韩行谦吃罢午饭，还没看见白楚年的影子，便去操场散步，看看学员们训练得如何。

学员们在做障碍训练，韩行谦走近时，看见白楚年优哉游哉地倚在沙袋边，旁若无人地大声说：“最后一项了啊，都打起精神来，最先完成的明早就不用叠被子了！”

PBB 的战士们对白楚年的允诺置若罔闻，他们早已习惯了整齐划一，不觉得这算什么奖励。IOA 学员这边就不一样了，听白教官这么说，一个个更有干劲往前冲。

“哎，我说你什么意思？”站在白楚年旁边的鲸鲨队长一听，挽起袖口就要上来跟白楚年掰扯。

何所谓也无奈：“你这叫什么奖励，这不是支持他们不守规矩吗？”

白楚年拧开矿泉水瓶，搭上何所谓的肩膀，喝了口水：“他们不是不想叠被，就是想跟别人不一样罢了。你们 PBB 部队要的是服从，我们 IOA 特工要的是主见，训练方向不一样，咱俩也没必要争论这个。”

说罢，白楚年又提高嗓门补充了一句：“那个，兰波不算成绩啊，别跟兰波比，你们也比不过他！”

何所谓气笑了：“你把他放在学员里干什么啊？”

“不好吗？”白楚年在指间转着打火机，火焰时而点燃，时而熄灭，目光却一直盯在兰波身上，“我想让他身上添一点烟火气。”

他转头看见韩行谦：“哟，来啦。”

韩行谦：“人选出来没？”

今天并非普通的日常训练，几位队长要挑选一些合适的学员去与实验体打交道。

“嗯，我们这边就挑于小橙。”白楚年说。

鲸鲨队长挑了一个旗鱼亚体，何所谓直接指了一个人去。

“其他人去休息吧。兰波过来。”白楚年朝兰波勾了勾手。

兰波从电网上跳下来。

“累了吗？晚上过来我们这边。”

兰波显然还记着早上的仇，头偏到一边：“不，我去海里睡。”

“真的吗？”白楚年眼神清澈地望着他，一脸无辜，仿佛早上的事不是他的所作所为一样。

兰波沉默不语，脸上冷淡，鱼尾上的细鳞却不自觉地动着。

“有没有觉得其实他们还挺好玩的。”

“一点点。”

白楚年带着他走过来，向几位队长介绍：“这是IOA高价聘来的陪练，A3级魔鬼鱼人形体亚体，兰波，你们应该知道的，排在世界通缉榜前十的857号实验体电光幽灵。”

“电……光幽灵……”鲸鲨魏澜暗暗咽了口唾沫，在心里为早上与他起争执的自己捏了把汗。

何所谓皱眉：“啊？”

“这事等会儿跟你细讲。”白楚年伸出手，“9100号实验体神使，很高兴与大家共事。”

魏澜：“你就是神使，世界通缉名单上第一个就是你，后来少校动用关系把你名字抹去了。”

白楚年回头问何所谓：“你怎么不惊讶呢？这不是我想要的反应。”

何所谓甩他一眼：“你爱谁谁。”

他们跟着韩行谦来到一个全封闭的地下训练场。

PBB军事基地从国际监狱一共接手了十四个实验体，各自关在不同的房间里。房间里面设备完善，独立卫浴，虽然算不上豪华，但起码没有苛待他们。

PBB军事基地和IOA从立场上都属于维和派，反对战争，反对像实验体这样的超级军火在世界上流通。但在过去的数年中，研究所已经制造并贩卖了逾十万只实验体，全部剿杀则违背了他们的初衷。

少校的意思是，希望能尝试着与他们和平交流，进而达到共存的目的。

但这些实验体普遍抗拒交流，除了一些处在培育期说话都说不清的，就是一些自视甚高向往自由的成熟期实验体，一下子都放出来不现实，只能按顺序一个一个教育。

在几位队长的共同看守下，他们在封闭场地中放出了第一个实验体——编号 7115 的红尾鵟实验体哈克。

编号首位 7 代表飞鸟型亚化细胞团，中位 1 代表 10% 拟态，即眼睛拟态，末位 15 代表攫取型能力。

他已经进入成熟期了，但分化级别比较低，只有 J1 分化，从他入手是个好主意。

哈克被几个全副武装的队员从房间里带出来，戴着手铐，不信任地扫视周围，眼睛里充满反抗的敌意。

白楚年让人把他后颈的控制器和手铐都取下来。

他很久不曾体会过取下控制器的轻松感了，闭上眼睛，仰着头感受着亚化细胞团的能量重新充满全身，修复着受伤的骨骼和筋脉。

“你们想要我做什么？”哈克终于开了口，“只要你们肯放我出去，我就答应替你们暗杀几个仇人。”

白楚年：“巧了，我们希望你不杀人，不引起混乱，按时学习一些人类社会的规则。”

哈克愣了愣，不无嘲讽地笑起来。

“让我学人类的东西，我不愿意！”哈克油盐不进，席地坐下来，“我头脑里掌握着先进的武器技术，不需要学这些弱小生物的东西。”

“弱小生物吗？”白楚年抬抬下巴，“小橙，你上。”

于小橙紧张地搓搓手，其实除了那次在恩希医院协助援救，他还没有别的拿得出手的实战经验。

见上来的是个弱亚体，哈克更觉得好笑了。不光他，站在旁边的几个队长也觉得于小橙没什么胜算，毕竟对手是实验体，在没有等级压制的情况下，一个弱亚体不好取胜。

然而，事实并非如此。

于小橙一进入场地，立刻启动了 J1 亚化能力“触丝海葵”。这是一种非常罕见的共生召唤型能力，于小橙正是凭借这一能力，在他那一代的训练生中始终保持着前三的名次。

于小橙拥有金色海葵的辅助，就相当于场上有两个战斗力，海葵放毒控制，于小橙本人则负责正面强攻。

想要接近于小橙，就必然会被海葵的触手从背后缠住，并被注入毒素。可以说，于小橙面对任何 J1 级别的近战型对手都稳操胜券。

哈克最擅长快速贴身缠斗，但他接近不了于小橙，优势发挥不出来，几乎是被按在地上打。

全程观看战斗的几位队长交头接耳起来。

“不错啊。”

魏澜搭着封浪的肩膀，悄声道：“啧啧，是个小丑鱼。”

“倒是挺厉害的。”封副队抱臂靠着墙，欣赏的目光落在于小橙身上，“我说过，IOA 的小孩都挺生猛的。”

哈克以为他们其实是想以这种方法杀死自己，只好躺在地上放弃反抗。于小橙忽然停了手。

哈克缓缓睁开眼睛，于小橙的脸已经撑到他眼前，蹲在旁边小声问他是不是自己下手太重了。

是个人类亚体，脸颊泛着淡淡的粉色，睫毛长长的，长得很可爱。

哈克结结巴巴地回答："呃，没……"

白楚年挥了挥手，把名字从名单上画掉："7115 哈克就交给于小橙了，下一个。"

第二个被领出来的是 324 号实验体无象潜行者。

无象潜行者等级高，实力也很强，看上去不好对付。

不过，刚被卸掉控制器和手铐，无象潜行者就举起手投降，眼睛看着地面，淡淡地说："我愿意承诺不滥杀人类、不扰乱秩序，努力学习。"

白楚年早知道无象潜行者不会反抗，支着头看他："你手里拿着什么？"

无象潜行者手里攥着一张磁卡，他低着头，默默走到白楚年面前，给白楚年看了一下，白楚年想接过来，但他紧紧攥着，不肯松开手。

只是一张军事基地的饭卡，可以去食堂吃饭用，但也仅此而已。

上面姓名一栏印着"夏小虫"。

"昨天，少校给我的，他说里面的钱够我吃很久。"无象潜行者轻声解释，"之前，他问我的名字，我没有名字，就随口起了一个。"

多数实验体都不是非常熟悉人类的语言形式，当然也感觉不出来起这么个名字有多傻。

白楚年没嘲笑他，只淡淡道："有名字是件好事嘛，比如，你认可这个名字的话，我就可以随时把你泯灭成玻璃珠了。"

“没关系，我想离他近一点。”无象潜行者轻轻摇头，拿着磁卡的手在身前绞动着，“你能帮我买一个本子和一支笔吗？我没什么能回报他的，他办公桌边的墙很空，需要一幅色彩庄重的画挂在那里。食堂阿姨说他们不卖纸笔，我买不到。”

为了确定与实验体的交流是否有成效，白楚年没一次性把十四个实验体都放出来，只挑选了三个容易控制的先做个测验，分别由一位学员负责引导实验体的学习。为安全起见，每个学员的实力都会高于他所负责的实验体。

配给无象潜行者的学员是狂鲨部队的一个旗鱼亚体，但无象潜行者看起来不是很积极。

白楚年摆了摆手：“没什么事的话，你们就先互相熟悉一下，明天开始学习。”

无象潜行者在白楚年身边磨蹭，他还不想回房间里。

“我想去看看少校。”他小声说。

白楚年翻看着手里的名单，在心里安排下一批实验体，随口回答：“少校挺忙的，你要是有正事可说，我就带你去见他。”

“我有。”无象潜行者局促地捻着指尖，“我有正事可以说。”

“好吧。”白楚年站起来，“那你跟我来。”

从地下封闭训练场到少校的办公室，走路的话大约需要 15 分钟。无象潜行者默默地跟着白楚年，他不爱说话，也不会主动找话题。

白楚年与他闲聊：“为什么给自己起这个名字？”

他的问题把无象潜行者从神游中打断，无象潜行者抿唇回答：“他第一次问我名字的时候，我说我叫夏苹果。少校那么在意别人感受的一个人，听到以后却忍笑忍得很辛苦。

“他引导我，说苹果放久了会生小虫。

“可我当时头脑一片空白，于是改口说我叫夏小虫。

“等回到监狱，我想了很久，才明白我又理解错少校的意思了。人类的语言好复杂，真实存在的事物放在名字里会令人发笑，但这是我的问题。‘夏’这个字放在名字里很好听，就算取笑我，我也不会改变主意。”

“到了。”白楚年在一扇虚掩的门前停下，送无象潜行者进去。

少校正在伏案写字，手边摆着电脑和地图。

“你们坐，稍等我一会儿，这份报告比较急。”夏镜天说。

无象潜行者乖乖地坐在沙发上，目不转睛地看着少校，看他低垂的眉眼。

5分钟过后，夏镜天抬起头，把电脑关上，简单收拾了一下桌面。

无象潜行者还在发呆，白楚年轻轻拽了他一下：“少校看你呢，说话啊。”

他身子一震，小心地整了整衣服，低着头说：“我……可以回答问题。”

夏镜天温和地笑笑：“不用紧张，也不是第一次来了。”

“嗯……嗯。”

实验体的成长速度是人类的数倍，虽然距离上次见少校只过去了不到一年时间，但无象潜行者的心智比从前成熟了许多，明白了两人之间身份的鸿沟，反而拘谨起来。

夏镜天看向白楚年：“三棱锥小屋事件是你处理的吧？你们应该也熟悉，你有什么疑点要问吗？”

“有，有有有。”白楚年一直苦于接触不到无象潜行者，许多问题迟迟没有答案。

他在三棱锥小屋里拿出的手提箱有两个药剂嵌槽，却只有一支 HD 药剂[1]放在里面。起初，他怀疑无象潜行者注射了那支药剂，因此获得了一种与模仿相关的自体复制能力，险些从抓捕中逃脱。

HD 药剂中的活细胞会与亚化细胞团细胞融合，催生出伴生能力[2]，是无法被代谢掉的。只要他注射过，他的亚化细胞团中就一定会留下 HD 药剂作用的痕迹。

但后来韩行谦说，无象潜行者体内并没有检测到 HD 药剂残留。这也就意味着，无象潜行者没有注射 HD 药剂，那个自体复制的能力也是他用 J1 亚化能力“镜中人”模仿来的。

白楚年问他：“你逃出来的时候，拿了几支 HD 药剂？”

无象潜行者回答：“一支。箱子里只有一支。我是从一个研究员手里抢来的。”

“什么研究员？”

“109 研究所的研究员，他已经死了。”

“怎么回事？”

“我还在研究所的时候，需要定期到测试室做检查。最后一次检查时，高层讨论后认为我没有达到他们的预想状态，决定销毁我。我看到蜂鸟艾莲已经在销毁同意书上签了字。他们想把我麻醉，然后推进焚化炉。我逃走了，逃出去的路上撞见了一个穿白大褂的研究员，他没戴名牌，我也没

1. HD 药剂：HD 横向发展药剂，注射后立即获得一种与亚化细胞团相关的伴生能力。
2. 伴生能力：有可能伴随亚化能力一起产生的被动性能力，一般为没有攻击性的辅助能力。

见过他，他看起来三十多岁，是个灯塔水母亚体，他手里拿着那个手提箱。他看见我了，我觉得他是来抓我的，所以抢了他的手提箱砸了他的头，然后逃跑了。我刚离开研究所大楼就听见了枪声，被我抢了箱子的那个研究员心口中弹，从窗口摔了下来。他死了，我确定他死了，这一点不能怀疑。但我也不知道研究所的保安为什么要杀他。”

白楚年在他的叙述中发现了疑点：“你当时打开手提箱看了？里面有什么？”

无象潜行者点点头：“躲在餐厅后厨的时候，我打开看了，里面有一支HD药剂，另一个嵌槽是空的，我没动过。我只知道这个东西很贵，因为它的标签是紫色的，研究所里贴紫色标签的药剂很少，都是非常贵的。”

“那你的自体复制能力是哪儿来的？”

“我的J1亚化能力可以模仿所有展现在我面前的亚化能力，那位研究员坠楼死的时候，自体复制能力就出现了，我的亚化细胞团自动捕捉了这个能力，然后模仿过来。那时候情况很紧急，我也没有多想。”

白楚年托腮看着窗外，看着像在溜号，实际上已经将事件在脑袋里模拟了好几遍。

“研究所到底做了多少支HD药剂？”白楚年自言自语。

“两支，只有两支。”无象潜行者笃定地说，“我进入过资料室，我可以复制出资料室中所有的文件内容，B-4-89书架第三排左数第二格放的是库存统计文件，上面写着‘HD横向发展药剂自K029年研发起，只成功制造了两支’，我是K030年逃走的。”

夏镜天十指相交托着下巴：“今年已经是K034年了，我们不能确定这些年间他们又生产了多少。”

白楚年看着窗外说：“我也是K030年离开的培育基地，到现在已经四年了。”

他从手腕上的电子屏中调出一份文件：“韩医生说，他从HD药剂中最主要的活细胞里检测到了我的DNA（脱氧核糖核酸），我的DNA是制造原料之一。”

“研究所一定留过你的样本。”

“嗯，但很多证据表明，他们留下的样本是不起作用的。”白楚年指出这段时间他在任务中发现的异常之处，“我在加勒比海遭遇809号实验体克拉肯时，发现了大量我的复制体；在M港拦截红喉鸟货物时，又发现了数量繁多的白狮幼崽。四年过去了，如果他们能用我的DNA制造药剂，一定已经成功了，不需要再做这些无用功。也就是说，他们虽然拥有我的DNA，却再也造不出药剂了。”

夏镜天对此很感兴趣，身体前倾专注地听着：“为什么？”

“我和出生时不一样了。”白楚年摊手，“因为兰波。我的DNA突变了，里面的原理很难解释，但兰波就是拥有这种力量。”

“你并不是离开研究所之后才突变的，他们会尝试你各个生长阶段的样本，总会有成功的机会，这不成立。”夏镜天支着头，很快找到了这套逻辑中的破绽，“一定还有别的原因。”

“好吧。”设想被推翻，白楚年也没有别的线索了。

但事实就是，自从白楚年离开研究所以后，研究所再也没能造出任何一支HD药剂。

“你还有什么想说的吗，”夏镜天看向无象潜行者，淡笑着问，“小虫？”

无象潜行者坐在沙发上结巴着回答：“等我想到了，就告诉你们。”

“嗯，时间不早了，小白先回去休息吧。小虫留下，我还有些话说。”

"好。"

昨夜就没睡，今天又看了一天训练，精神也着实有点疲惫了，白楚年从大楼里走出来，回了 PBB 给教官准备的单人宿舍。

白楚年的房间在走廊最里侧，刚好路过何所谓的宿舍，他屋门四敞大开的，白楚年就把头探进去看了看。

好家伙，真整齐，床铺得跟地板似的，地板干净得跟床似的，军被叠成四方块，毛巾有棱有角地晾挂着，基本上眼睛能看见的东西都是清一色蓝绿的，垃圾桶里没有垃圾，桌子上没放东西，衣钩上没有衣服，所有设施都没起到它们应有的作用。

看不出来，老何外表看着糙，私下里居然这么细致。

他刚走没几步，就听见身后有脚步声，回头一看，姓贺的那俩小狼一人端个盆子，一人拿个抹布进去了。贺文意蹲在地上认认真真擦地板，贺文潇从床底下拿出昨天没洗的袜子，泡在盆子里用肥皂搓，边洗还边笑着，长条尾巴能摇出火花来。

白楚年倒了回去，看了看门牌，是写的何所谓的名。

嘀，真是高看老何了，使唤童工有一手。白楚年啐了一口，回了自己房间。

他早就让兰波回来等他了，不过房间里好像没人，习惯性地看了眼门后，也不见踪影。

白楚年打开吊灯，白光照下来时，一条人鱼从房顶上扑下来，把他砸倒在地。

兰波手中拿着半透明的水化钢战术匕首，刀刃轻轻挨着白楚年的脖颈，低声道：“你完了！”

白楚年的手已经触到了袭击者的要害，看清是兰波以后才轻轻松了口气，摊开最脆弱的腹部仰面躺着，甚至故意伸脖子往他的匕首刃上碰。

一条细细的血痕印在了白楚年脖颈上，兰波一惊，手中的匕首立刻化成了水，把白楚年胸口浇湿了，背心贴在胸肌上透出轮廓。

白楚年释放出一股浓郁的白兰地酒香，脖颈上的细血痕快速愈合。

白楚年的房间有落地窗，窗外能隐约看见对岸海边林立的科研大楼的灯影。

兰波坐在落地窗边的秋千椅里望着海面，白楚年坐在地毯上，把笔记本电脑放在腿上打报告。

他需要把无象潜行者交代的线索发回IOA。

房间里光线很暗，兰波的尾尖抵在地毯上轻轻用力，自己摇动悬挂的秋千椅。

兰波望着海对岸的高楼，边慢悠悠地晃边问：“对岸大厦灯火通明的，人们在干什么呢？”

“对面是科研基地，这个时间可能都在工作吧。”白楚年盯着笔记本电脑屏幕，屈起一条腿，脸颊枕在膝头，指尖夹着一根烟，寂静的房间里敲打键盘的声音清脆悦耳。

兰波抱着鱼尾，双臂交叠垫着下巴：“那我明晚游去对岸，灯火通明的地方就有人在挂念你了。”

白楚年敲击键盘的手指顿了顿，眼睛不可遏制地溢满笑意。

笔记本电脑屏幕跳出一个提示，IOA总部发了加密邮件给他，他们的电脑都安装了技术部特制的反黑客芯片，以保证信息安全，不会被盗取。

打开邮件，里面带了一份金缕虫的口供，以及IOA秘密特工调查得到的情报。

IOA联盟特工组并不全是像白楚年这样可以随意露面的公开特工，还有一批暗中调查并执行任务的秘密特工。这些人的名单完全保密，除了会长和几位特殊高层，没有人清楚他们的情况，这些秘密特工始终在黑暗处为IOA带来不为人知的线索。

金缕虫交代了一个工厂的地址，说红喉鸟在M港被截获的那一批白狮幼崽，原本是要送到这家制药工厂的。

IOA秘密特工前往调查发现，这家工厂是109研究所的下属工厂，内部存放着一支HD药剂。

邮件末尾给出了一个坐标，标明了工厂所在的位置，并发布了一期任务：调查制药工厂的具体情况。

第三章

魍魎沙漏

IOA 总部下发了紧急任务，同时也向 PBB 发起了协助请求。白楚年和何所谓几乎是同时推开了宿舍门，两人对视一眼，已然心中有数。

白楚年边系纽扣边问："你们那儿出几个人啊？"

何所谓看了眼表："这种侦察行动我们露不了面，只能由你们潜入，我们在外边接应支援。"

"好。"

PBB 特种部队代表着军事基地的立场，他们不能在没有任何证据的情况下展开突击搜查行动。但 IOA 特工组就不同了，他们主要就是做一些明面上大家都不做，背地里却都在做的事情。

伯纳制药工厂建设在隐蔽的热带岛屿村落中，大多数人根本不知道这么一个制药工厂的存在。这里拥有天然封闭隐秘的地势、廉价的劳动力，以及能够培育种植稀有药材的土地。

根据 IOA 秘密特工传回的资料，伯纳制药工厂是一个环形建筑，从外到内共三圈，越靠近核心安保越严格，外层只做持有专利的药品，内层在做什么就不一定了。

白楚年这次多带了些人，分成两组：一组由韩行谦带队，萤、萧驯和陆言跟随；另一组由白楚年带队，兰波、毕揽星和那对氢氧双胞胎谭青、谭杨辅助。他们分别乘直升机接近制药工厂所在的海岛，以微型通信器随时联系。

有韩行谦的M2亚化能力“风眼”掩护，直升机靠近海岛也不会被侦测到信号，在夜色的遮掩下潜入了海岛。

“对一下表。”白楚年打开耳麦，“我们先进去看看情况。”

韩行谦：“好。”

白楚年回头嘱咐兰波：“你把尾巴灯关上，别亮起来暴露了。”

“麻烦。”兰波甩甩尾巴，贯穿尾骨的幽蓝暗光忽然熄灭。

“揽星。”

听到叫自己的名字，毕揽星立刻打起精神：“是！”

“噢，别紧张。你觉得我们怎么进去比较好？”

毕揽星认真思考后道：“嗯……我看过地图了，这个制药工厂总共六个进出口，F入口靠近走廊，我们可以……嗯……从F口进去。”

白楚年：“安保系统呢？”

毕揽星：“暂时短路掉，外层建筑的安保应该不会太严。”

“好，你来指挥吧。”白楚年向后退了退，让出一条路来。

“我？”毕揽星身子一僵，局促道，“我没实战经验。”

“这不就有了嘛。”白楚年从背后搭着他双肩，推着他向前走了两步，“我送你去学战术为了什么，你不能总想着靠我。放心，我就在你后边，有问题我提醒你。”

毕揽星定了定神，深呼吸了几次，硬着头皮按住微型通信器，沉声说：“毕揽星接手指挥线路。”

虽然因为紧张声线不太稳，但还挺有样学样的，白楚年挺满意。

F 入口一般由运送货物的卡车出入，安保人员相对较少，也更靠近内部仓库，只要找机会躲过红外探测器，就可以了。

兰波顺着地面爬行，无声地爬上了建筑外侧的墙面，顺着墙壁爬到了 F 口入口处。他负责把安保人员电晕，再使监测设备短路。

白楚年他们在隐蔽处等着，没过多久，兰波又爬了回来。

“这么快？”

“没有人，红外探测器也坏了，我走过去的时候，仪器上写着可以通行。”兰波摊开手，“地上有这么个东西，我捡回来了。”

白楚年接过来察看，是一个常见的皮质卡套，可以挂在脖子上，里面应该放着一张卡的，但卡已经被人拿走了。

“……有人比我们先来吗？”白楚年估算了一下时间，“还是故意引我们进去呢？不应当，我们行动的消息哪能那么快就走漏。”

毕揽星迟疑着问：“楚哥，我们还进去吗？”

“你决定，你是指挥。”白楚年把卡套揣进兜里。

毕揽星权衡了一会儿，决定再深入一段距离看看情况。伯纳制药工厂的外层建筑只是普通的钢筋混凝土结构，就算被陷阱困住，他们也有足够的能力撤离。

从 F 口进入，的确空无一人。走廊里的灯亮着，门口立着一个一人高的石膏雕像做装饰品，石膏雕琢的天使怀抱沙漏，沙漏看起来是玻璃质地，而且里面的白色细沙还在流动。

“这东西挺有艺术感的。”白楚年衷心夸赞。若搬回去送给锦叔，他肯定高兴。

毕揽星联络韩行谦：“我们在 F 口，监控室拿下了吗？”

韩行谦：“我在监控室，看到你们了，一路都很顺利，没遇到任何人，有点蹊跷。”

“嗯，盯一下监控，帮我们找一条安全路线。”毕揽星让谭青、谭杨跟着自己进靠门口的仓库，白楚年和兰波去拐角的仓库调查。

仓库里很昏暗，隐约能看出货架摆得满满的，地上堆放着一些杂物。白楚年捡起兰波的尾巴，来回撅了两下激起电光，举到面前照亮。

“小心点，别摔了。”

“只要你不拿我尾巴，我怎么都不会摔跤的。”

角落有套桌椅，桌面摆放着出入库记录本。白楚年把兰波的尾巴放到纸面上照明，从最近的日期开始翻看记录。

最新的一条记录是今天早上的，食堂进了一批新鲜水果，什么都有，种类繁多。毕竟，热带岛屿，水果很便宜，几乎没花什么钱。

最近出库的都是一些普通的药品。一拳厚的记录本，好在白楚年看得快，翻到了两年前的出库记录，在一堆细密拗口的药品名字里，夹着一个与众不同的名字——魍魉沙漏。

白楚年记忆力极佳，这个名字他从何所谓那儿听过。

何所谓说他们从 ATWL 考试中得到的文件里，有一份化验报告上写着“特种作战武器 613 魍魉沙漏”。

实验体编号首位 6 代表无生命体原型，中位 1 代表 10% 拟态，末位 3

代表窜改型能力。

任务里需要智商的环节，兰波基本上帮不上忙。他无聊地四处张望，发现桌边有个饮水机，正好他口渴了，他便从旁边拿了一个纸杯去接水喝。

这里的一次性纸杯形状很特别，正常的纸杯都是口大底小，这里的纸杯的形状刚好相反，口很小，底很大。

不过，不影响喝水。兰波早就学会了使用饮水机，优雅地按动冷水水龙头，等待水流进杯子里。

然而通过水管流出了一股沙子。

兰波看着自己接了满满一杯沙子，愣了半天，然后把杯子扔到一边，把饮水机上的水桶搬下来对嘴喝，最后把桶吃了。

“你们那边发现什么了？”白楚年问。

毕揽星：“墙上贴了一张去年的旧报纸，说万综集团创始人邱万综，八十岁喜得贵子，做了亲子鉴定，确定是亲生的。”

“……啊。”白楚年见惯了稀罕事，倒也没多惊讶。一般这种都是老夫少妻，年轻老婆出轨弄个孩子回来，大多数家庭都会当这是个丑闻吧，怎么还有在报纸上宣扬的。

“没别的了？”

“没有了，这个仓库里没什么东西，桌上有个放了很久的杧果，都干瘪了。”

“我们上楼去看看。”毕揽星说。

“别动，别出来。”

通信器中响起韩行谦的声音。

几人心中一紧，屏住呼吸，悄声藏进了离自己最近的掩体后边。

韩行谦目不转睛地盯着监控屏幕，离白楚年他们最近的监控正对着门口的天使雕塑。监控屏幕里，天使手中的沙漏逐渐漏完了沙子，玻璃沙漏中出现了两个戴着保安帽的骷髅头。

天使身上的石膏皮缓缓碎裂，他活动起手脚来，缓缓伸展身体，将沙漏上盖打开，用力压那两个令人惊悚的骷髅头，头骨和保安帽被碾碎成了雪白的沙子，顺着沙漏中间最细的管道缓缓漏了下去。

“他在蜕皮，那不是个石膏雕像，他身上的石膏皮变成流沙剥落了。他在动，怀里抱着的玻璃沙漏刚刚已经漏完了。是个少年。他的眼睛受伤了，是旧伤，药物导致的。我判断他处在失明状态，他在听你们的位置。”

韩行谦在通信器中告诉白楚年他们他从监控影像里看见的情况。

藏身在仓库里的几人都屏住了呼吸。兰波一点不惧他，想出去干一架，被白楚年拉回臂弯里捂住嘴。

“是 613 号实验体魍魉沙漏。”白楚年低头在手腕电子屏上按下几个字，发给爬虫，找他要一份关于魍魉沙漏的资料。

爬虫他们已经渐渐相信了 IOA 的立场与他们会达成共赢的局面，在国际监狱也帮了白楚年一把，表达的意思已经很明确了，白楚年向他们要情报也变得理直气壮。

但平常一向有问必答的爬虫迟迟没回复消息。

“怪了，这么个合作的好机会，怎么不抓住呢？”白楚年挠挠头发，转接了何所谓的通信，让他把所知道的关于魍魉沙漏的线索尽可能多地发过来。

何所谓带着队员在距离海岛 10 公里外的位置等待信号，看见白楚年的消息，努力在脑海里回忆了一会儿。

他们在ATWL考试中见过一份关于实验体613的化验报告，是从击败的敌方队员尸体上搜出来的。

化验报告上写着：

“特种作战武器613魍魉沙漏，培育期实验体，由无生命体被移植亚化细胞团后赋予高级芯片思维，从而拥有了情感和思考能力。”

除了这些内容外，病症之类的项目后都写着“空”，只有最后备注一栏潦草地写着一些观察结果——

“魍魉沙漏喜欢一动不动地站着或者坐着，注视和观察着周围人们的举动，有的时候可以连续保持96个小时不动，连眼睛都不眨。研究员送他过来只是因为他过于呆滞，检验发现他没有任何问题。”

关于魍魉沙漏，何所谓也只知道这么多了，尽量凭着模糊的记忆原样复述给白楚年。

“get（收到）。”白楚年总结了一下，“听起来挺好欺负的。”

但化验报告上没提到魍魉沙漏眼睛失明的问题，而且从只言片语中可以判断，那时候魍魉沙漏还能看见东西。

“揽星，我们抓住他。”白楚年说，“前后夹击，我数1、2、3，就冲出去。”

他们分别破门而出，白楚年朝抖落身上细沙的魍魉沙漏扑过去，毕揽星用藤蔓封死了他的退路。

魍魉沙漏面无表情地伫立着，身上和头上只裹了一条长长的白绸，遮住羞耻的部位，肤色接近白沙，眼睛上蒙着一层病态的白雾。唯独额头上呈倒三角形分布的一些镶嵌金边的绿色和蓝色圆点，让这个虚弱易碎的少年身上多了些微色彩。

靠近他后，白楚年看清了他与沙漏的连接方式——他双手手掌与沙漏的底和盖分别连在一起，无法分开，沙漏是他的部分外显拟态。

魍魉沙漏听到两声巨响，缓缓朝着声音的方向转动头部。他原本是面向毕揽星的，此时头却缓慢地、平滑扭动180度转了过来，无声地用那双白雾迷茫的眼睛注视着白楚年。

他虽然眼睛失明，听觉却很灵敏，凭借声音判断出了白楚年和兰波扑上来的方向，突然上下翻转了手中的沙漏。

沙漏掉转后，玻璃内的白沙倒置，缓缓从沙漏中间细窄的通道向下流动。

白楚年莫名其妙地一头撞在了毕揽星的藤蔓上，同时，兰波搬下饮水机水桶时洒落在地上的水开始燃烧起火焰。

走廊天花板上有灯照射的位置变得一片漆黑，而关着灯的两个仓库却亮如白昼。

白楚年感觉到呼吸困难，他的第一反应认为自己中了藤蔓的毒，随后才意识到身体并没受伤，仅仅是呼吸到的氧气无法供给身体了，并且血液中的氧在迅速流失。

白楚年伸手抓魍魉沙漏，却因为突如其来的窒息下偏了手，魍魉沙漏趁着他制造出混乱的间隙消失了。

其他人也陷入了窒息中，拥有氧亚化细胞团的谭杨窒息最为严重，而拥有氢亚化细胞团的谭青却毫发无伤。

谭青也是第一次参与实战，虽然紧张，却也能保持着最基本的冷静。他猛地将毕揽星扑出了门外，毕揽星才恢复了呼吸。

“快出来！”毕揽星立即用藤蔓缠住其他人，把他们拖出了走廊。呼吸终于恢复，几人扶着墙大口喘气。

白楚年搓了搓脸，让自己清醒过来。

“大意了，培育期实验体里居然有实力这么强横的吗？”

毕揽星看着制药工厂门口出神，看来也在权衡之后的行动。

白楚年看了看时间，现在制药工厂里多了一个不确定性极强的实验体，为学员安全着想，他得考虑申请撤离了。

但过了今天，研究所可能会有所察觉，不管是转移 HD 药剂还是加大看守密度，对之后的搜查都是个大麻烦。

魍魉沙漏似乎也是潜进来的，他杀了保安，却没与白楚年他们多纠缠，这次相遇可能是个巧合。

正所谓敌人的敌人就是朋友，白楚年在考虑是否要冒险继续深入。

“我觉得应该跟上去。”毕揽星不确定地说，“利用魍魉沙漏探路，看看他的目的是什么，我们跟在后边。”

“不错，胆量可以。我和兰波走前面。”白楚年说。

他得随时为学员安全负责，这些少年都还没经历过几次实战，暂时还没拥有能独当一面的能力。

他们又一次进入了 F 口。上楼之前，白楚年重新检查了一下刚刚他们所在的走廊。

踏入刚才受到袭击的位置时，窒息感又一次涌上来，但只要离开那个位置，窒息感就消失了。白楚年快速穿过了这一段窒息的走廊，回到了已经调查过的两个仓库中。

地上的水还在燃烧，另一间毕揽星他们搜过的仓库中，桌面上放着一个新鲜的熟杧果。

“揽星，你之前说，仓库里都有什么？”

“贴在墙上的剪报，桌上有一个蔫巴的烂杧果。”

白楚年从桌上拿起杧果，掂了掂，黄澄澄、沉甸甸的，散发着淡淡的果香。

仓库桌面的出入库记录上明确记录着，早上食堂进了一批新鲜水果，里面包括杧果。这个杧果应该就是从进的货里拿的，应该是新鲜的才对。就算这边温度高，杧果这种东西也不会在一天之内烂掉。

白楚年掂量着杧果，到墙边看了看墙上的剪报。其实，墙上贴着不少剪报，基本都在宣扬研究所获得的荣誉。

最醒目的就是万综集团创始人老来得子的那页采访了，版面很完整，压在别的剪报上面。

万综集团创始人邱万综老来得子，诚挚感谢研究所的帮助，特意捐赠了一批昂贵的设备。采访时间是 K033 年 10 月 4 日，而出库记录中魍魉沙漏的出库时间是 K032 年 11 月 20 日，中间相隔十个月左右，刚好是人类孕育需要的时间。

白楚年又回去翻了翻 K033 年之后的入库记录，的确有一批新设备入库，来源正是万综。

万综集团三年前出了一桩丑闻，邱万综的孙子邱辉好结交有权势的公子哥，经常出入高级会所，因为一些模糊不清的事，醉酒后失手杀了一位贵公子。那人家里不是吃素的，案件几经辗转，邱万综也没能保住他家这根独苗。邱辉最终还是被判了十年，在狱里的第二年就自杀了。至于是不是真的自杀，许多人心里清楚。

白楚年那时刚进特工组不久，前辈们去调查隐情，回来扯着他闲聊豪门中的恩恩怨怨，他也就多听了些风言风语。

邱万综这老东西真是倒霉，儿子死得早，孙子也没了，好好的万综集团后继无人，觊觎者不计其数。

“老来得子……还真是场及时雨啊。”白楚年剥开杧果啃了两口，挺甜的。

如果是邱万综买下了613，这或许就是魍魉沙漏的能力。

“末位3代表窜改型能力……倒流……颠覆……逆转吗？”白楚年专注地推断着他的能力，低头看了眼腕表电子屏，爬虫还没回话。

兰波从天花板上爬过来叫他：“我搜了一圈，什么人都没有，很安静。”

白楚年离开了仓库，与毕揽星在二层会合，问起韩行谦监控中的情况。

韩行谦：“确认过了，你们所在的F区域根本没人，魍魉沙漏还在前进，马上就要离开监控范围了，应该已经接近A区了。我现在往C区转移，看能不能截住他去中层楼的路。”

外层楼共六个入口，逆时针编为A，B，C，D，E，F六个区域。

白楚年：“好，需要多长时间？”

…………

白楚年：“喂？”

无人应答。

毕揽星也在通信器中呼叫B组其他人，同样没人应声。

“陆言？陆言！”毕揽星的声音中多了几分慌张。

“冷静点。你是指挥，你要想的是接下来该怎么做。”白楚年训他，“一个培育期实验体而已，韩哥A3天马分分钟灭他，你怕什么？”

毕揽星用力闭了闭眼睛，白楚年看得出来他双腿在抖，拿着枪的手也在抖。

“我不行，我不知道怎么做……”

白楚年扶正他的头，双手捧着他苍白的脸注视着他：“你迟早要做这些，如果我不在，他们都只能听你的。你多犹豫一秒，就会多一具队员的尸体送回你面前。”

汗珠顺着毕揽星的额角淌到下巴，他喑哑道：“我还没准备好。”

“什么时候准备好？等笨蛋兔子他们被团灭的时候吗？”

毕揽星肩膀颤了颤。

兰波手上拿着枪从毕揽星身后缠上来，在他耳边道：“如果你做错了，这也没什么大不了的。你可能也会被灭了，死了就没有人责怪你了，最坏的结果仅此而已。”

被这对特工前后逼迫着，毕揽星好像站在悬崖边缘，被逼着飞跃百米沟壑，头痛欲裂，就快要疯了。他破罐破摔，低声嘶吼着下命令：“白楚年、兰波去中层监控室，谭青、谭杨跟我去外层监控室搜找B组队员，每分钟都尝试联络，先把魍魉沙漏的位置排查出来，排查后在我在地图上标记的地点会合。”

白楚年顿了一下。

他松开手，满意地打了个响指：“对嘛，真乖。兰波，我们走。”

兰波将手枪在空中抛了一圈收回来，鱼尾缠到白楚年身上，跟着他从十几米的窗口一跃而下，往中层楼跑去。

“我说你也是，别动不动就掏枪啊，万一给他吓坏了呢。”

“你在教我做事？”兰波在他后背蹭了蹭手枪上的灰尘，“我教过的小孩比你吃过的饭还多，你也是我养大的，不是养得挺好吗？也没吓坏过。”

第四章

时之旅行

伯纳制药工厂外层楼安保巡逻，正常情况下两人一组，共有六组，分别在外层楼的一楼到三楼巡视。

“怎么觉得今天这么安静呢？”一个保安心里纳闷，嘀咕道。他是本地土著，用非自己母语的语言交流，发音有些蹩脚。

“都偷懒呢，看看都几点了，这个点本来人就困，又没什么事。”他的搭档看了一眼手表，指指腰间的对讲机，“只要没人报警，我们什么都不用管。”

两人在走廊中巡视，渐渐发觉头顶的灯好像越来越暗了，原本可以看清墙上海报的光线，此时昏暗得连远点的路都看不大清楚了。

路的中央，一尊石膏天使雕塑在阴影中伫立，身上简陋地裹着一条白绸。

保安擦了擦眼睛：“谁把雕塑搬过来了？”

他拿起对讲机，按住对话键：“喂，仓库吗？二楼是不是在搬东西？”

对讲机另一面无人回答。

而远处的雪白雕塑却在瞬间出现在了他们面前。

保安才发现他并非雕塑，而是一位浑身没有一丝杂质的莹白的少年，五官立体，神色冰冷漠然，额头有一倒三角形、金绿蓝三色点状图案，怀中抱一玻璃沙漏。

“你是谁？”保安惊诧地质问，另一个保安反应更快，掏出电击枪朝少年扣动扳机。

少年淡漠地回答：“魍魉……”

他倒转手中的玻璃沙漏，即刻白沙倒流。

那枚朝他飞来的电击弹戛然而止，朝来向飞了回去，退回了枪口中。这并没结束，在短暂的几毫秒中，电击弹失去了电力，而本应绝缘的电击枪却电光闪烁，强大的电流将保安击昏在地。另一个保安则感到呼吸困难，血液中的氧飞速流失。他大口呼吸，却没想到他越吸气，氧气流失得越快。

魍魉沙漏缓缓蹲下，打开沙漏顶盖，把保安塞进沙漏中。

他的手与沙漏上下盖连在一起，操作起来很吃力。保安的躯体被塞进比身体小得多的沙漏中，变成了白色流沙，化作魍魉沙漏的一部分。

两具尸体填入沙漏，沙子的平面高度却变化不大，像个无底洞般吞噬力极强。

魍魉沙漏继续顺着走廊行走，那两个阻挡他前进的保安就像从未存在过，没有留下一丝痕迹。

他走过的地方人声全部沉寂了，整座外层楼变成了幽灵死楼。

突然，一颗圆形炮弹落在了魍魉沙漏脚下，不待他做出反应就爆炸开来，强烈的闪光和嗡鸣干扰了魍魉沙漏的听觉。他双手连接在沙漏上无法遮挡耳朵，被刺耳的嗡鸣激得头痛。

萤手里拿着他以 J1 亚化能力制造的闪光弹，闭着眼睛朝魍魉沙漏脚下乱抛，嘴里念叨着："别过来，别过来，陆言快上啊。"

魍魉沙漏虽然不清楚状况，但立刻想将沙漏倒转，没想到，一颗狙击弹从楼外破窗而来，精准地击穿了魍魉沙漏的左手。

魍魉沙漏的手像蛋白玻璃一样脆弱，威力强大的狙击弹爆碎了他的左手，让他整个人向后退了好几步。

他想逃跑，但去路已被陆言挡住。

陆言拿着两把 PSS 微声手枪（一种半自动特种手枪），枪口对准魍魉沙漏："往哪儿跑，你把我们的通信器都搞坏了。"

两枚微声弹朝魍魉沙漏飞去，魍魉沙漏警觉地辨认陆言的位置，被萧驯的狙击弹打碎的沙漏顶盖迅速复原，将魍魉沙漏的手恢复如初。魍魉沙漏立刻掉转沙漏，那两枚子弹就朝着反方向飞了回去。

"用过一次的招数，我还会上你的套吗？"陆言早在开枪之前就使用伴生能力"超声速"蓄力，他的伴生能力"超声速"百公里加速 0 秒，加速至声速需 3.2 秒，加速至超声速需 6 秒。他开枪时，就已飞速落在了魍魉沙漏身后，空中甩腿，将魍魉沙漏踹到了刚刚自己的站位上。

飞回的子弹接连打进魍魉沙漏的左肩和颅骨，中弹处，莹白的躯体爆碎，但没有流血。魍魉沙漏像一尊撞碎了半个下颌和肩膀的蛋白玻璃雕像，捧着沙漏远远地望着他。

"不……不受伤吗……"被那双白雾般的眼睛注视着，陆言有点发毛，忍不住后退，嘀咕着，"需要全打碎吗？我……开不开枪？"手下意识去找毕揽星的衣角，抓到一把空气才记起这次没和揽星一起行动。

他的犹豫，给了魍魉沙漏反击的机会。残破的躯体缓缓愈合复原，他立刻倒置沙漏。陆言头顶的一块天花板急速老化，连接在天花板上的照明灯朝他坠落下来。

陆言闪开了照明灯，又接连坠下了锋利的钢结构和砖块，迅速老化的废物像下雨般坠落。陆言在密集的坠物下灵活跳跃躲避，却遭不住一整个楼顶塌陷下来。陆言被猛地砸在了地上，玻璃碎片劈头落下。

“好痛……”陆言感到背后剧痛，骨头或许被砸断了，用力爬却被坠物死死压着爬不出来。

一条藤蔓从地底生长而出，将压住陆言的钢筋和砖墙撑了起来，另一条漆黑的藤蔓生长到陆言面前。

“揽星！”陆言立刻抓住了藤蔓，藤蔓迅速收回，将他从废墟下拖了出来。

毕揽星将他拽进怀里，强大的冲力使两人一起摔了出去。毕揽星仰面着地，让陆言摔在自己身上。

“脊椎……脊椎断了！”陆言抱着毕揽星，一把鼻涕一把泪地大叫。毕揽星迅速抱他起来，回手放出藤蔓封闭了走廊，对萤喊了一声“上楼”。然后，他抱着陆言朝楼梯口跑去，把冰凉的渗着冷汗的手伸进陆言衣服里，循着干瘦的后脊摸了一遍，摩挲着他放出安抚因子安慰：“没断，只是砸痛了。”

当时，通信器失灵，B 组失联，毕揽星着实慌了，但好在萧驯的通信没断，他依靠萧驯在楼外报点，才找到了陆言和萤的位置。

毕揽星把陆言放到安全的地方坐下，松了口气。

陆言粉红的鼻头上挂着一滴鼻涕，闻言动了动上身，虽然有点痛，但好像确实没断，只是擦破了点皮。

“啊。”他一骨碌爬起来，胡乱抹了抹脸，尴尬到兔耳卷成蛋糕卷。

“韩医生呢？”

“他原本应该在监控室的，我们才从 A 口进来，突然联络就断了。”陆言把通信器从耳朵里抠出来给毕揽星看，“我看懂为什么了，那个实验体可以把东西弄坏，只要他翻转沙漏，一些东西的作用就会变得与原来相反，一些东西会原路返回，还有一些东西会立刻老化损坏。”

“你先跟我上楼。”毕揽星拉起陆言，顺着昏暗的楼梯向上爬。

“收到回复，收到回复。”毕揽星一次次尝试与其他人联络，焦急地拧着眉头。

在毕揽星来的路上，韩行谦并未完全失联。但他每次报完位置，就会失去音讯，信号非常不稳定。现在更是完全联系不到了，唯一能知道的是韩行谦一直在外层楼不停转移。

陆言亦步亦趋地跟着毕揽星。

虽然两人一起长大从来没分开过，可不知不觉中，毕揽星比他高出那么多了，声音也变得沉稳成熟，也越来越靠得住。

“我觉得你好厉害。”陆言小声说。

毕揽星沉默着看着前面。

“我不厉害，我刚被楚哥训一顿。”

“那是因为他更厉害，不是因为你不厉害。他老骂我是笨蛋兔子，但我能把其他学员都揍倒。总会有人比你厉害的，你不需要当宇宙第一名，只当班里第一名就可以了。”

走出一定距离之后，通信器突然恢复了信号，毕揽星重新联络上了萤和萧驯，谭青、谭杨和萤在一起。

这是一个环形走廊，除了伏在楼外制高点的萧驯，几人在三楼会聚在一起。

毕揽星："萧，魍魉沙漏到哪儿了？"

萧驯："他消失了，是凭空消失的，我亲眼看见的。韩哥失联前，说他去了C口。我这边只能看见A，F，E三面的区域，另外三面我这里看不见，需要我换位置吗？"

"换，按逆时针走，能看到C区域的时候告诉我。"毕揽星一边下命令，一边将自己的通信器托在手心，往楼梯下走，回到倒数第二级台阶时，通信器失灵了，再回来，通信器又恢复了信号。

"魍魉沙漏的能力有作用范围，看起来是从他施展能力的位置算起，半径20米左右，应该也有作用时间。"毕揽星抬起头，"给我一个备用通信器。"

陆言从兜里拿出来一个递给他。

毕揽星把通信器调成自毁模式，在此模式下，通信器会向其他接通的通信器发出警示音，但完全失去其他作用。

通信器被粘贴在魍魉沙漏的亚化能力笼罩范围内的楼梯扶手下方。

他让萧驯随时接收这个通信器的信号，什么时候听到了警示音就向他报告。

做完后，毕揽星带领其他人向三楼C区推进。

"楚哥，兰波，你们那边顺利吗？"真正开始指挥小组行动，毕揽星才真切地感受到指挥位有多累，他需要一刻不停地关注到小组所有成员的情况。特工组每次行动都是楚哥在指挥，可见他的压力有多大。

白楚年回答：“我和兰波在中层楼了，目前还算顺利。我一直听着你的命令呢，做得好。”

兰波那边发出一些窸窸窣窣的声音，听上去应该是在墙上爬。

“我们去接韩哥，然后去中层楼与你们会合。”

韩行谦此时站在C口三楼走廊楼梯口。这栋建筑是环形的，韩行谦已经在三楼走廊走了一大圈。

在这期间，他已经接触了魍魉沙漏数次。

他头顶墙壁上挂着一块指针钟表，钟表发出嗒嗒声。表盘上贴着厂家的标签，看来是统一由药厂老板定制然后发给员工使用的，时间完全统一。韩行谦特意默数过，甚至精确到秒。

现在是凌晨2点34分，韩行谦倚靠墙壁等待。当钟表分针指向7时，他突然朝空气伸出了手。

空无一人的走廊中忽然显现出魍魉沙漏的身体，刚好就出现在韩行谦伸手的位置。

韩行谦一把抓住他的脖颈，背后雪白双翼伸展，一根羽毛落在魍魉沙漏头上，以A3亚化能力“天骑之翼”消除了魍魉沙漏倒置沙漏后周围出现的改变。

“你为什么而来？”韩行谦低头靠近他，轻声问道，额头伸长而出的螺旋尖角抵在魍魉沙漏的额头上。

天马亚化细胞团第二伴生能力“圣兽徘徊”，独角接触到对方头部时，可以读心。

独角接触到魍魉沙漏的额头，枯燥的记忆沿着尖角螺纹汇入了韩行谦的脑海中。

他所看到的是魍魉沙漏曾经看见的，印象最深的几个记忆片段。

他最先看见的是一间卧室，壁面贴的是土耳其大理石，牛皮地板，一对夫妇在床上交流。亚体身材干瘪，年迈松弛的皮肤上爬满明显的老年斑，后背有块形状不大规则但十分明显的褐色胎记。他已有八十岁高龄了，连用手臂撑起上身这样的姿势都做得很艰难。

但随着时间的变化，他身上的老年斑一片一片消退，松弛的皮肤逐渐恢复紧实，肌肉从干瘪变得精壮。几分钟的时间里，亚体从一位八十老叟变化得俨然壮年。

床上的亚体抽了根烟，忽然把视线转了过来，盯着他看了许久。

韩行谦掌握着魍魉沙漏的第一视角，可以断定那个亚体在盯着魍魉沙漏看。魍魉沙漏就在他们的卧室里，目不转睛地观看。

看来亚体的变化正是基于魍魉沙漏的能力。

亚体露出鄙夷的神色，打电话叫上来一位医生和几个保镖。保镖进来后，将魍魉沙漏按住，医生则在一旁配制了一瓶试剂，滴入魍魉沙漏的眼睛里。

视线越来越模糊，最终连一丝光线也看不见了。

之后的回忆便再没有影像，魍魉沙漏正是因此失明的。

但记忆没有因此停止，韩行谦听到一个声音。

"谢谢你帮我们把他复活，你还算有点用。加入我们的复仇计划吧，哈哈，让所有你憎恨的人去死不好吗……你怎么像个木头似的？总之，你这呆子能听懂我说话的话，就在4月13日夜里12点去圣非岛伯纳制药工厂参加我们的焰火晚会。砰！哈哈哈哈哈哈哈哈……这是我们送给人类的第一件礼物。但你不能空手去，门票钱是人类的尸体，弱者是付不起的。"

嗓音轻佻阴森，听起来有那么点疯狂的意味。

魍魉沙漏呆呆地站着，额头贴着韩行谦莹润的角尖，虽然被抓着脖颈，但他不怎么挣扎，安静地微仰着头。

融合产生的天马亚化细胞团已经属于圣兽类亚化细胞团的范畴了，本身带有一种令人向往的温暖治愈。

5 分钟时间一到，魍魉沙漏突然在韩行谦手中消失了。紧接着，他出现在走廊不远处的另一个钟表下，钟表分针此时指着 8。

魍魉沙漏可以在一定范围内所有钟表附近任意移动，但必须按照分针或时针指向 1—12 的顺序移动，且不能在 1—12 周期内通过同一块钟表移动。

也就是说，当魍魉沙漏出现在任意指针指着 6 的位置时，他下一个出现的位置只能是有指针指在 7 的钟表下，发动瞬移的间隔时间最少为 5 分钟，且在走完 12 个刻度之前不能重复使用钟表。

韩行谦通过萧驯在楼外的报点，以及通信失灵时自己往返于外层楼的一、二、三楼之间摸清了这个规律。

这是魍魉沙漏的伴生能力“时之旅行”。

魍魉沙漏远远地伫立着，开口问韩行谦：“你……门票……买好了吗？我攒够……人类的尸体了，再……陪你找一点……去看焰火……晚会。”

韩行谦问：“是谁邀请你来的？这里面还有别人吗？”

魍魉沙漏摇摇头。

“不是同伴，再见。”

他转身顺着环形走廊离开，在楼梯口消失了。

他离开后，韩行谦从口袋里拿出了一张磁卡，在手里掂了掂。这是刚刚从魍魉沙漏裹在身上的白绸里摸出来的，之前听兰波说他在 F 口捡到了一个卡套，可能曾经装的就是这张卡。

白楚年和兰波在中层楼的楼梯口找到了一片海景装饰墙，在昏暗的装饰墙后面朝走廊里挪时，一边悄声聊天。

通信器塞久了不舒服，兰波摘下通信器，耳朵变成鳍耳抖了抖。

白楚年："戴上。"

兰波："为什么要让那孩子来指挥？我戴这个只想听你说话。"

白楚年："万一以后我们出去，IOA 有任务，就可以交给他们了。"

兰波："什么？"

白楚年："就是快乐的旅行。"

兰波："懂了。"

白楚年闭眼："对嘛。"

他们路过一个锁闭的房间，只能通过门上的玻璃窥视里面的情况。但走廊里很暗，没开灯，中层楼好像停电了，每个房间都是黑暗的。

房间里似乎有些许窸窣响声。白楚年警惕起来，把耳朵贴到门上，听里面的动静。

怦！怦！

人类的心跳声。

有人在里面。

"手电。"白楚年通过玻璃向内窥视，手伸到背后摊开。

兰波在身上摸了摸，只好又把尾巴交上去。

白楚年拿起发光的尾巴贴到门玻璃上，向内看去。

一张扭曲的人脸突然贴了上来，与白楚年仅一窗之隔。

他朝窗外憨笑着，五官都诡异地朝不同方向扭曲，身上穿着一件白色的研究员制服。

白楚年被吓退半步，那人便整个趴到了门上，用力拍打玻璃，不断发出傻笑声。

呵呵，嘿嘿。呵呵。呵呵呵。

他额头上生有一片呈倒三角排列的金绿蓝三色圆点，和魍魉沙漏额头上的标记相同。

兰波也趴到门上，和里面那只怪物对视着。

三楼的脚步声有些吵闹。

白楚年的听觉很灵敏，除了房间内发出的奇怪憨笑声，三楼走廊深处还有一种徘徊的脚步声。

“有点怪。”白楚年竖起食指压住兰波的嘴唇，认真听着楼上的动静。

这个人已经在楼上来回走了许多圈了，白楚年听了许久，发现这个人永远是向左走 63 步，停下大概 5 分钟，然后再向右走 63 步，一直不停，也不知道在干什么。

“我总觉得不太对……”白楚年拉他过来，“我们上楼看看。”

一片漆黑中，他们看见一个穿药厂制服的研究员在走廊上走动，背对着他们，手里拿着一块抹布，慢慢走到垃圾桶边，把垃圾桶边缘一点一点地擦干净，然后拿着抹布再走回来。

“大半夜的，摸着黑擦垃圾桶干吗呢？”白楚年观察着，等那个研究员又一次拿着抹布回去擦了垃圾桶后，他心中升起熟悉且不祥的预感。

“兰波，亮一下。”白楚年拍拍兰波的屁股。

鱼尾亮起蓝光，照亮了半个走廊。

研究员擦完垃圾桶，拿着抹布回来时，迎面看见了兰波晃动的蓝色鱼尾。他的脸忽然扭曲，脸上泛起诡异的笑容，嘴角咧到耳朵根。

“循环病毒。”

白楚年惊了惊，那位被感染的研究员张开血口朝他们扑了过来。兰波也被他突如其来的攻击惊吓到了，本能地张开更大的、布满尖牙的嘴，一口咬住研究员……

“nali？（怎么了？）”

“……总之先撤。”

毕揽星在通信器中说：“我测试了魍魉沙漏的影响时间，时间极长，到现在都没失效。”

韩行谦的通信也终于恢复了，与他们成功联络：“现在，这座制药工厂里不止一个实验体。我怀疑有组织定在今天行动，并且早在一个月前就开始了计划。”

萧驯：“你没事吧？”

韩行谦：“没事。魍魉沙漏已经朝中层楼走了，小白，注意墙上的钟表，除了秒针外，指针指到 9 的时候，你们很可能会碰上魍魉沙漏。”

白楚年：“我在中层楼发现了循环病毒感染者。”

韩行谦：“408 萨麦尔的循环病毒？他不是死了吗？……对……魍魉沙漏能把老人变得年轻，或许也能起死回生。”

白楚年：“情况有变，全体撤离。”

通信器振动了一下，是何队长的接入请求。白楚年不认为这时候风暴部队请求通信会带来什么好消息。

何所谓："我们在海岛周边遭到了不明实验体的袭击，有翅膀的实验体，会飞，会演奏音乐。"

白楚年低头看了眼腕表，爬虫还没回复自己消息。谈起会飞的实验体，白楚年第一反应就是蝴蝶实验体多米诺。

何所谓："不是蝴蝶，他有透明的翅膀，会发出尖锐的噪声，像……知了！"

他的通信器里发出非常刺耳的尖鸣，几乎掩盖了说话声。

兰波歪头听着，忽然说："242 魔音天蝉。我在研究所见过，因为太吵，被我咬断了一只翅膀，研究员就把他搬离了我的区域。我离开研究所的时候，他也走了。"

白楚年托着下巴思考："我们被围攻了吗？是哪个环节出了问题呢？"

毕揽星问："萨麦尔死后，尸体是谁处理的？"

白楚年忽然想到，他杀了萨麦尔之后，是由风暴部队处理的尸体，国际警署接手尸体，再转运给国际监狱，由他们的法医保存并研究。

如果要做医学研究，势必会在国际监狱监护大楼的实验室内进行，而甜点师恶化当天，监护大楼被狂轰滥炸，混乱不堪。

最有机会趁乱运走萨麦尔尸体的……

白楚年记起被保释一周后还乘直升机出现在监狱上空扬言说要越狱的厄里斯，和驾驶直升机的那位金发白人。

厄里斯不像是个心思深沉的亚体，更像是有人在背后出谋划策，推波助澜，从厄里斯入狱起就在策划着一场大戏。

白楚年思忖着，笑了一声："看来是遇上要截和的了。今晚 HD 药剂必须抢过来，当饮料喝也不能让他拿走，不然，我这个大哥就没脸当了。"

第五章

循环病毒

“风暴部队已经被袭击了，我们现在撤出去还不知道会踏进什么埋伏。”白楚年拉起兰波，朝走廊内飞奔，一边对IOA技术部监听员说，“圣非岛伯纳制药工厂受到不明实验体袭击，尚不确定是否还有幸存者，请求增派援护人员帮助撤离伤员。另，海岛外风暴部队已暴露，完毕。”

随后对其他人道：“我和兰波去清中层楼三楼，其余行动揽星部署新战术。”

“是。”

或许是形势所迫，毕揽星此时已经没了最初的紧张感，反而能冷静地将队员重新划分成三组，白楚年、兰波走三楼，陆言和萤跟着韩医生去二楼，他带谭青、谭杨搜一楼，掌握中层楼监控室。

毕揽星：“快速确认中层楼情况，萧驯在楼外报点，随时注意魍魉沙漏位置，白楚年、兰波清完三楼后，直接向内层楼推进，其他人搜查完毕后跟入内层楼。”

白楚年补充道：“记着把所有疑点拍照传回总部啊，人手一个微型相机不是拍风景发朋友圈用的。刚刚我在二楼看见一被关屋里的傻子，你们路过的时候小心点。这场任务结束，估计你们几个学员就能提前转正了，都打起精神来。”

“是。”

“是。”

韩行谦：“魍魉沙漏的记忆里有个人与他做了个交易，要他来制药工厂集合。据我观察，魍魉沙漏的攻击欲望并不强烈，我们避开他，看他打算去哪儿。”

伯纳制药工厂的外层楼用于存放原料或者待运输的货物，以及大型的实验动物和食用动物养殖，中层楼则是员工办公室、资料室和一些小型实验动物养殖室。

白楚年将手枪上膛，沿着黑暗断电的环形走廊向深处行进。兰波叼着微冲在墙壁上爬行跟随，鱼尾蓝光尚能照亮前方的路。他身上挂着不少武器，爬起来窸窸窣窣地响。

接近 D 区域时，白楚年忽然踩到了一摊黏腻湿滑的液体。

兰波嗅了嗅气味，空气中弥漫着一股浓重的腥臭味，他扬起鱼尾照明，走廊的地砖被污血溢满了，照不到的地方隐约能看到墙壁和门窗都布满斑驳的血迹。

白楚年按住兰波，示意他不要动。

兰波一点不在乎，无聊地看了看指甲：“需要我让这座岛一起消失吗？你一句话，我就去办。”

“那能行吗？这里面有关键证据，淹了就全没了。”白楚年单手持枪，另一只手搭在兰波身上以免走散，并给面前的景象拍照，他们咽喉处的衣领都装有特制隐形相机，手指轻微触动时会拍照，拍照后会自动传回IOA总部。“伯纳制药工厂是109研究所的秘密下属工厂，研究所不敢公然做的事就交给下属工厂做。你应该知道我想做什么吧？”

“不知道。”兰波挠挠尾巴。

“帮你把落在研究所的东西拿回来。”白楚年谨慎地盯着前方的黑暗，“你之前跟我说的，我还记得。”

“不是什么重要的东西，不用在意。”兰波目光看向别处，“我活了这么久，什么都失去过。对我来说，没有什么是不能缺少的。”

“啊，除了你。”兰波顺着墙爬到白楚年身边，说，“没有你的话，心脏会碎开，大海会死，这个星球就完了。我的祖先预言，未来某一天星球会死，我想大概是我失去你的那一天吧。”

“哎，我说你，你可真是……”白楚年自认说话的天赋不如兰波，但兰波只是不带任何修饰地表达他的想法。

“你为什么会发烫？”兰波看着白楚年的脸颊，“有人夸过你可爱吗？我想不通为什么会有人肯伤害你。”

“办正经事呢，你现在来劲了。”

白楚年忽然听到由远及近的异响。黑暗中，一头四脚动物突然从走廊深处纵身跃了出来，发出嘶哑的吼声，声音就像快坏了的吹风机。

这怪物的脸像被谁从两边用力扯过一样，颅骨严重变形，变了形的眼眶框不住眼睛，两颗眼珠几乎整个从眼皮底下露出来，在眼眶中摇摇欲坠。

他身上也穿着制药工厂研究员的制服，衣摆破碎不堪，且染满污血，一张张开就撕裂到耳根的嘴露出令人发毛的笑容，额头上印着倒三角形排列的金绿蓝圆点。

白楚年抬手挡住兰波，举枪连发，子弹接连贯穿那怪物的头颅和心脏。

子弹的强力冲击让那怪物仰面摔了出去，但伤口并未流血，这个人形怪物就像漏了气的皮球一样瘪了下去，从伤口中喷出几股脓水。

一股浓烈的腐臭味随之扑面而来，像在泡菜坛子里发酵过的死老鼠。

毕揽星："我听到了枪声，有情况？"

"没事了，一个循环病毒感染者而已，旧把戏了。"白楚年回过头，一张巨大的布满了尖刺排牙的血盆大口就贴在他面前。

"哎，快闭上。"白楚年合上兰波的嘴，回头蹲到尸体前研究，一边埋怨，"你比他吓人多了。"

兰波的嘴可以完全张开扩大到某种恐怖的程度，口腔内布满尖锐的利齿，即便是金属，也可以轻易碾碎。

"海底有太多垃圾需要清理，一开始我处理得很慢，但随着年代的变迁进化后，效率高了许多。"兰波的嘴闭合后，恢复了正常大小，他凑到白楚年身边小声解释，"你要接受我有缺点，王也不是完美的。"

"哪有，完美着呢。"白楚年从兜里摸出一块手帕捂住口鼻，蹲到尸体边搜他身上的东西。

"……你刚刚咬掉头的那个大概也是，都生蛆了，回去好好刷牙。"

兰波捏住鼻子，嫌恶地呕出一摊干净的蓝光小水母，强大的净化能力让他始终能保持体内外洁净，以此维持健康。

"陆地真恶心。"兰波嘴里嚼着一只蓝光水母用来清新口气。

"看来是循环病毒的缘故，中层楼出了事故竟然完全没影响到外层楼。这病毒真是不可思议。"

死去的研究员胸前戴着财务室的胸牌，白楚年从他兜里搜出了一串钥匙。

他刚要站起来，一只手突然紧紧抓住了他的手腕。

指间无蹼，不是兰波的手。

白楚年睁大眼睛，与面前的尸体视线相接。那人直直地盯着他，涣散干瘪的瞳孔在动，额头上的倒三角、金绿蓝花纹闪烁着宝石的光泽。

尸体一跃而起，有力的双手像一把锋利的钳子，朝白楚年疯狂地抓去。好在躲避及时，怪物的利爪只在白楚年胸前的防弹衣上留下三道深深的抓痕。

白楚年向后退了两步，朝那尸体开枪。兰波鱼尾卷住发狂的怪物，锋利的鳍刺忽地奓起，刺穿了尸体全身，紧接着刀刃般的鱼鳍展开，尸体被切割成了无数碎片。

兰波落在地上，收起背上鳍刺，浑身污血被净化，作为能量吸收进了体内。

“没事吧？”

“没。”

在恩希医院遇到的循环病毒感染者，只要命中头部，就可以彻底杀死，这个好像不太一样。

“财务室，走，过去看看。”白楚年把钥匙拿到手心里抛了两下，并未耽搁时间，按照墙上的消防指示图找到了财务室，拿钥匙打开门，确定各个角落没有埋伏，然后开始翻找桌面和文件架。

办公桌下有个上锁的资料柜，白楚年试了试其他的钥匙，有一枚刚好能打开。

里面是厚厚的几沓购买票据。

“过来给我照着点。”白楚年蹲在地上，一张一张发票快速翻过去，票据是按照时间排列的，白楚年估摸着时间，按照魍魉沙漏的出入库时间翻过去，果然找到了一张对应的票据。

白楚年把这一张票据抽出来，再继续翻票据前后的几页。

一般来说，这种大工厂购买实验体不会只买一个，大多是批发几个，这样运输费用上可以节省出许多不必要的开支。

其实，伯纳制药工厂需要实验体只需要向研究所说一声，花钱购买则是为了享受避税政策。这种常见的套路，白楚年还是跟锦叔学到的。

兰波找了个椅子坐下，趁着空闲拿出干粮准备吃。

“一共买了七个，卖出去了六个。魍魉沙漏是被卖出去以后又自己跑回来的。”白楚年把票据一张张对应整齐，“还剩一个……723 号实验体，奇生骨。”

“奇生骨，什么东西？”白楚年在培育基地长大，接触到的实验体很有限，而且多半是残次的、够不上商品品级的、卖不出去的。相比之下，兰波在 109 研究所见过的成品实验体更多。

按照特种作战武器编号规则推测，首位 7 代表飞鸟型亚化细胞团，中位 2 代表 20% 拟态（尾部拟态），末位 3 代表窜改型能力，和魍魉沙漏一样。

“听过。研究员叫过他的名字，ji sheng gu。”兰波仔细回忆道，“几个和我相隔不远的实验体去和他对战，没再回来过，可能是被吃了吧。”

“算了，先收着。”白楚年给一些有用的资料都拍了照，传回了总部。

·

在他们的注意力全放在票据上时，一阵悠远的若有若无的音乐声飘了过来。白楚年听到异动，收起票据往门口走去，举起枪背靠墙壁，向外探视。

白楚年走出财务室，熟练地甩掉用空了的弹匣，推上一个新的，然后上膛：“兰波，过来，别被堵在房间里。”

走廊深处的躁动越发猛烈。

毕揽星终于赶到了中层楼监控室，监控室中也空无一人，地上残留着血迹，椅背上倒着一具死于霰弹枪伤的破碎尸体，尸体身上穿着制药工厂的白色制服。

毕揽星把尸体推到一边，自己坐在椅子上，将解码器接到电脑上，飞快敲击键盘，调整自己想要看的画面，从一楼开始检查走廊和各个房间。一些房间里倒着几具死状相同的尸体，也有一些上锁的房间里关着奇怪憨笑的活人，但总体看起来威胁并不大。

然后，调整到二楼监控。韩医生带着陆言和萤搜索完各个房间，正蹲在地上检查一具尸体。陆言和萤看起来疑惑地东张西望，不停地往头顶看。

“在看什么……”毕揽星把监控图像调到了三楼，挨个房间搜过去。

位于C区域和D区域中间的连廊通道大门是闭合的，中层楼三楼这道连廊是通往内层楼唯一的路径，想进入内层楼就必须经过这里。

从无声的监控影像中可以看到，紧紧关闭的钢制门底部有液体渗了出来。

萧驯的声音冷冷响起：“我看见连廊里有人走过去了，但没有光线，其他的看不见。”

白楚年：“活人？”

萧驯：“……不然呢？”

白楚年：“这里可能不止一只怪物，你们都小心点。”

萧驯：“我不确定。万能仪表盘检测计算后，认为目标具有威胁的概率为 33.33%。”

白楚年：“你们听到什么声音了吗？”

陆言竖起耳朵聆听，这里面听觉最灵敏的，除了白楚年，就是他了。

“音乐声……”陆言到处找声音来源，“从内层楼传来的，听起来像风铃。”

被毕揽星推到地上的尸体额头上缓缓出现了金绿蓝三色倒三角形点状印记，指尖还轻轻动了动。

经受过严苛的控制训练，毕揽星已经养成了随时观察周围异动的习惯。他听到了轻微的衣料摩擦声响，立刻给自己施加了一个毒藤甲，藤蔓甲胄放出得正是时候，暴起的尸体一口咬在了坚韧的藤甲上。

毕揽星冷静地将手枪抵在尸体头上，连开数枪，左手控制电脑鼠标，急迫地告诉白楚年：“我看见有许多人被堵在三楼连廊，他们在撞门，门上的玻璃窗已经开裂了，离你们很近。他们本来是躺在地上的，像被什么唤醒了。”

毕揽星从主机上拔下解码器，用藤蔓缠住身侧疯狂扑咬的尸体，按下衣领上的相机给尸体拍照，然后就地一滚扑出监控室，对谭青、谭杨做了个攻击的手势。

“联爆！”谭青、谭杨双手十指相扣，监控室中突然爆发出蓝色火焰，巨大的响声和威力将整个监控室给轰碎了，蓝色火焰席卷整个环形走廊。连续的爆破声冲击着墙壁，所有朝他们拥来的尸体都被强大的爆破火焰冲了出去。

“走，上楼会合！”毕揽星从蓝色火焰中走出来，沉静道。

中层楼三楼环形走廊中，出现了更加密集混乱的脚步声。

楼下的爆破让地面都在震颤。白楚年稳住身体，数了数剩下的子弹，一共剩余一百三十发，他抬头面对环形走廊不远处黑暗中躁动的吼声。

“听上去还有点严重，我可没带重型武器。”

“不给饭吃，净让干活。”兰波刚从弹带里摸出压缩干粮和真空火腿，还没来得及拆开包装，只好又塞了回去，将背上的微冲换到双手中，贴到白楚年背后，鱼尾由蓝变红。

一声铁门被冲破的巨响爆发，那些原本阻隔在墙外的怪物嘶吼着拥了进来。他们有的爬得极快，甚至会在墙壁间跳跃冲刺，有的却只会脸着地推着身体缓慢蠕动，还有一部分像正常的循环病毒感染者一样行动。

但唯一的相同点就是，每个人额头上都带有一个金绿蓝点状亚化标记。

转瞬间，已有一股腐臭味靠得很近，白楚年抬起头，那尸体正从头顶的天花板上扑下来，白楚年朝他额头点射一枪，尸体中弹后仰，却并未死去，甩了甩淋漓的脓液，再一次扑到白楚年身边。

兰波从白楚年背后落下，两枪分别点在尸体的颈椎和腰椎上。

尸体像被折断了，但就以这么一个三段折的姿态继续攻击。

“三楼遭到攻击，数量很多，粗测一百个，但看起来，只有三十个具有强攻击性，萧驯没说错。”白楚年向其他人简单描述着情况，抓住兰波，带他跳到一个堆放在走廊里的塑料箱后。然后，他从兰波身上摘下两枚手雷，拔了保险朝外抛了出去。他回过身，抱住兰波的头，遮住兰波的眼睛，自己也把眼睛埋进了臂弯里。

手雷落地并未出声，而是悄然裂开，从中绽出极其刺眼的强绿光。绿光向四周照射，落在那些横冲直撞的尸体上，却像刀刃一样切割了进去。第一发爆闪弹仅仅割破了他们的制服，第二发爆闪弹爆炸后，直接将爆破范围内的尸体割成了碎块，腐臭的碎肉簌簌落了一地。

萤的 M2 亚化能力“爆闪弹”，可以将能量灌注到手雷中。手雷爆炸时，炸裂的强光会呈片状固化，一旦被照射到，就会被固态光线割伤。这还不是这个能力的最可怕之处，萤的能力是可以放在外部储存并且分享给别人的，他所制作的闪光弹和爆闪弹普通人也能携带并使用。

萧驯提醒道：“内层楼的连廊快被炸塌了，快过去。”

“我们先去。”白楚年和兰波一起从被爆闪弹冲出缺口的尸体中间冲了过去。

“带着这个！”

一张磁卡凌空飞来，兰波从横七竖八的尸体间一跃而起，咬住了韩行谦从楼梯口旋过来的磁卡，叼着卡片甩开尸体，跟上白楚年进了内层楼。

内层楼的布置与外部两层楼完全不同，墙壁是与培育基地相同的银色钢制内墙，设备也完备先进。

不过，由于已经被人入侵，安保系统现在完全瘫痪了，根本没有人阻拦他们。

拿着韩行谦递来的研究员身份卡，白楚年顺利地刷开了核心实验室的门。

音乐竟然是从核心实验室传出来的。

核心实验室内看起来还完好无损，由于是独立电路，这里面并未停电，光线十分明亮，内部整体呈圆柱形，面积和一个标准足球场差不多，墙壁上每隔十米嵌着一组透明圆柱形成人型号的培养舱，每个培养舱的管道连接着独立的监测仪器。

这里面有二十个培养舱，不过大多是空的，也并没在运转。

实验室中心有一个看不见底的深水槽，这个东西白楚年认识，培育基地也有，一般用来加压或者降温保存特殊试剂。如果仅剩的一支 HD 药剂确实在伯纳制药工厂，很可能就保存在这里。

“你下去把 HD 药剂拿上来，旁边应该会放恒温手提箱的，记得放箱子里。”

“en。(嗯。)”兰波趴在栏杆上，头朝下扎进了水里，鱼尾一摆就没了踪影，留下两只蓝光水母在水面漂浮着。

白楚年留在实验室里等，看了眼墙上的钟表，已经快要黎明了。

这里的音乐声并不大，可能是通过扬声器传出去的吧。他沿着实验室的路朝前走，想找到音乐声的来源。

偌大的核心实验室里面居然没有一个研究员，白楚年纳闷地循着培养舱的顺序走，在最后一个培养舱前，他看见一个瘦小的亚体少年抱着腿蹲在角落里。

亚体脸上戴着微笑的小丑面具，手里拿着一副扑克牌，反复捻开扑克牌，背面冲上，将里面的大鬼牌抽出来，插回去，再把小鬼牌抽出来。

“萨麦尔？”白楚年脚步停了下来。

萨麦尔听到有人说话，呆滞地抬起头循着声音望去。白楚年这才注意到他脚边放着一个小的玻璃沙漏，沙漏中的白沙还在流动，只剩下一丁点了。

“是你。”萨麦尔重新低下头。

他是被白楚年亲手杀死的，对白楚年很恐惧。

“杀你一次，给我学员报仇就够了。”白楚年冷淡地垂眸看着他，“这里面发生了什么？谁让你这么做的？”

“我没有时间解释了。”萨麦尔低着头，颤声说，“请告诉林灯教授，我很想他，福尔马林里太冰了，能把我埋在爸爸后院的花园里吗？”

“林灯？他就是把你做出来的研究员而已，你还挺有真情实感的，还爸爸。”白楚年打心底感到恶心又好笑。

“因为我想要爸爸，所以，是谁都没有关系。我们是一样的，你骗不了自己。”

萨麦尔脚边的沙漏漏完了，玻璃沙漏破碎成一摊白沙，他的身体也僵硬了，身上被扑克牌切割的伤口重新浮现，片刻后便失去了呼吸，躯体和他死去时的样子相同。

白楚年抬起头，发现萨麦尔背靠着的培养舱并不是空的，淡绿色的培养液中泡着一个实验体。

和其他美少年体形的实验体不太一样，她的体形更柔软纤细，胸部隆起，面部和躯体线条柔润甜美，没有喉结，是个女外观亚体实验体。

和人类一样，实验体的男女体并无差别，仅外形有异，强度、能力、韧性、知识是完全相同的。

她尾骨延伸得极长，并且生长着如同碧玉瀑布般的尾羽，金绿蓝三色的圆点在她优雅华丽的尾羽上熠熠生辉。

音乐声正是因她抖动的羽毛在培养液中相碰而发出的。

白楚年将磁卡贴在连接着她培养舱的仪器上，仪器读取磁卡后开启了浏览权限，显示出当前实验体的情况。

特种作战武器编号723：奇生骨

亚化细胞团原型：孔雀

营养液浓度正常。

实验体已进入成熟期。

培育方向：引起生物正负向突变。

培育结果：成功。

剩余培育时间：14分钟。

白楚年低头在显示实验体资料的触摸屏上一页一页地翻，寻找她的亚化能力记录。

腰眼突然一凉，有个东西抵住了他。白楚年清楚地感觉到枪的口径型号，是一把霰弹枪。

悚人的笑声从他背后响起，那人贴近他的脸颊，在他耳边笑着问："大哥，是你啊。我不是让魍魉沙漏来给我送卡吗？"

白楚年缓缓转过身，厄里斯拿枪抵着他的心口，他脸上的十字刺青更鲜艳了，看来重新补过色，舌头上文的细线也没消失，技术不错。

墙壁的钟表下，魍魉沙漏的身影倏忽闪现，怀抱沙漏轻身落地，白雾蒙蒙的双眼注视着他。

"忙活了一个月，居然还有抢了先的。看来是手不干净，让我一根手指一根手指地重新给你接一遍吧。"另一个高大强健的亚体实验体踹开堆放着试剂架的桌子，扛着一挺轻机枪走近白楚年，弹带捆绑着勃发的胸肌，胸前文着整片鳄鱼腹纹，"厄里斯，你认识他？"

远处的药剂台边坐着一个金发白人亚体，他身着绅士西服，指尖挂着一枚银色方口钥匙，轻轻地转来转去。

白楚年还记得他，驾驶直升机保释带走厄里斯的，就是这个人。

白楚年扫视四周，出口已经被这四人堵住了，后边也没有退路，穹顶倒是有弧面玻璃装饰，不过想从内部打破不太容易。

白楚年目光游移，视线落在那个扛着轻机枪的亚体身上。他身量魁梧，肌肉发达，和一贯身材修长、容貌白皙的少年外形实验体不大一样。

“你是……？”

“3114，帝鳄。”亚体将机枪立在地上，两脚开立，包裹鳞片的小臂粗得和旁人大腿一般，他的眼睛和鳄鱼的一样，橄榄色的眼睛中间竖着一道细线。

他看出白楚年的疑虑，粗犷地笑道：“实验体设计师不止一位，你们都出自蜂鸟艾莲那变态的手里，瘦弱得像牙签，还没什么特色。”

厄里斯听罢，扭头朝帝鳄喷了一枪：“闭嘴，坐计程车都只能自己低着头挤后排的大憨包。”

这么近的距离，普通人的躯体早已经被喷成筛子了，霰弹密集地溅在帝鳄胸前，却像打到了坚固的城墙上。

帝鳄动了动身体，细碎的弹丸扑簌簌地掉落到脚下，他生满鳄鱼皮甲的皮肤仅仅是略微凹陷，很快就恢复了原状。

“尼克斯，管管他。”帝鳄将夹在皮缝里的碎弹丸拍掉，回头对坐在药剂台边的金发西服亚体道。

金发亚体咳嗽了一声：“厄里斯，不要内斗。”

“没用的家伙才告状。”厄里斯愤愤地骂了一句，还是收敛了些，把枪抱到怀里，看上去很听他的话。

“尼克斯？”白楚年跟着望过去，“人偶师吗？你们是红喉鸟的人，来这儿干什么？”

“不再是了。”尼克斯轻轻解开未系领带的衬衣领口，透了透气。

“你背后那位奇生骨是我们的朋友，刚好今天成熟，我们是来接她的。正好，你也可以一起见证世界上最美丽的生物诞生。”

白楚年回头瞥了一眼奇生骨的剩余培育时间：10分45秒。

关于人偶师离开红喉鸟恐怖组织这件事，从金缕虫的口供中，白楚年也有所了解。

因为红喉鸟购买了过多的培育期实验体，培育期实验体要生长到成熟期需要大量进食，而他们所需的食物需要人为提供，想让实验体快速进入成熟期，但红喉鸟没有那么多饲料能提供给嗷嗷待哺的实验体。于是，红喉鸟只能从109研究所继续购买Accelerant促进剂，而成熟期实验体又需要定期注射昂贵的抗干扰疫苗，以免感染一些特殊的病毒。

这很像一种上瘾状态，购买了实验体的势力虽然拥有了强大的尖端武器，但也从此离不开109研究所的商品，尽管这点花费对有财力足以购买实验体的势力而言不过九牛一毛。

正因如此，109研究所才能在短短数年间迅速成长到不可撼动的地步。109研究所正是用这种方式，让各方势力维护它的存在并且巩固地位的。

但自从红喉鸟在M港损失了一批重要物资（白狮幼崽）后，首领拒绝继续合作，并且不打算继续向研究所购买特种作战武器和连带商品。但以人偶师为首的一些核心成员认为，应该继续购买。

高层发生意见分歧，因此，红喉鸟内部动荡，几名核心成员带着自己忠心的属下离开组织，而最初计划和发起叛离行动的就是人偶师。

“你们就这么光天化日地出来，不怕红喉鸟首领报复吗？”

“报复？”尼克斯跷起腿，点燃了一支雪茄，“最初加入红喉鸟，就是为了得到资源罢了。得不到想要的东西，我为什么还留下？你呢，你为IOA工作，想得到什么？”

“我为给予我二次生命的人工作，我们‘三观’相合。”

“无非是想向研究所复仇罢了。神使，加入我们吧，你的愿望很快就会实现了。”尼克斯笑了一声，走到深水槽边，伸手轻掸灰尘，指尖在操作面板上滑动，一边道，“听说你和电光幽灵关系很亲密，我们也同样欢迎他。这里非常自由，没有法律，没有规则，强大者能享受一切最好的东西，亲自处决看不惯的。”

白楚年摊手：“你们都好挖墙脚，是不是？这话已经有好几个势力的领导人跟我说过了。”

厄里斯用枪口戳了戳他：“你真不来？骗我的事可以原谅你。尼克斯很好的，你看他给我做的新衣服。”他提了提自己精致的衣领褶皱，把稍歪的一颗宝石纽扣扭正。

“他是把你当玩偶摆弄吧，人偶师不就擅长这个。”差点忘了，厄里斯的原型本来就是诅咒娃娃。

厄里斯的神情逐渐转阴。

“那我就不能放过你了。”他翻脸的速度比翻书还快，话音落毕，便拍开枪管向其中推了一发霰弹，迅速甩上枪管上膛，朝白楚年当头一击。

厄里斯的手速非常快，换弹几乎没有间隙。

白楚年却早就预判了厄里斯的行动，当他扣下扳机时，白楚年已经趴下了身，从厄里斯的裆下滑了出去，手扒住了他的脚腕，用力一拽。

那发爆裂的霰弹便打在了奇生骨的玻璃培养舱上。

培养舱炸出了一个洞，里面的培养液开始向外涌，帝鳄见状，赶紧跑过去用后背把洞堵住，破口大骂：“厄里斯你这个成事不足、败事有余的东西！”

厄里斯正杀得开心，一发一发霰弹朝白楚年射去。白楚年在实验体的橱柜、药剂台和仪器中间灵活躲避，他的跳跃和避障能力极强，身体掠过的地方完全没有碰到任何杂物。厄里斯却像一场降临在实验室的灾难，所过之处没留下一点完整的东西。

满天飞溅的霰弹击穿了几个培养舱，奇生骨的培养舱也被打出了无数孔洞，培养液喷溅得越来越快，玻璃培养舱布满裂纹，马上就要撑不住了。

实验体如果没有达到培育时间就脱离培养液，会发生窒息和萎缩。白楚年就是要破坏培养舱。

他从高处跳下，抽出大腿外侧枪带中的匕首，朝厄里斯头顶刺了下去，厄里斯本能地避开。白楚年虚晃一招，闪过厄里斯，将匕首插进培养舱的裂缝中，用力一扳。

培养舱整个爆碎了，培养液涌了出来，淹没了地板，把帝鳄冲了个浑身透凉。奇生骨摔了出来，脆弱的孔雀尾羽在空气中微弱地颤抖。

角落里存在感微弱的魍魉沙漏默默地将沙漏倒置，奇生骨回到原位，漏出的培养液又倒灌回培养舱中，玻璃碎片拼回原样。

“嘁。”白楚年恨得直咬牙，在墙壁上借了把力，换枪冲向魍魉沙漏，子弹接连朝魍魉沙漏的头颅射去，却在挨到魍魉沙漏的一刹那被帝鳄挡了下来。

白楚年再次落地，被他们包围在了中间。

他轻挑眉："一块儿上吧。"

厄里斯杀得正酣，根本停不下来，发动 J1 亚化能力"噩运降临"笼罩白楚年。白楚年身边的试剂柜轰然倒塌，如多米诺骨牌一样追着白楚年躲避的方向倾倒。

不过，核心实验室中使用的是无影灯，厄里斯的 A3 亚化能力"如临深渊"用不出来。

魍魉沙漏倒置沙漏，白楚年落地处的氧气被全部抽走。下一刻白楚年却踩着最后一个砸落的橱柜跳了出去，从魍魉沙漏背后给了他重重一击，魍魉沙漏脊骨化作白玻璃，炸碎了一大块。

帝鳄像一堵坚固的巨墙堵在白楚年面前，白楚年抽出匕首，在手中打了个转，用力朝帝鳄的心窝刺了下去。

锋利的刀刃加之灌注了白楚年全力的一击，竟然仅仅没入帝鳄胸前一厘米。白楚年按住他的肩膀，默念"帝鳄"两个字，使用 M2 亚化能力"泯灭"，然而，毫无作用，因为帝鳄只是他的实验体代号，他本心并不认可这个名字。

帝鳄冷笑一声，双手分开，从白楚年前后胸用力钳了下去。

帝鳄 J1 亚化能力"巨鳄牙铡"，继承自史前巨兽帝鳄的咬合力分别灌注在双臂中，强大的剪应力作用在目标上，岩石也能被瞬间切碎。

他们的体形、重量根本不在一个量级，白楚年被那股沉重的咬合力钳住，胸骨发出几近断裂的碎响。

帝鳄轻蔑道："小白猫，你在挠我吗？神使也不过如此。"

"没错，我很差的。"白楚年体内却猛地爆发出一股力道，将帝鳄紧紧咬合的双臂震开，反身在墙壁上踩了一下，随后稳稳落地。他浑身骨骼施加过 J1 亚化能力“骨骼钢化”，受这沉重一击仍旧完好无损。

帝鳄惊了一惊。

白楚年还没喘口气，厄里斯的霰弹又打了过来。

厄里斯狂笑着开枪：“我们出去打？这里面全是灯，我都用不上劲。”

白楚年不想和他多纠缠，再一次朝着奇生骨的培养舱冲了过去，在空中换上新弹匣，甩上膛后开枪，毫不犹豫地对准了奇生骨的后颈，却又一次被帝鳄城墙般的身体挡了下来。

培育时间只剩不到 5 分钟了，再不解决掉麻烦就大了。

尼克斯在深水槽边安静地观察着整场战斗。

“厄里斯，抓紧时间，别玩了。”他轻声开口，把指尖挂的银色方口钥匙抛了出去。

形似钥匙，但并无齿槽，前端只有一个方形的孔。

钥匙飞到半空，感应到了厄里斯的存在，自动吸附到厄里斯身上，方形齿插进了厄里斯的后颈下方，缓缓拧动。

IOA 医学会曾做过关于亚化细胞团之间联合、融合、共生以及驱使关系的研究，某些亚化细胞团天生就能与特定亚化细胞团形成驱使关系。

109 研究所也发现了这一特性，一般具有被驱使潜力亚化细胞团的都是全拟态实验体（中位编号是 10），概率仅有十万分之三，在过去数年间，一共产生了三个使者型实验体。他们本身的实力并不能达到惊艳的程度，但一旦找到与之形成驱使关系的亚化细胞团，就会展现出无与伦比的强悍。

相应地，与之能形成驱使关系的驱使者也很特殊，驱使者一般会拥有一件自己无法使用的东西，能且只能应用在被驱使者身上。

在厄里斯身上拧动的钥匙是一个人偶发条，咒使的驱使者正是人偶师。

“舒服。我太迷恋被插钥匙的感觉了，好像能把地球捏碎一样。”厄里斯浑身的球形关节缓缓爬上了银色花纹，欧石楠亚化因子的清淡气息溢满了整个空间，浅绿色的眼眸注视着白楚年，“我想用你的大腿骨磨一枚戒指送人。”

白楚年怔怔地退了两步。

厄里斯的速度一下子变快了，他朝白楚年飞去，白楚年闪身躲开，厄里斯的身体重重地落到地上，十指在地面上轻易地撕抓出孔洞。

他浑身的球形关节可以无限角度旋转，白楚年刚落到他身后，厄里斯的手臂就从正面弯折到背后，一拳重击在白楚年的腹上。

即使使用了骨骼钢化，这一拳却像一百台液压机同时捶打在他腹上一样，白楚年后背狠狠地撞在墙壁上，摔下来时砸在了地上的碎试剂中，跪在地上，喷出一口血红的脏腑碎末。

白楚年还没站起来，厄里斯已到他面前，抓住他的脖颈，抬膝撞在他胸骨上。

这是连骨骼钢化都扛不住的力道，凶猛的震颤直达心室。

“哈哈哈哈哈，你真软得像只小猫啊——”厄里斯从背后把白楚年提起来，嘴唇挨在他亚化细胞团边，“你是自己来的吗？电光幽灵呢？你们俩装陌生人合起伙来骗我，我真的太难过了。”

白楚年反手抓住厄里斯的手腕，心中默念他的名字，但厄里斯轻易地识破了这是白楚年发动泯灭的前兆，抓住白楚年的手向后用力一折。

白楚年咬牙闷哼，脖颈处的青筋暴起。

“死之前先给我道个歉，说你再也不敢了。”厄里斯俯下身去，一口咬在白楚年的亚化细胞团边，尖牙撕扯着他最脆弱的要害，白楚年痛到极点，嘶吼出声，身体却被咒使牢牢压制。

“好了。”尼克斯轻轻一挥手，让厄里斯放开他，缓缓走到跪伏在染血的玻璃碎屑中的白楚年面前，蹲下来，抬起他的下巴。

白楚年嘴角和鼻下都在淌血，脸色苍白，血色一点点退去。

“你告诉我，”尼克斯将金发拢到耳后，低头问，“深水药剂库里唯一一支 HD 药剂去哪儿了？”

“……”

“很难回答，是吗？”尼克斯怜悯地抹去他嘴角的血迹，“那我问你，电光幽灵在哪儿？”

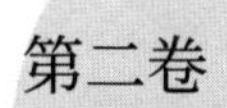

第二卷

金绿蓝三色：孔雀尾羽

第六章

奇生骨

尼克斯瘦削的手指在白楚年的颈侧和颊边压出了淤青印痕。

厄里斯在他身后研究他的大腿骨，手里随意地抛着白楚年的战术匕首，刀尖在他腿侧划动，割破布料的同时也在他的皮肤上留下一道血痕。

白楚年舔净嘴唇上的污血，嘴里一股铁锈味。他身体自愈的速度赶不上厄里斯破坏的速度，体力也快消耗尽了，胸腔和腹部损伤严重。

“咒使和人偶师联合……就只有这点威力吗……”白楚年抓住尼克斯的手腕，吃力地撑起身体。

“我从不认可我的名字，想泯灭我，你做不到。”尼克斯哼笑，“电光幽灵是不是顺着水槽下去取药剂了？我告诉你，深水药剂库是单向的，没有虹膜和指纹就只能下不能上，里面安装了十多道单向辐射门，HD 药剂在最下面。通信器的信号也被屏蔽了吧，你现在和他失去联系了，是吗？就算我们在这儿杀了你，他也听不到。”

“兰波……在……”白楚年弯起眼睛，“你身后……”

尼克斯警惕地回头，身后却空无一人，再回头时，白楚年张开了嘴，他口中两颗尖牙伸长，黑眸褪色，瞳仁骤然升起一片宝石蓝色，黑发从发根到发梢褪得雪白，从喉咙中发出一声低沉的狮音。

一股浓郁剧烈的白兰地亚化因子从他破损受伤的亚化细胞团中冲出，以他为中心向四周飞溅。

尼克斯立刻松开了手，他的指尖却已僵硬不能弯曲，一层发亮的玻璃质从指尖蔓延到了小臂。

除了尼克斯外，厄里斯离白楚年最近，虽然他反应很快抬手挡住，但仍从手肘开始结成玻璃质，像急速结冰般蔓延到下半身。

帝鳄守着培养舱，距离白楚年足有 50 米远，那股沉重的压迫力也波及了他，他伸出的手转瞬之间凝固断裂，凝结成一颗玻璃珠落在地上。

培养舱下萨麦尔的尸体则直接凝结成了一颗玻璃珠。

魍魉沙漏缩在墙角，他离白楚年大约有 70 米远，沉重的气息仅仅把他压得跪了下来，并未被泯灭。

一切发生在电光石火间。

甚至几秒后，帝鳄才感觉到自己的右手被截断，蚀骨的剧痛让他抱着右臂撕心裂肺地吼了起来。他摔进杂乱的试剂台中，发出一声沉重的巨响。

白楚年身上的伤在愈合，他撑着膝盖缓缓站起来，宝石蓝的眼睛失了神，凶光乍现。

钉在他耳上的鱼骨矿石暗光闪动，在他耳边发出海浪拍打沙滩的静谧安抚声。白楚年已经生长到趋近狮子的尖牙这才有所缩短，眸中清明的光影取代了凶光。

“那我就先处理你……”白楚年像扑食的猛兽，朝尼克斯所在的位置蜿蜒跃进。

尼克斯忽然消失，厄里斯取代他出现在他刚站的地方，硬扛了白楚年横扫的一腿。白楚年甫一触碰他，厄里斯身上立刻从接触面开始结了一层玻璃质。

厄里斯后退了好几步，身体撞在倾倒的药剂台上，玻璃质被撞碎，他的皮肤爆出一片血花。

看来，人偶师的亚化能力和人偶替身有关，可以挑选一个人互换位置替他扛一次伤害。

“想同归于尽吗？这可不划算。”尼克斯出现在厄里斯原本所在的位置，掸了掸身上的尘土和玻璃碎片，冷冷地注视着白楚年，心中正通过白楚年释放出的亚化因子浓度估算他的级别和亚化能力。如果这次战斗能摸清神使的 A3 亚化能力，倒也不亏。

不论是研究所的记录还是其他侦察者带来的消息，这些年间没有人见过神使使用 A3 亚化能力。在这之前，他们甚至不确定神使的分化级别。

从白楚年体内溢出的亚化因子浓度已经远超 M2 级了，但还没达到 A3。尼克斯认为，这不是他的 A3 亚化能力，他在控制，或者说，有什么东西限制了他。

穹顶的月光透过玻璃笼罩在白楚年身上，他立在原地，轻轻攥了攥手心，尖牙在唇外映出寒光：“同归于尽？我为什么要和你们同归于尽，这样不就没人给你们收尸了吗？”

尼克斯深沉地望着他：“你为什么不用更高阶的能力？”

白楚年轻笑：“对付你们，用得着吗？”

尼克斯像看透了他：“你怕失控，收不回来，驾驭不了。”

“……”白楚年舔了舔尖牙，收敛了笑容。

“疼。是要我认真了吗？”厄里斯扯掉身上剩下的玻璃质，动了动脖颈，发出咔咔的齿轮响声。

实验室穹顶突然吸附上了一枚黏性炸弹，一秒倒数时间后，炸弹爆炸，玻璃穹顶被炸出了裂纹。紧接着，一个黑影就砸在了穹顶上，一把砸穿了玻璃罩，朝下方扔了两个黑色球形物体。

白楚年见状，立刻用手遮住了眼睛，单手撑着药剂台躲了进去。第一枚闪光弹爆炸开来，强烈的闪光和刺耳的嗡鸣在聚音效果极强的实验室中干扰性更强，被强光闪到的人立刻失去了视觉。

第二枚则是爆闪弹，强光固化，化为无数闪亮的尖刺。尼克斯遮着眼睛退开，向后轻身跃到培养舱边。

穹顶被疯狂生长的漆黑藤蔓彻底冲碎了，穿有 IOA 标志防弹服的特工组队员顺着藤蔓跳了下来，接连落地，手中抱着微冲，向周围扫射。

陆言跳到白楚年身边，歪头看他：“咦，你漂了头发？”

“果然漂发很伤头发。”白楚年随便晃晃脑袋，发丝和眼睛又恢复成黑色，转头对毕揽星道，“时机抓得挺好，路线找得也可以。”

白楚年毫不掩饰地向所有人说：“帝鳄擅长防御，弱点速度；魍魉沙漏控制力强攻击力弱，能力有范围限制，别近他身；金发西服那家伙可以替身脱离；厄里斯我来对付。有机会就把那培养舱给炸了。”

特工组合作时间已经不短，早已习惯了白楚年的打法，得知敌方强弱项后，凭着意识和习惯自动分开战斗。

距离奇生骨培育结束还有一分钟。

帝鳄被截断的右手已经重新生长出来，他想去维护培养舱，但被一身材娇小的垂耳兔迎面挡住了去路。

帝鳄喘着粗气大笑："哪儿来的迷你茶杯兔子，让开，别被踩扁了。"

陆言也不是第一次被小瞧了，双手各拿一把战术匕首，转瞬间便出现在了帝鳄后颈处，两把匕首同时刺向他的亚化细胞团。

帝鳄浑身皮肤坚如钢铁，后颈也一样，匕首是不可能轻易刺入的，力量再大也无法突破。但陆言近战并不靠力量。

帝鳄反手抓陆言，陆言体形小又有超声速伴生能力的辅助，帝鳄根本就抓不住他。陆言也不贪心，每次出现在帝鳄后颈时，就只刺两刀，从狡兔之窟中消失，再从另一个意想不到的地方出现，然后捅他两阴刀。

帝鳄皮虽厚，却扛不住上千次的刺杀，反复无数次后，陆言的匕首便深深刺进了他的后颈之中。陆言使用 M2 亚化能力"四维分裂"，十几只双手拿匕首的兔子亚体把帝鳄围得眼花缭乱。

谭青、谭杨氢氧亚化细胞团联合，远程爆破魍魉沙漏，就是不靠近他。魍魉沙漏无法用能力抵抗他们，抱着沙漏到处逃窜。

毕揽星的藤蔓将整个实验室分割成了数个独立隔离的区域，让对方无法轻易聚拢到一起。

"你们这么多人！不公平！"厄里斯撑着桌面身体飞转，双腿朝白楚年脸上扫去，白楚年闪身避开："你们四打一的时候怎么没这么说，谁还叫不来一车面包人[1]呢！"

"哼。"厄里斯双手相扣，从他指间分出一根金线，缠绕到白楚年身上，金线迅速蜿蜒连接到 IOA 其他队员身上，"我杀你也一样让他们死。"

---

1. 一车面包人：网络用语，是"我叫一面包车的人去打你"的调侃表达方式。原本是一句威胁人的狠话，现在被广泛运用于聊天中，颇有娱乐效果。

咒使的伴生能力“诅咒之线”可以任意连接十个目标，当被连接的其中一个目标受到伤害时，其他被连接的目标也会受到同样强度的伤害。

白楚年笑出声：“你和有医生的队伍打消耗战吗？”

在藤蔓托举的高处托腮观察战局的韩行谦羽翼微展，消除了厄里斯的诅咒之线，顺便给白楚年做了一次耐力重置。

队伍里有个白楚年已经够难缠了，更别说还出现了另一个 A3 级亚体。尼克斯见形势已经不受他控制，低声命令：“带上奇生骨，撤！”

帝鳄：“还差 15 秒！”

尼克斯：“不等了，我们走。”

“厄里斯，去追电光幽灵，把 HD 药剂带回来。”尼克斯微扬下颌示意。厄里斯狠狠盯着白楚年，翘起唇角挑衅：“那我就去找你朋友玩了，尼克斯说他哭的时候会掉珍珠，我要多捡几个。”

厄里斯说罢，转身跳进了深水槽里。

帝鳄双臂抱住培养舱拔了起来，拽断输送管，将还剩最后 5 秒便能觉醒的奇生骨连着培养舱一起扛在肩上，抚着受伤的后颈撞开藤蔓和实验室厚重的墙壁跑了出去。

白楚年抹了把嘴角的血渣：“你们追。我去找兰波。”

兰波被困在深水药剂库里，回去的路被钢制密码门锁住，他一拳一拳猛捶闭合的大门，终于破坏了一道，却还有下一道拦着他。

在这底下，通信器的信号是完全被屏蔽的，他听不到白楚年的声音。

他的心脏忽然跳动得很剧烈，分给白楚年做耳环的那一块正与他的心脏呼应。

兰波抚住心口，一阵惊惶悸动惊动了他。

“randi（小猫咪）……很痛。”兰波皱起眉，拍了拍心口，低声安抚，“不痛，等我。”

他嘴里叼着装有HD药剂的手提箱，不断向深处游去。深水药剂库底部与大海贯通，水压越来越强，渐渐能够看到底部的过滤器。

白楚年攀上穹顶，跳出了实验室，从外面追逐阻截厄里斯。

从实验室穹顶滑落到外面的地上，白楚年脚步慢下来，一手扶着墙壁，一手撑着膝头弯下腰咳嗽，呕出了一摊血沫。他的亚化细胞团并没有愈合，渗出的血浸湿了衣领，渗进衣服里。

咒使和人偶师联合，还使用了驱使物，就算硬着头皮扛了下来，对白楚年来说也很勉强。如果不是队员们来得及时，最终结果尚不可知。

白楚年扶着墙壁离开制药工厂，向海岸边走去。

“驱使物……”这种世界唯一羁绊相连的感觉真好。

他有些莫名嫉妒，嘴里轻声念叨：“我也想要……兰波会有这种东西吗……万一没有……我能算……他的神使吗……没有就算了，我不想……被别人驱使。”

月亮悬在云外，照映着海岛沙滩上一排深浅不一的脚印。

白楚年脚步越来越沉重，腹腔绞痛，他撑着膝头，跪在岸边，冰凉的海水一次次卷上他的大腿，再席卷着他后颈亚化细胞团滴下的血珠退回去。

耳上的矿石隐现暗蓝光影，像心跳般指引着他。白楚年能感应到兰波的方向，他朝海水深处蹚过去，但在水中行走要比在陆地上行走费力得多，被韩医生重置过的耐力也消耗殆尽了。

"兰波……离我近点……"白楚年眼前越来越黑，不知什么时候嘴里涌进一股腥咸海水，海水灌进耳朵，连风声都听不见了，陷入大海的静谧之中。

他昏了过去，通信器轻轻振动，但他已经听不到了。

兰波叼着恒温手提箱顺着深水药剂库一直向深处游，终于看见了最底部的过滤器。

他所处的海水深度压强已经超过了普通人和潜水服能承受的最大限度，过滤器上就没再装有反特工装置和密码。兰波徒手逼停螺旋桨，用力一拽，将风叶拽了下来，然后伸出尖甲撕扯过滤网。由于更换不方便，特制过滤网的材质非常结实，不易生锈，同时也不容易被深水鱼类破坏，兰波连咬带扯，才撕开一个只够伸出手臂的小洞。

水流带着一阵轻微的异响，淌到兰波耳边，兰波竖起幽蓝的耳鳍，聆听着从头顶传来的响动。

是陌生的声音。

深水药剂库的防盗门在正向进入时不需要密码，只要感应到有人接近，就会打开，因此，那人几乎毫无阻挡地在迅速接近他，并且带着一股强烈的杀气。

噪声越来越近，这里面太过狭窄，兰波手尾施展不开，他摊开手，海水在他手中凝结成一把水化钢电锯，触碰过滤网时爆出零星蓝光，将钢制网锯开了一个大的豁口。兰波用力咬住钢制网一撕，拎着手提箱从缝隙中挤了出去。

他脱离药剂库的一刹那，最后一道防盗门也开启了。厄里斯从上方游下来，手险些抓住兰波的尾尖。

厄里斯是无生命体改造实验体，他并不需要呼吸，窒息对他而言没有任何影响，在水下的劣势就更小了。

他身上带着浓重的血腥味，散进海水中的血雾里藏着若有若无的一点白兰地亚化因子味。

“听说你的眼睛会流珍珠，我要是挖走你的眼睛养在鱼缸里，每天早上都能捡到珍珠吗？”厄里斯双手分开水流向兰波靠近，指着他手里的箱子，朝他勾了勾手，“把 HD 药剂给我，反正这东西你们拿着又没用。我也不知道有什么用，但尼克斯要我来抢。”

兰波瞪了他一眼。

兰波心口隐隐作痛，因为心脏分了一块给白楚年，白楚年受伤时，兰波会清晰地感受到他在疼痛。

现在不是缠斗的时候，兰波急着找到白楚年，鱼尾一甩，化作一道幽蓝闪电，游出了数十米。

他突然急停下来，鱼尾和海草竟然缠绕到了一起，头顶的礁石轰然倒塌，铺天盖地地砸了下来，兰波伸手遮挡，断裂的石棱在他小臂上划开一道深可见骨的豁口。

被厄里斯缠上，简直就是噩运缠身，他的 J1 亚化能力“噩运降临”对能量的消耗非常小，可以无休止地发动。

趁兰波被压住，厄里斯跟着游了过来。

“你……找死……”兰波甩甩手臂上的血，伤口缓缓愈合，他也被激怒了，从碎石中爬出来，游到礁石上方，鱼尾变为血红色。

海水呈螺旋状向他手中汇聚，甚至周围游动的银色小鱼也被漩涡卷了进来，水化钢武器在兰波手中成型，一架沉重、透明的 AT-4 火箭筒落在兰波肩头。几尾被漩涡拉扯进来的无辜银鱼，在水化钢火箭筒中缓缓游动。

这是一种反坦克火箭筒，上来就用水化钢制作威力如此庞大的重型武器，足见兰波有多愤怒。

炮筒后缘喷射出湛蓝的闪光，一发透明炮弹朝厄里斯飞去，将倒塌的礁石炸得粉碎，海底爆发出一股强劲的水流，周围的礁石、珊瑚被连根冲起。

厄里斯被炮弹冲击波冲出了十几米，在海底绵软的沙面上滚了几圈才停下。

兰波轻蔑地冷声道："等我找到 randi 再来撕碎你，破布娃娃倒是嚣张。"

"你！"

毕竟，海底不是厄里斯的优势地形，他重新站起来追逐，而兰波已经到了数百米外，只留下一道蓝色闪电。

兰波抚着剧烈跳动的心口，耳鳍竖起来聆听着海洋传递给他的声音，虚弱的心跳似乎已经近在耳畔。

"randi……"

从他每一片蓝鳞间流过的海水似乎都带着白楚年的气味，兰波愣愣地在海水中央转圈搜寻。他怕白楚年游不快被鲨鱼粗糙的盾鳞剐伤，怕白楚年力气用完沉没到水里呛坏自己，也怕白楚年漂到自己找不到的地方。

厄里斯远远地追了上来，一团黑影将兰波笼罩住。

兰波忽然游不动了，定神一看，下半身陷在了滚烫的岩浆中，鳞片卷曲着从他身上剥离，皮肤一点点被火山岩浆吞噬。

周围细细碎碎地响起人鱼族的谩骂。

“fanliber。（背叛海族的罪者。）”

“hoti coon，kimo goon。（岩浆袭来之时，你弃我们而去。）”

“boliea abanda kimo。Nowa Siren。（我们决定放逐你，失格的王。）”

炽热的温度炙烤着他，他所有的力气都用来与岩浆烈焰搏斗，分不出一丝一毫来护着自己美丽的鳞。

汹涌的热岩浆将兰波掩埋进深处，无法呼吸。

咒使 M2 亚化能力“恐怖片”，黑暗将其笼罩，令他被人生最苦痛之事湮没，永远活在仇恨和诅咒的过去。

兰波在海水中失去知觉，缓缓下沉。

“看起来很难过啊，要是我能看到是什么让他这么痛，就好了。”厄里斯手脚并用地游过去，想夺他手中的箱子，兰波的手还紧紧攥着手提箱，厄里斯拿出匕首，插进他手心撬动。“嗯？手长得也很好看呢，蹼还会亮，干脆带回去做一个床头灯。哇，他怎么戴了个猫爪戒指？”

厄里斯抬起匕首，用力朝兰波的手腕剁了下去。

兰波的手突然动了动，用力攥紧手提箱，抡圆了砸在厄里斯头上。两人一触即分，又一次拉开一段距离。

“我统治海族两百年来，时常被称暴君。我已经不在乎误解者的生死，只有与我生死相通的海和一位赤诚少年让我挂心。”兰波轻抬右手，无限水流在他掌心形成漩涡，安静的海洋狂怒咆哮，“你这点小伎俩还不值得我正眼看。”

利剑般的水流拖着蓝色电光盘绕在厄里斯周身，水流形成一座透明牢笼，将厄里斯困在了海底，并且缓缓向沙中下沉。

虽然咒使已经达到九级成熟体的级别，兼有人偶师的银色发条驱使，却依然抵消不了兰波在海中的优势。

兰波向浅海游去，如同蓝色幽灵，蓝光水母簇拥着他离去。

嘈杂的螺旋桨声在海面上空徘徊，一架直升机在空中搜寻。

尼克斯驾驶直升机，魍魉沙漏抱着沙漏躲在角落。帝鳄怀中抱着已经脱离培养液的奇生骨，奇生骨斜倚在他肩头沉睡，金碧相间的睫毛被风吹动，极长的孔雀尾羽在风中飘舞，发出水晶相碰的乐音。

一道蓝色闪电接近海面，帝鳄吼道：“电光幽灵上来了！”

他撤离时被IOA特工组围攻，浑身的伤口还没完全愈合。他低吼了一声，双手把着固定在直升机上的机枪，朝闪电所过处的海面扫射，子弹下雨般地激起浪花，接连穿透水面。

短暂的沉寂。

海面忽然被闪电撞破，兰波纵身冲出水面，跃至17米高空，肩扛透明水化钢火箭筒，一发炮弹飞向了他们的直升机。

“goon。(去死吧。)”

魔鬼鱼M2亚化能力“高爆水弹”，强大的冲击力和笼罩范围让直升机避无可避，机身中弹，被炸得飞了出去，冒出滚滚浓烟，燃着火焰。

剧烈的爆炸虽然压制了机枪扫射，但也惊醒了奇生骨。

兰波反身落回海中。

厄里斯狼狈地浮上来，银发湿漉漉地贴在头上，衣衫被水刃割得破烂不堪。他从手腕放出一根金线连接到冒烟的直升机上，将自己带离了海面。

尼克斯面上波澜不惊，手搭在浑身湿透的厄里斯后颈，拧动那枚银色发条。

厄里斯身上破损见骨的伤口便被金线缝合，消耗的能量恢复了大半。

尼克斯屈着一条腿坐在充满浓烟火光的直升机边，吐出舌头朝兰波露出阴森的微笑："上了岸，你还能说了算吗？"

兰波半个身子浮出水面，举起手提箱，冷淡地问道："想要里面的药剂吗？"

尼克斯眉头微皱："厄里斯，去抢回来，别让他毁掉。"

厄里斯闻言，立刻从直升机上跃下，伸手抓向兰波手中的箱子。

"来海底拿吧。"兰波将箱子一口咬掉大半，将剩下的一半扔进布满利齿的嘴里，嚼碎吞了。

厄里斯意识到兰波做了什么时，为时已晚。

HD 横向发展药剂极为珍贵，它可以立即催生出一种与使用者亚化细胞团特性相关的伴生能力，并且永久存在。

自然情况下，伴生能力只能在每次分化时有一定概率获取，本身不具有攻击性。但只要拥有一种伴生能力，就已经能大幅增强拥有者的能力了。

尼克斯攥紧拳头，电光幽灵已经够强了，再出现一种伴生能力会到怎样的地步，他无法想象。

兰波甩了甩鱼尾，鱼尾充血展现出鲜红血色，每一片鳞倏忽间蔓延上了金色纹路。

魔鬼鱼第三伴生能力"锦鲤赐福"：短时间内运气极佳。

兰波觉得自己还不清楚怎么使用新的伴生能力，后腰忽然被撞了一下。

他扭头看去，白楚年居然漂在海面上，头撞到了他的腰。

"randi，randi。"兰波立刻把敌人忘到脑后，抱起白楚年，将安抚因子注入他的身体。

兰波从他身上嗅到一股血腥味，忽然看见他后颈亚化细胞团上被撕咬过的痕迹。

“wei……（为什么……）”兰波呆呆地用指尖轻轻碰了碰他后颈被海水泡白的伤口，“ne boliea Quaun eiy[被咬了（亚化细胞团）]？”

白楚年动了动，剧烈地咳嗽起来，艰难地抬起一只手，轻轻搭在兰波肩上，海水顺着指缝流淌。

“镰刀……再借我用……一次。”

兰波轻拍他脊背安抚，抬起右手，海水随着他的召唤被提炼出水滴，繁星闪烁的水滴在兰波掌心汇聚成一块岩石，岩石再逐渐伸长，化作一柄电光闪烁的镰刀，握在他手心。

“本来就是给你的。”

白楚年虚弱地、讶异地抬起头。

兰波看了看镰刀光滑冰凉的表面：“海洋有两颗心脏：一颗是生者之心，就在我胸腔里，是海洋亿万生命的源流；另一颗是死者之心，死海心岩，汇聚深海往生者夙愿，我拿着不吉利。”

白楚年眼中升起一丝光。

“借我……”

兰波抿唇：“可这不是你现在需要的东西。”

“嗯。”白楚年由于过度虚弱而掩藏不住的兽耳耷拉下来。

兰波手中的镰刀融化，退回原本岩石的模样。岩石在他手中凭空铸造，熔铸成一个坚固剔透的猛兽口笼，将白楚年锐利的口齿和下颌一同禁锢起来，口笼后方延伸出一条细链，细链末端攥在兰波手中。

“可以去了。”兰波拉开蓝光幽微的水化细链端详，“有我在，不会失控的。”

厄里斯用诅咒金线将自己吊在直升机上，惊诧地望着头发白化，眼眸中暗蓝幽光蔓延的白楚年，他被口笼禁锢的尖牙放肆生长，与雄性白狮无限趋近。

“驱使物……？”

白楚年的身躯在月下划出一道银白弧线，将厄里斯猛地从直升机上扑了下来。他的臂力已经与刚才战斗时有天壤之别，可厄里斯仍然没有从他身上感受到使用 A3 亚化能力的亚化因子波动。

两人在空中不过接触了一瞬，再分别落下，厄里斯已然被白楚年展现出的震撼力量惊得说不出话。

他愣住了，再低头看向自己的右臂。小臂以下竟被轻易地截断了，他甚至毫无知觉。

尼克斯紧紧盯着白楚年，操纵直升机的双手缓缓鼓起青筋，指节泛白。

白楚年所戴的猛兽口笼显然没有为他带来任何增幅，他展露出的完全是自己的力量，反而是口笼像一道枷锁般限制着他。

正常使者型实验体得到驱使物应该会实力大幅度增强，神使却要靠驱使物削弱吗？

第七章

HD药剂

白楚年在黎明的空中划出一道银白弧线，落在了海面上。

他发丝雪白，眼瞳已完全变为与白狮原型相同的暗蓝宝石眼，指甲伸长变尖，与兽爪趋近，唯有口中尖锐的兽牙被口笼禁锢，让他无法张开下颌。

口笼看似由水化钢形成，却并非海水凝结而成。它吸收了厄里斯断臂的血液，颜色由蓝变黑。

因为白楚年身上戴着王的枷锁，海并非死物，默认白楚年受海神遣使而来，海面竟撑起白楚年的身体，他四脚落在水中，海面像冰面那样坚硬平滑。

其实，在M港昏迷后失控的事，白楚年并非毫不知情。其他人不说，白楚年只当他们不知道，或者为了不给他增添压力，所以装作不知道。不管是哪一种原因，白楚年都为自己还能行走在阳光下心怀感激。

至于兰波为什么能在短时间内进化到成熟体，白楚年心中早有猜测，只是两人默契地不再提起罢了。

神使体内蕴藏的能量之巨大，连白楚年自己都时常感到恐惧。当初研究所看走了眼，在两人之间选择了电光幽灵。却没想到白楚年没死，靠着兰波给予的那一点生命力顽强地存活下来。其实，至今也没几个人清楚神使的真正实力到了怎样的地步。

平常参与任务时，白楚年更多地待在指挥位，很少自己出手。除了不想被摸清底细之外，还因为如果不慎能量外溢，极容易触动更高阶的亚化能力，后果难以预知。

他作为特种作战武器而生，骨子里就带着杀戮本性。白楚年从来没有享受过纵情战斗的快感，因为一旦暴走，他没把握还能收得回来。

尼克斯垂眸对兰波道："这世上自作聪明的人太多了，真正聪明的却没有几个。不过，好在蠢人活在自己的幻想里，所见皆蠢，才能安心自处。你们既然站在人类那一方，就做好被愚蠢的他们毁灭的觉悟吧。"

兰波冷眼凝视他："神的所为，不是蝼蚁能妄加评价的。我谁都不站，也许看着人类毁灭自己，但你们正走进深渊。"

泡在水里的厄里斯甩甩手臂，被白狮利爪截断的小臂重新生长出来。不过，他的衣袖完全断了，断口处开了线，大概修补不回去了。

"我的衣服。"厄里斯捡起掉进海里的袖口，套回手上，用诅咒金线将断口粗陋地缝合到一块儿。

他回头看了看直升机上的人偶师，尼克斯的目光一直落在白楚年身上，观察着白楚年的一举一动，没有分给他一丝多余的眼神。

"……"厄里斯泡在水里，攥紧拳头，海水从指缝间流走。

白楚年没有给他喘息的机会，踏着水面高高跃起，凌空扑向厄里斯，双手尖锐的利爪刻印进了他的双肩。

厄里斯紧紧抓着白楚年的双腕，被他压在身下，两股强大的力量纠缠在一起，海水被他们激起万丈狂澜。

一根诅咒金线从厄里斯手腕悄然延伸而出，缠绕在白楚年的手上。

厄里斯扬起唇角，狠狠笑道："来撕碎我。"

诅咒金线连接的目标将会承受相同的伤害，如果白楚年真的下了手，他将会和厄里斯一起化成白狮利爪下的碎肉。

但此时白楚年已经放开了力量，不是他想收就能及时收回去的。眼看着他将要和咒使一同湮灭，连接在口笼上的锁链忽然一紧。

口笼从鼻子开始，锁住兽牙和下颌，下半部分延伸到脖颈，脖颈处的伸缩项圈与锁链形成一个拉紧就会收缩的活扣，锁链一紧，白楚年突然感到脖颈被紧紧勒住，外溢的力量被口笼一下子遏制住。

他就像被驯兽师说"不"的大型猛兽，收住利爪垂下耳朵，翻身摔进水里。

兰波就在水下，是他拉紧了手中的链条。白楚年仰面沉入水中，被他双手接下。

冷蓝色鱼尾转换成火焰色，鳞片灿金闪烁。这次注射 HD 药剂获得的伴生能力对亚化细胞团消耗微弱，虽然两次使用间隔一段不短的冷却时间，但会自动凭借第六感选择最合适的能力释放时间，无须刻意控制。

远空传来一阵噪声，直升机的螺旋桨声靠近，涂装 IOA 标志的直升机从远处的海平面出现。

一根闪烁柔光的羽毛从空中飞来，落在白楚年的头上，连接在他手腕上的诅咒金线立刻被消除了。

直升机靠近，萧驯将狙击枪架在吊带上，合起左眼注视着瞄准镜中的厄里斯。厄里斯和白楚年距离非常近，但当兰波把白楚年拖进水中后，目标赫然暴露在瞄准镜下。萧驯冷漠地扣动扳机，一发狙击弹正中厄里斯的后脑。

与此同时，在厄里斯身上形成了 M2 亚化能力“猎回锁定”标志，将目标位置共享给队友。

乱射的流弹穿透了厄里斯的身体，厄里斯此时也完全耗尽了体力，沉没进汹涌的海水中。他半合着眼，往人偶师的方向望去，举起的手也被海水吞没。

陆言驾驶直升机，毕揽星在通信器中命令：“掩护他们，用定位弹，把对方直升机击落。”

“收到！”陆言熟练地在操作面板上拨了几个开关，武装直升机下方舱门开启，一管定位炮瞄准了人偶师驾驶的已经冒烟的直升机。那架飞机显然已经经受不住再一次爆炸了。

风中的清脆乐音忽然响起，炮弹竟撞在了一层霓色屏障上，提前爆炸。震天的巨响使得周围人一阵耳鸣目眩，冲击波激起一阵波澜海浪。

爆炸的烟雾弥散，空中出现了一道金碧流光的身影。她飘浮在空中，背后碧色羽翼缓缓扇动，没有衣物蔽体，浑身白得剔透，女性外观，体形柔美惊艳。

从她尾椎处延伸出的金绿蓝三色孔雀尾羽抖动绽放，一道繁星闪烁的圆形虹霓霞蔚笼罩了她。

这层流光溢彩的屏障吸收了导弹爆炸产生的能量，突然爆裂碎开，以相同的爆发力将云霞碎片落雨般地炸了回去。

她的 J1 亚化能力“霓为衣”，可以吸收对方 70% 的攻击伤害，并化作爆炸碎片反弹回去。

奇生骨从沉睡中苏醒，替他们挡了这致命一击。但培育时间不够留下的后遗症使她状态非常不稳定，仅使用了一次 J1 亚化能力就收拢了尾羽，眼睑闭合，陷入沉睡。

但这已经足够给人偶师他们争取时间了。

帝鳄接住从空中像片羽毛飘落的奇生骨，尼克斯操纵直升机撤离，左手释放出一根纤细的人偶提线，把身中数弹遍体鳞伤的厄里斯从海水中捞出来，缠绕着他逃离了海域上空。

“下次希望你们还像今天一样走运。”直升机驶离射程，空中只留下尼克斯的余音。

通信器中风暴部队传来好消息，何队说，他们活捉了实验体魔音天蝉，雷霆援护小组已经到了伯纳制药工厂。

毕揽星代白楚年回应：“HD 药剂已经毁掉了，人偶师他们只带了一个正在培养中的实验体逃走了。”

韩行谦和雷霆援护小组的查尔医生连通了信号，嘱咐他们：“在制药工厂内层楼地下室发现了几个幸存者，以及他们做非法实验的活人人质，我已经拍了照片。”

“楚哥受伤了吗？”陆言放下绳梯，想拉兰波和白楚年上来。兰波却叼着白楚年的衣领带他潜入了水中，鱼尾一甩就消失了。

白楚年的意识还很清醒，他只是有点累，又喜欢被兰波叼着跑，所以默不作声，体验着坐光速海底缆车的感觉。

兰波带他游到只长了一棵椰子树的圆形小岛上。与其说它是个岛，不如说它是个漂浮在海上的圆形礁石，不知道从哪个热带地区漂浮到了这儿，也就只有兰波能找到它。

兰波轻轻地把白楚年拖上岸，用干燥温暖的沙子把他埋起来。

白楚年从沙子里打滚爬出来。

兰波释放安抚因子，为他受损的亚化细胞团疗伤。

白楚年侧躺在他弯曲的鱼尾上，眼皮沉沉地想合在一起，又努力睁开。

白楚年坐起来，他比兰波高得多，肩膀和背肌也更宽阔，蹲坐在兰波面前，更像一只驯服的大猫，白色毛绒耳朵在白发里时而立起来，时而耷拉下来。

“我常常会觉得你很美，每次想靠近，又觉得这样会把你弄脏，总会被更多的愧疚压过去。”

“现在可以了。”兰波说，“我想赐给你更多东西。”

白楚年犹豫了一下。

兰波抬起手，手中拿着连接白楚年口笼项圈的细链：“乖孩子应该被奖励，这是你应得的，不是向我索取的。”

轻微白狮化的白楚年体形有所加固，身上的白狮特征还都保留着。他双手撑着沙滩，双腿跪在地上，居高临下地注视着兰波。这个姿势并不像压迫，反而更像朝拜。

兰波靠在椰子树下半躺着。

“你好乖。”兰波说。

白楚年低头发出一声嗓音粘连的“喵”。

绷带散落在沙滩上，兰波露出久未见过阳光的脊背。

他背上满是斑驳的爪痕，陈年旧伤虽愈合了，留下的暗红色块却怎么也消除不下去，伤疤形成一个鬼脸图案，这是人鱼语言中代表被放逐的符号。

“你受委屈了。”白楚年说，“族人误解你，连我也曾经误解你、报复你。”

“过去了。”兰波微扬着头轻声呼吸，“你还小，可以改。”

“我帮你忘记吧。”

“用泯灭？”

“用这个。”白楚年抬手按在控制剂[1]后方的搭扣上，扳开它的锁。

一股浓郁的白兰地亚化因子注入其中，沉醉的酒香溢了出来，在周遭的空气中弥散。

“呃！”兰波的指尖扎进了沙子里，身体不由自主地挣动起来，疼痛和麻木同时灌注他四肢百骸。

兰波的脊背渐渐透出了一根火红的线。随着剂量越来越大的亚化因子注入亚化细胞团，线条继续蔓延，像流淌的岩浆，在雪白的皮肤上燃烧的明亮的金色火焰。

燃烧着火焰的线相互联结，渐渐形成了一头雄狮亚化标记，布满整个背部，掩盖了先前暗淡的鬼脸伤疤。

白楚年留下的亚化标记色泽明艳，炽烈的红色中透着闪烁的金色。

“我记得，你梦里会害怕，嘴里呢喃着烫，我知道你是想起了伤心事。”白楚年说。

一颗黑珍珠从兰波眼角滚落，落在沙子里，更多的珍珠簌簌掉落。

归功于太平洋里一群好事的海豚，王恩赐了他人的消息，一夜间惊动

---

1. 控制剂：可以控制亚化因子的分泌。

了四大洋，整个海族喜出望外，普天同庆，奔走相告。

午后的阳光炽烈刺眼，白楚年从熟睡中醒来，抬起手臂挡住眼前的太阳。

他忽然惊醒，坐起来环顾四周，发现身边只有一棵孤零零的椰子树，兰波不在。

椰子树的树皮上留下了一些细细的抓痕，白楚年摸了摸那些痕迹，发现自己的手跟之前不大一样了。

也说不出有什么具体的变化，感觉指甲形状更细长了些，手指上的枪茧消失了。

他走到水边，从宁静的水面照了照自己的脸，愣了愣。

白楚年过去一直处在一个不觉得自己长相上有什么过人之处的状态，因为他的审美和人类审美还没有融合得很好，加上大部分实验体差不多都是一个类型的相貌，所以白楚年没觉得自己有什么特别的。

但现在不一样了，五官上虽然没什么明显的变化，但组合在一起就连白楚年也能看得出来漂亮了。

“啊，这，为什么？”白楚年摸了摸自己的脸，骨相似乎发生了微调。

他试着使用了 J1 亚化能力“骨骼钢化”，发现自己的力量如同被提纯过，发动一次全身骨骼钢化消耗的能量仅仅是原先的一半。

“……兰波去哪儿了？”

他东张西望地找了半天，突然摸到自己脖颈上的项圈，才一下子被安抚住了，安心坐下等着。

一个小时后，兰波顶破水面，甩了甩湿漉漉的金发，从水里跳出来，坐到小岛上。

他腋下夹着一个大扇贝，肩上扛着一个大扇贝，费了不少力气才把这两个大家伙搬上来，因为贝壳又滑又圆，不好拿。

他赤着上身，背后的火色狮子纹亚化标记还在熠熠闪光，像炽热的熔岩。

兰波用水化钢做了一把锋利的小刀，熟练地把贝壳边缘撬开，把贝肉完整挖出来切成小块。

白楚年从背后靠上来。

“在做饭，让开，别捣乱。”兰波扭了扭尾巴，用空贝壳舀一些海水放在热沙子上，晒点盐吃。

白楚年在他耳边喃喃抱怨：“你怎么没穿衣服就下水了？”

“海里又没人看。”

“有鱼看啊，鱼都看着呢，刚还游过去一海龟，糟老头子看了你好几眼。”白楚年把洗好晒干的绷带拿出来，给兰波缠回身上，“快穿上，等会儿晒秃噜皮了，我给你买那么多防晒霜就是不涂。”

“……”兰波推开白楚年。

白楚年又说：“那个……跟你商量个事。”

兰波垂眸，用水化钢小刀把晒出的盐汁抹在切成块的贝肉上：“不行。”

“……我没要……”

“那是什么？”

“这个，”白楚年抬头钩起颈上的项圈，“你平时拿着有用吗？你用不着的话，我替你收着。”

“你很喜欢？”

“……嗯啊。”

“那就一直戴着吧。”

“给我了啊。”白楚年高兴起来。他脖颈上原本只戴着一颗黑珍珠，项圈的材质是死海心岩，本质以水化钢形式存在，卸掉锁链之后与兰波断开联系，因此颜色变成黑色，看上去像一种晶莹剔透的黑钢。

白楚年像收到生日礼物的小孩似的，去捡杂草拿打火机点火做饭了。

两人坐在漂浮的小岛上，一人抱着一个烤扇贝吃，腿蹚在清澈的海水里。

兰波鱼尾边汇聚了不少色彩斑斓的鱼，争夺鱼尾搅出气泡产生的蓝光水母吃。吞下水母的鱼色彩会变得异常娇艳，体形也会相应变大一些。

白楚年仰头看了看，高耸的椰子树上挂着四个椰子，嘀咕了一句：“你看那椰子熟了没？我好渴。”

“熟了。”兰波的鳞片闪了一下金光，一个成熟的椰子松动掉下来，刚好砸在扔掉的贝壳上，切开了一个口，可以直接喝。

“嗯？”白楚年纳闷地捡起椰子，往嘴里倒甘甜的汁水，“好甜，应该是那四个里最甜的一个了。”

“你怎么不说话，不高兴了？”白楚年耳朵耷拉下来，一副做错事的模样。

“HD 药剂，被我吃了。”兰波低头扒拉着贝壳里剩下的几块肉，“他们人多，我又急着找你。”

“没事。反正我们已经有一支样品了，之前在三棱锥小屋拿的那个。只要不让他们拿到就行。”白楚年伸了个懒腰，手搭在兰波晒干的金发上揉了揉，“出了什么新能力？”

“锦鲤赐福。运气会变得很好，而且不需要我刻意用，这个能力会自己挑选合适的释放时机。”

白楚年忍笑："和你挺搭的。"

兰波翘起尾尖，回头问他："我们现在算度假吗？"

"……不算吧，得旅行才算。而且是长途旅行。"

"好。"

他们待的这座小岛一直在漂，手里没有地图，白楚年也不知道他们漂到哪儿了。不过，通信器还没损坏，能和队员们联络上，队员们已经回PBB 军事基地了。

听毕揽星报告说，他们发现了藏在制药工厂里的幸存者，以及大量用于做活体实验的被买卖人口，照片和报告他连夜赶完了，交回了总部。而且何所谓领人活捉了伏击他们的实验体魔音天蝉，现在正在审问，等他回去应该就有消息了。

和队员联络完，白楚年大致放下心，放下通信器，看见兰波独自坐在海边，望着无垠的海面。

他也坐了过去，往海里扔了一个干燥的小贝壳："你在想什么？"

兰波注视着远处的海平面自语："我不同意人类称呼这个星球为'地球'，只一个太平洋就比所有陆地加起来更宽广，明明大海更多，至少要叫'海球'吧，他们自大又蛮横。而且这里并不平静，海洋是易怒的。这么久了，我还是没习惯人类的愚妄和浅薄。"

"愚蠢就会制造灾难。"兰波说。

"算了，先回去吧。"

第八章

韶金公馆

PBB军事基地宿舍楼。

白楚年坐在何所谓的单人床上，跷着腿，何所谓拿了两听可乐扔给他。

“何队，听说把偷袭的实验体给活捉了？”白楚年启开可乐罐递给兰波一听，然后拿起兰波的尾巴尖伸到可乐罐里面搅和一下，可乐罐外部立刻起了一层冰霜，再把尾巴尖拿出来，还给兰波。

“242魔音天蝉，韩哥说那是个七级成熟体，牛哇。”

何所谓赤着上身，手臂和腹部裹着绷带，背靠在打开的窗边抽烟：“基本操作。你们那边情况还挺复杂，遇上五个实验体，能活着回来已经算走运了。”

“嗐，让他们跑了，真麻烦。”白楚年摆摆手，“你的伤要紧吗？”

何所谓：“伤本身是不要紧的。”

白楚年：“哦？”

敞开的宿舍门外，走廊里传来匆忙的脚步声。贺文潇和贺文意身上的战斗服、防弹衣还没来得及脱，就争先恐后地从窄小的门口挤了进来，龙卷风一样朝何所谓扑了过去。

按冲击力来计算，两个成熟期兽型实验体不使用能力时的力量，就相当于两只大藏獒一起撞在人身上一样，直接把何所谓撞飞到床上，然后疯狂舔他的脸。

“队长！队长还好吗？我们回来晚了，要不是被拖住，今天早上就能回来了……”

“好着呢，都滚下去！伤口刚换的药，都给老子撞裂了！”何所谓一只手护着身上的绷带，另一只手推开他俩的脸，“都给我滚！”

两只小狼恋恋不舍地从何队身上下来，给何所谓留了一脸口水，忽然注意到旁边有人。

贺文潇：“哦。”

贺文意：“啧。”

白楚年愣愣地和他俩对视，默默地伸手把兰波拉到一边，从这两只野蛮的狼旁边挪开。

“训你们的练去。”何所谓一手拎起一只，把贺家兄弟扔出宿舍，回手带上门。

何所谓拿毛巾擦了一遍脸：“他俩被捡回来以后，因为亚化细胞团相同，所以就扔给我养了。从小我就锻炼他们的狼性，结果他俩上学的时候刚好和顾无虑那小子同期。顾无虑你还有印象吧，一个哈士奇。然后，他俩就被带歪了，说明朋友圈子比父母教育还重要。”

实验体 907 魔犬加尔姆，双子合用同一亚化细胞团，首位 9 代表兽型亚化细胞团，0 代表无拟态，7 代表主要能力是能量实体化。

“魔音天蝉还没审问完，具体情况我也不清楚，你可以去看看。”何所谓摁灭烟头，“你特意找我，是问这事吗？”

“……对。”白楚年起身告别，“先回去休息了，我好几天没睡过一个完整觉了。”

那两只小狼还在门玻璃上扒着往里面看，白楚年忽然拉开门，他俩一个没扶稳险些踉跄跌进来。

白楚年特意挽起衣袖，露出小臂上的人鱼语文身，临走时还用指尖松领带似的松了松颈上的项圈。

两只小狼扒在门框边，看着白楚年扬长而去。

贺文意：“他什么意思？”

贺文潇：“意思是兰波送了他新项圈。”

贺文意：“我也想要。”

贺文潇：“那不是用来拴狗的吗？你觉得好看？”

贺文意：“我觉得好看。”

贺文潇：“其实我也是。”

贺文意：“我去找队长要。”

贺文潇：“等等，我也去。”

何所谓：“小犊子，我没那玩意。”

白楚年先向少校递了申请，想旁听魔音天蝉的审问。很快，夏少校回复说审问已经结束了，着急的话，可以去帮着整理口供。

倒是不急。

白楚年去看了看那些暂时收容在军事基地的实验体。

目前，一共放出了四个实验体，无象潜行者状态最为稳定，甚至已经能帮着劝说其他实验体了。剩下进步比较大的就是那位红尾鵟实验体哈克。

地下训练场分很多功能区域，有一块专门划分出的读书区，书架林立，中间会有一些相互隔断的书桌。

哈克坐在一个独立书桌前，桌上铺着一本中英双语的绘本，他别扭地用拳头攥着笔，埋头抄写课文，时不时用笔帽挠挠头发。

实验体们虽然战斗经验丰富，但生活技能和文化常识方面基本是一片空白。就算是白楚年，也花了整整三年时间才勉强能自然地融入人类社会之中。这些实验体一直被关在监狱里，能接触到正常人类生活的机会很少。

"倒是听话，之前的狂劲呢？"白楚年站在玻璃门外看着。没过多久，于小橙拿了两杯柠檬水回来，给哈克放在桌上一杯。

哈克一见他来，不好意思地挠挠头："小橙，这个字我又忘了怎么念了。"

于小橙扶着桌面弓身看了看："给你讲了一百遍了，读羸，笨死了。"他卷起手里的课本敲哈克的脑袋，"再罚写十遍，明天再写不出来我就不管你了。还有其他的字，告诉你了汉字是有结构的，不是画画。"

哈克捂着头趴在桌上，小声求饶："我明天一定考过。"

白楚年插兜站在角落里看着他们。哈克虽然只有 J1 分化，却是个成熟期亚体实验体，才三天的工夫，他就从刺儿头变成一个好学生了，这态度变得也太快了点。

"哎呀，你看着我写。"于小橙嫌他写得丑，气得教他怎么写得横平竖直。

哈克托着腮。

白楚年敲了敲门，他们俩一同回头看过来。于小橙见教官回来，站直身子敬了个礼。

“小橙子去给我倒杯柠檬水。”白楚年说。

“哦好。”于小橙转身跑出去。

白楚年从桌子底下拉出一把椅子，坐下来，跷起腿，双手搭在扶手上，面对着哈克。

哈克收敛起刚刚的放松神态，警惕、轻佻地注视着白楚年：“干什么？”

白楚年笑笑：“没干什么啊，过来看看你。这几天感觉怎么样？”

“发现有些人类也很可爱。”哈克不由自主地说，“很软弱，说不定什么时候就会死掉，虽然他在训练场上打败了我，但他依然脆弱。不够警惕，反应也慢，我有太多机会杀他。”

“为什么没那么做？”

“我要是真杀了他，你会弄死我的吧。”哈克带着讥讽笑道，“神使，现在谁都知道你跟人类是一伙的，你出名了，你背叛了我们。”

“你这么想就太狭隘了。”白楚年随手拿起一支笔在指间无聊地转，“我们的种族是研究所赋予的，我们生来的目的也是研究所划定的。你要是觉得生来就应该满手鲜血，就是遵循着研究所的设定活着，反而不自由。我只是在做我喜欢做的事而已，完成任务，得到钱和夸奖，然后买东西，去玩。哦对了，昨天我和兰波去椰子岛上度假了，那个岛不叫椰子岛，因为整个岛上只有一棵椰子树，所以我给它起名叫椰子岛。”

“……？你到底想说什么？”

“教官，水来了。”于小橙端着一杯柠檬水回来。白楚年却起身要走，接过他的柠檬水，拍了拍他的肩膀：“不错，继续努力，很有天分。”

“是！谢谢教官！”

目送教官离开，于小橙一脸骄傲地坐下来，心情很好地喝了一口柠檬水。

哈克看着他："你喜欢他？"

于小橙瞥他一眼："我们都喜欢白教官。"

哈克莫名其妙："为啥？图他一拳打爆别人头？图他张狂自负还变态？"

"才不是。"于小橙掰着手指细数，"白教官长得帅，实力又强，每次出任务都会保护我们，是个很靠得住的人啊。"

哈克皱眉："你不知道他是个实验体吗？"

于小橙忽然噎住，怔怔地看着他。

哈克露出挑拨得逞的笑容："原来真不知道？看来他把你们都骗了，我还以为你们真的接受一个实验体当教官。"

"我不信。"

"那你去问他，看他怎么回答你。"

"你少说废话，快写字。"于小橙敲敲他桌面，自己沉默下来，在桌边坐了好一会儿。

他想了很久，还是追了出去。

地下训练场只有一个出口，于小橙匆匆跑出来，东张西望寻找白楚年的身影。

"找我呢？"背后响起白楚年的声音。

白楚年单手插兜靠守着武装值岗的出口边，手里拿着喝到一半的柠檬水，举起来晃了晃："过来。"

于小橙匆匆跑过去，跟上白楚年。

白楚年边吸柠檬水边走到一个训练场后方，一个偏僻的空地上，停下来斜靠在墙壁上。

于小橙紧跟着走过去，背着手靠在白楚年身边。虽然听到了不好的传闻，他还是习惯性地贴近白楚年站着，这种安全感是经年相处才出现的，不会说消失就消失。

“你想问什么？”

“呃，没……”于小橙也觉得，仅仅因为一个犯人的片面之词和挑拨离间就怀疑教官实在放肆。

“你想问什么我都会回答真话。”白楚年蹲下来，吸管被他咬得满是牙印。

“嗯……”于小橙轻轻踢了踢地上的小石子，“白教官会一直保护我们的，对吧？”

“嗯？当然不对，我费心教你们带你们，又不是为了给你们当保镖。”

“不是，我不是那个意思。”于小橙最终放弃了措辞，语无伦次地说，“我想说的是，我相信白教官你心里是爱着我们的，我们也都爱着你。”

白楚年怔了怔，捏扁空塑料杯，笑了一声：“说啥呢，傻帽一样。”

“没事多看看书，往你装满空气的小脑瓜里塞点有用的东西。”白楚年起身将手搭在他头上，揉了揉，“走了。”

于小橙愣愣地摸了摸刚刚被教官摸过的头，对着白楚年的背影大声喊：“白教官，我喜欢你！我和萤都是！蚜虫岛的同学们也是！”

白楚年脚步顿了一下，唇角翘了翘，大步流星地走了。

手腕上的电子屏亮了起来，是IOA发来的加密邮件。

白楚年停住脚步，打开邮件快速浏览了一遍。

“SOW（特种作战武器，Special Operations Weapon的缩写）防火墙所在的韶金公馆被不明势力突袭，成员受到重创，速回。”

PBB 军事基地机场。

白楚年把笔记本电脑放在小桌板上，浏览总部发来的资料。兰波在他旁边靠过道的座位上，每次机舱里的服务人员过来，他都要跟人家要东西吃，脸上写着“朕等很久了，可以上菜了”。

“他们都是站着递食物的，人类真是没规矩。”兰波连着锡纸一起吞下十个饭盒之后说。

“习惯习惯，也不是一天两天了。”白楚年盯着电脑屏幕，动手给他剥了个橘子，不光把皮剥了，还把每瓣橘子上的薄衣翻开，把橘肉递到兰波嘴里。

兰波小口咬掉橘肉，然后像打开罐头盖一样张开巨大的嘴，把橘子薄衣和橘子皮都扔进嘴里，剩下完整的一袋橘子也倒进嘴里。

“不是，毕揽星人呢？”白楚年合上笔记本电脑，站起来往舱门方向张望，“从早上开始就跟我推托，磨磨叽叽的，等会儿我训死他。”

半晌，毕揽星裹得严严实实地上了飞机。虽然军事基地温度很低，但他们都受过训练，不至于怕冷到这种地步，而且飞机上是有空调的，穿一件单衣也不会觉得冷。

毕揽星却裹着围巾，戴着手套，慢吞吞地走到与白楚年隔着过道的座位坐下，也没有要脱衣服的意思。

“病了？”白楚年看着他觉得不大正常。

“呃，嗯……”毕揽星支支吾吾，试图再求白楚年一次，“楚哥，我能不能不去啊？报告我都打好了，全都交上去了，我去真的没什么意义。”

“你是这次的代指挥啊，你怎么能不去？会长还得亲自询问情况呢，你得当面回答啊。”

“啊？这……”毕揽星又试图商量，“你能不能代我回答，我就不去见会长了。”

“会长是看着你长大的，说是你亲叔叔也不为过吧，你紧张什么？”白楚年眯眼打量他。毕揽星算得上他最宠爱的学生了，听话，能力强，说东往东、说西往西，今天这反常态度可不像毕揽星。

“我看看你小子干了些什么。”白楚年一把抓住毕揽星的手，另一只手抓他的后腰，把他强行按在座位上。兰波爬过来，上手扒掉他的围巾和手套，把外边的卫衣也拽下来。

毕揽星被剥橘子似的剥了个干净。他右手虎口留下了一圈明显的泛紫的牙印，咬痕周围的皮肤上出现了白色兔头亚化标记。

白楚年：“你把他怎么了？”

毕揽星连忙摆手：“我只是哄他，陆言的脾气你们可能不知道，任性起来和小兔子似的，满地打滚又抓又咬。”

兰波轻嗤：“真没用。”

白楚年按住兰波的头：“你少煽风点火。”

“和我又没关系。”兰波又要了一份盒饭。

舱门关闭，飞机准备起飞，白楚年重新坐下来，系上安全带，托着下巴想对策。

毕揽星僵硬地坐在座位上，大脑死机，听到旁边白楚年发出一声叹息，精神就紧绷一分。

10 分钟后，白楚年又叹了口气，抬手搭到毕揽星肩膀上：“你多保重，我就当不知道这事，来世还是好兄弟。”

他打开笔记本电脑，重新在蚜虫岛战术班物色合适的接替指挥位的学员。

毕揽星："啊？"

飞机落地，IOA 的车已经在机场外等候多时。到总部大楼的时候，刚刚下午 3 点。蚜虫市正值春季，只需要穿普通的长袖衬衣。

白楚年把兰波放到花园里让他看看风景，自己带毕揽星上楼去见会长。

主要还是担心兰波和言逸政见不合，以兰波的脾气，当场咬碎会长的办公桌也不是没有可能。

毕揽星还是穿着他那身违和的冬装，跟在白楚年身后，尽量降低存在感。

"坐。"会长坐在办公桌后，神情有些严肃。

白楚年坐下来。会长桌上摆着一些鲜切月季花，和金缕虫照看的花园中盛开的品种相同。看来，金缕虫恢复得不错。

"大致情况你应该已经了解了。"言逸推给他一份文件，"韶金公馆遭到突然袭击，凶手是实验体。"

白楚年接过文件拆开，里面放着联盟警署当时拍摄的一些照片，总共清晰地拍到了十一个不同的实验体。根据报告大概可以确定，实际发动袭击的实验体数量在四十个以上。

"这么多？"白楚年托着下巴浏览照片，里面没有眼熟的实验体，"原本我猜测是红喉鸟发动的恐怖袭击，但现在看来可能性很低了，他们拿不出这么多实验体。更有可能是 109 研究所做的。"

"我想也是。"言逸点了点头，"你们发回来的关于伯纳制药工厂的照片非常重要，技术部已经编辑好了新闻准备发布，没想到韶金公馆会在这时候遭到袭击，随后 109 研究所就召开了新闻发布会。"

言逸把电脑转过去，给白楚年看了一段现场录像。

站在发言台上的红发女性亚体就是蜂鸟艾莲，她嘴唇涂着艳红的颜色，干练的西装搭配着细高跟皮鞋，站在台上显得姿容优雅，又透出一种凌厉果断的气质。

艾莲诚恳地对记者们说，自从先前遭到境外势力袭击，109 研究所意外发生爆炸，的确走失了一些实验体。但他们第一时间就向警方报备，并且缴纳了罚款，同时也在积极地搜寻这些走失的实验体的下落。他们还主动向国际警署举报，并且提供实验体的线索。

对于韶金公馆遭遇实验体围攻的恶性事件，艾莲表示惋惜。但实际上这是一次实验体之间的内讧，走失的实验体抱团形成组织，但组织内却管理不当，最终导致了内斗。

白楚年冷哼："这公关够厉害的，反手转嫁灾难，把研究所择了个干净，不愧是艾莲。"

在舆论上，109 研究所抢占了先机，现在不管 IOA 再发布什么证据，人们也都会认为这是实验体内斗导致的结果，只会进一步激化两方的矛盾，引起更大的混乱。

言逸轻叹口气："109 研究所在海岛伯纳制药工厂廉价买卖人口做活体实验，韩行谦他们拍了不少照片，也写了详细的报告，现在看来，就只能压在手里了。"

"没关系。"白楚年笑了一声，"先压着好了。好东西只有在合适的时候送出去，才能叫惊喜。"

他从兜里拿出一个 U 盘，递给言逸："先把这里面的东西发出去。新闻稿我也写好了，让他们再润色一下。"

言逸接过 U 盘，插进电脑里读取，看见内容时，露出了略显轻松的表情：“干得好。”

“韶金公馆的那些人呢？不会全阵亡了吧。”白楚年终于明白他在夜袭制药工厂的时候联系爬虫为什么联系不上，原来是自己应对危险都捉襟见肘，当然没时间回复他。

“被我们保护起来了，林灯教授只受了些轻伤，他说想见你。”

“好，我去见。”

白楚年起身离开办公室，毕揽星也紧跟着起身，忽然被会长叫住。

“揽星，你过来，把围巾、手套摘了。”

会长给韶金公馆的幸存者们准备了几间临时休息室，有专人为他们诊疗和包扎伤口，一日三餐也都和职工食堂准备的是相同的饭菜。

林灯教授坐在桌前埋头写着什么。爬虫坐在床边，叼着糖棍，盯着笔记本电脑屏幕敲击键盘。

白楚年敲了敲门，推门走进去。

“你来了。”爬虫抬起头。

他受了伤，左手打着夹板吊在脖颈上，正常情况下应该已经愈合了，却并没有。

白楚年观察了一下他的伤势：“特殊武器？”

爬虫点点头：“研究所派了五十个实验体过来扫除我们，他们的武器也很特别，我们抵抗不了。多米诺伤得很重，IOA 医学会的医生们在救治他。”

“魔使呢？”

“他走了。虽然因为有他在，我们才能活到今天，可我们还是分道扬镳了。他不愿意接受 IOA 救助，我现在也不知道他在哪儿。”

爬虫攥紧拳头："我全力搜集你的战斗数据，就是为这一天做准备。但我没想到，他们会来得这么快。"

白楚年倒一点不觉得意外："因为制药工厂的事情提前败露了，研究所现在很慌，担心他们的劣迹被公开，所以拿你们来转移视线。"

"怎么回事？"

"人偶师脱离了红喉鸟，联合几个强大的实验体先袭击了伯纳制药工厂。我们从制药工厂里搜出了足量的炸药，他们本来是想炸毁整个制药工厂的，我们打乱了他们的计划。我想，研究所应该已经察觉他们的行动了，但没有加以阻止，可能从某些角度上他们的想法不谋而合了，不过后来制药工厂没能被炸毁，那些证据也就落在我们手里了。"

"现在的局面就有意思了。想听听具体情况吗？"白楚年朝他伸出手，"怎么样，IOA 待遇不错的，考虑一下？"

其实，爬虫已经考虑了很久。

"这算趁火打劫吧，我没有别的选择。"他伸出手和白楚年握在一起，"6010，黑客。"

爬虫亚体编号 6010，特种作战武器代号"黑客"，首位 6 代表无生命亚化细胞团，中位 0 代表无拟态，末位 10 代表主要能力依赖网络。

爬虫属于极少的擅长网络技术方面的实验体，最初的培育方向是制造敌方网络瘫痪，窃取情报。但人类对于人工智能的了解还远不到能够掌控的地步，爬虫的能力已经凌驾于研究所网络安全员的能力之上。

"去年夏天的研究所爆炸事件，跟你有关？"白楚年坐下来，不客气地给自己倒了杯水。

"对，是我做的，我改了他们数据库里的一些常用药剂配方，用机器配制出的液体炸弹引爆了他们的核心动力室。”爬虫说这话时眼神不屑，“那只是个开始，如果不是这次袭击，我会让整个研究所覆灭，到最后他们都不会知道自己死在谁手里。”

“你小瞧他们了，这次覆灭袭击就是一个教训。”白楚年举起水杯，“谦虚一点。”

爬虫利用自己的技术促成了去年夏天的研究所爆炸事件，以至于众多实验体趁乱脱逃，兰波正是在爆炸事件发生时逃出来的。

虽然爬虫作为特种作战武器没有任何攻击手段，但他凭借一己之力撼动了109研究所，并且给研究所造成了巨大的金钱和名誉损失，足以证明他的能力。

“林教授，你说是吗？”白楚年捏扁纸杯，轻抛到林灯脚边的垃圾桶里。

林灯停了手，将钢笔合上笔帽，放在台灯边，将转椅缓缓转过来，面对着白楚年。

“是。”

林灯教授看起来苍老了不少，黑发间有几根白丝隐现，握拳咳嗽了几声才重新直起身子。

“你已经这么成熟了。”林灯抬手比画着到椅子扶手的高度，“我第一次见你时，你才这么大。”

白楚年抿唇打量他。

“你不记得我也情有可原，从前我还是个亚体，现在却是个连亚化因子都淡得像白开水的普通人了。”林灯缓缓道，“年轻人，别急。”

林灯看向白楚年：“我和艾莲是大学同窗好友，也谈过一阵恋爱。艾莲性格强势，也很漂亮，我们很合得来。毕业之后，我们一起进入109研究所工作，打算工作稳定下来就结婚。

“十四年前，因为IOA的成立和一些更加复杂的政治因素，各国的核武器逐渐被禁用。我知道会长一直在为此努力，但乌托邦是不存在的，总会有一种武器去取代核，这只是个时间问题。

“是艾莲第一个提出特种作战实验体的设想，并不断地劝说boss（老板）投入财力和精力去实现这个构想。从那以后，艾莲被调到了秘密临床部，而我留在了药物研发部。

“但是艾莲坏了规矩，她居然在一位少年签署遗体捐赠同意书后，在他未去世的情况下进行了改造，利用这位十九岁癌症少年的躯体，制造出了第一位特种作战实验体。艾莲还向我展示说，因为我曾经说向往美杜莎的神秘眼睛，所以在设计上用了这个创意，给实验体取名蛇女目，意为蛇发女妖的眼眸。

“我真切地感受到艾莲的疯狂，我们因此大吵一架，决定分手。

“蛇女目处在培育期时，因为缺乏饲料，濒临死亡，所以，我研制出了一种药剂——Accelerant促进剂，就是你们口中的Accelerant药剂，用来救蛇女目的命。

“艾莲还在继续这个疯狂的计划，后来她又绑架了一位十七岁的少年，改造成了金缕虫。军火商们从特种作战实验体上看到了潜力和前景，纷纷投巨资支持研究计划。于是，实验体的原料逐渐从捐赠遗体者过渡到流浪汉，再变成买卖人口，甚至直接绑架，实验体的数量越来越多，也开始向外贩卖。

“实验体给研究所带来的创收无疑是巨大的，但在我看来，其实这项计划已经失控了，投资人已经不再仅仅局限于军火商。大到国家，小到商人，那些对金钱利益具有敏感嗅觉的买家同时也在逼迫着研究所。

“艾莲浑然不觉，到现在还沉浸在这项能搅弄风云的惊天实验中。

“我无法忍受，因此向研究所递了辞呈，但 boss 没有批。艾莲晚上来找我谈，让我把手上的药剂做完再走。

“你应该知道，就是 HD 横向发展药剂。我做了千百种试验，都达不到能催发伴生能力的效果，直到你出现。我用你的 DNA 做了试验，发现是可行的。而且我发现，你的 DNA 曾经发生过突变，节点在你和电光幽灵相识的那段时间。

“我分别使用突变前和突变后的 DNA 对照试验，只有突变后的 DNA 能起作用。我检测到电光幽灵会散发一种特殊的辐射，可以使其他实验体的 DNA 发生正向突变，前提是距离必须足够近，因为这种辐射强度其实很弱。

“这件事我没告诉任何人，在数据上把你的 DNA 改成了普通白狮幼崽的 DNA，因为制造 HD 药剂的其他原料也稀少且昂贵，药剂制造不出太多，艾莲一时没有发觉异常。”

白楚年忽然站起来：“白狮幼崽？所以，研究所后来运输那么多白狮幼崽，是因为你改了原料数据？”

林灯叹了口气：“抱歉，我力量微薄，力所能及之处只能以救人为重。我打算留下来，看看他们最终会把事情搞得多么不可收拾，我一直等着那一天……后来，艾莲成了研究所高管，名为高管，实际上连 boss 也完全受艾莲控制。

“HD 药剂成功研发后，我被研究所解雇，艾莲强行以研究所的名义买断我的专利，还挟持了我的父母，让我保守秘密，把我安排到了下属培育基地。没杀我，算是顾及旧情吧。

“我思来想去，也不甘心让我的实验成果变成艾莲反人类实验的帮凶，所以，经过周密的准备后，我伪装成研究员重新潜入研究所，把成功制造出来的两支 HD 药剂偷了出来，还用病毒摧毁了存有药剂数据的主机。我备份了一套假的数据，艾莲不会发现的。

“我打开恒温手提箱看过，里面只有一支 HD 药剂，另一支可能被艾莲拿出去用了。当时情况紧急，安保系统已经开始报警，我顾不上再找另一支。

“我的计划非常周密，唯一出乎我意料的是，当天有一个实验体从焚化室逃出来，他把我当成了研究所的研究员，抢了我的手提箱把我打晕，然后夺路而逃，我也因此被保安射杀。”

“射杀？”白楚年挑眉。

林灯轻声叹气：“是，射杀，我中弹毙命。灯塔水母亚化细胞团的 J1 亚化能力是自体复制，能在死亡时复制出另一个本体，记忆保持、相貌不变，之前我就是灯塔水母亚体。

“多亏这个亚化能力，我捡回一条命，艾莲也以为我已经死了。我顺水推舟通过手术移植了一个亚化细胞团，改变了容貌，躲到恩希医院的研发部门。后来的事情你都知道了，之后我在韶金公馆深居简出。”

白楚年直起身子：“你碰上的是无象潜行者？”

林灯点头：“我知道，现在说得再多也已经赎不了罪。现在，我看到了 IOA 反对战争和杀伤武器的立场，我愿意向 IOA 提供所有我了解的关于特种作战实验体的资料。”

爬虫将笔记本电脑转向白楚年：“我会给 IOA 写一个实验体查询程序和一个武器分析程序。听说你们技术部有位超级前辈，我想他会感兴趣的。”

黑客的 M2 亚化能力“地球平行位面”，能够将整个地球的数据抄写下来，再进行文字转换，获得对目标的详细分析。所有客观存在的无生命物体都可以从物品栏里拉出来，查看它的详细资料。

笔记本电脑屏幕上旋转着一枚银色钥匙的 3D 建模，钥匙前端有一个方形插孔，看起来就是人偶师手中那枚。

武器名称：神圣发条

生成材料：烧制人偶时遗落的微小晶体，集合后熔化再次烧制形成。

稀有度：7 颗星

特殊能力：驱动人偶，所有被神圣发条插入并旋转的人偶都能获得自由活动的能力，对咒使厄里斯有 300%—600% 的特殊增幅。

白楚年看罢，轻舒一口气。

“欢迎加入 IOA。”

会长办公室。

言逸坐在办公桌后，双手十指交叉托着下巴，审视的目光落在毕揽星脖颈和右手虎口的牙印上。

“怎么回事？”言逸一向对毕揽星和蔼有加，但今天却格外严肃。

毕揽星虽然心里没底，但还是挺直后背立正站着，把原委向言逸如实汇报。其实，他什么都没做。陆言打了控制剂后痛得心烦，在地上打滚撒泼。毕揽星放出安抚因子哄着，那小兔子不依不饶地啃他，把痛出来的气都撒在毕揽星身上，嘴里嚷嚷着：“凭什么亚体就要这么痛，我不当了！不当了！我噬咬你！”

毕揽星又心疼又不知所措，把安抚因子全压榨出来哄慰他：“好，你噬咬我，我来痛。”

言逸神情缓和了些，轻声道：“你们都还小，我希望你们都对自己的行为负责。”

毕揽星已经蒙了，只知道僵硬地点头。

“好了，去休息吧。”

“啊……谢谢会长。”毕揽星大脑空白地走出办公室。

言逸给陆言打了个电话。

这小兔子，第一次处于亚体活跃态也不和他说。言逸不由得反省自己，是不是他对陆言的管教太过严厉了。

军事基地的教官将电话转接给了陆言，陆言的声音听起来像感冒了，看来的确是不舒服。

“球球，你在那边还习惯吗？”

“嗯，挺好的。哎呀，我又不是第一次来，小夏叔叔也会照顾我的啊。再说了，揽星也跟我在一块儿训练，你别操心了，操心长皱纹。你多跟我爸爸出去旅旅游什么的，老是坐在办公室里，屁股会坐大的。你放心，我现在是全军事基地最强的兔子，以后你就退休吧，全都交给我，没问题！对了，小夏叔叔说他想你了，让你过来玩。”

言逸笑了声：“让他自己玩吧。你没事就好，认真训练，别老是给人添麻烦。”

“我怎么添麻烦了？楚哥写报告没写我的功劳？你不能多看看我的好

吗？我怎么就添麻烦了？”

办公室的门突然被推开，毕揽星有点冒失地站在门口。他脑子刚回转过来，端正地给言逸敬了个礼说：“会长，我是真心想要保护阿言的，请您批准！”

言逸拿着电话：“啊……”

…………

陆言：“啊啊啊，你在说什么东西啊，毕揽星你个大傻子!!!”

陆上锦：“看看我们家孩子把你们家孩子咬成什么样了！这像话吗！你怎么教育你家孩子的？”

毕锐竞：“那不是我们家孩子吃亏了吗？陆言成天怎么欺负我们揽星，我可都看在眼里。好嘛，现在都开始上牙咬了！你看这一身兔头亚化标记，都快咬脸上了！怎么出门啊？”

陆上锦：“有理。挂了，回见。”

毕锐竞：“嗯？”

第九章

玩偶店

街道转角的桃花开了。傍晚时分，几位老人拄着拐杖在树下聊天，一边看着空地上的小孩们跑来跑去。

这条窄街是一条旅游街，道路两旁的手工艺品店生意很好，店主拼命揽客，希望能在天黑之前赚够一天的流水。这里治安很差，晚上经常有混混偷盗甚至持刀抢劫，店铺大多在晚上 6 点就打烊了。

街边小店的灯光一家一家暗下去，唯有一家玩偶店灯火通明。玩偶店的玻璃橱窗中放置了木柜，每一层都摆放着四到六个烧制完成，已经上妆的娃娃的头，但都没安装眼珠，空洞的头颅在暖光灯下显得有些可怖，另一个木柜每一层都摆放着造型各异的陶瓷手和脚。

这家店门前无人招揽生意，只有一只金蓝相间的琉璃金刚鹦鹉挂在门前的悬木上。偶尔会有人来取定制的娃娃。

这些娃娃的价格高得惊人。不过，如果有胆大心细的游客敢于离近看，就会发现每个娃娃的头颅和表情都是完全不同的，它们的睫毛根根分明，红润的脸颊上隐约可见青色的血管，表情生动逼真，确实值得它们的价钱。

玩偶店的玻璃门紧闭着，透过橱窗的两个木柜的缝隙也看不见负责经营的店主。

略显逼仄的店铺内摆放着一张中世纪欧洲风格的圆桌和配套的椅凳，长条形的房间由柜台从中间隔断，柜台后似乎是工作间，三面墙都打了放置板，放置板上堆放着大量尚未完工的娃娃，地上的抽屉里放着刚烧制完尚未打磨的手脚和球形关节。店里光线很暗，只有角落里的工作台上亮着一盏暖色台灯。

店内墙上挂着一套西服，西服外套着塑料膜，以免房间中弥漫的灰尘沾到昂贵的布料上。

人偶师穿着一身朴素的工作服和一件深棕色带搭扣的皮质围裙，戴着黑色的半手掌手套，坐在工作台边，手中拿着树脂制造的右小臂和右手，用小刀和砂纸磨改一些细节。

厄里斯就坐在他的工作桌上，左手托着一只高脚杯，杯中的葡萄酒液微微摇晃。他右臂从手肘部分消失了，露出手肘的球形白骨关节和血红的断截面。之前被白楚年截断的手臂，虽然因为实验体体质重新生长出来了，但厄里斯总是觉得不舒服。

人偶师把树脂手臂拉上筋，和厄里斯手肘的球形关节接在一起，让他动一下试试。

“这是你亲手做的吗？”厄里斯举起树脂手臂，攥了攥拳，五根手指也很灵活，不过手臂还没上颜色，看上去很苍白。

“不是。”尼克斯给他看了一眼账单，“是法国进口的一条手臂，内侧还有艺术家莫瓦的名字篆刻，属于收藏品了。”

“我不喜欢。”厄里斯扫视着满地烧制完成的手臂，“给我从这里面挑一个。”

尼克斯早习惯了他的无理取闹，摘下手套揉了揉他的脖颈：“快到时间了，该去办我交给你的事了。”

轻轻一声玻璃炸裂的脆响，手中的高脚杯被厄里斯用雪白的树脂手指攥碎了，他拿着尖锐的一端伸到尼克斯喉咙前：“做好了我才去，不然我就把这条收藏品手臂锯碎。”

尼克斯觑了他一眼，无奈地去地上挑了一条粗糙的手臂，坐回原位，戴上手套，在灯下将手臂外皮打磨光滑，接着是配套的球形关节和右手。

右手很精细，由十四个球形关节和零碎的指节构成。尼克斯在灯下沉默地工作，厄里斯坐在桌上低头看他垂落额前的金发。

“好了。”尼克斯给他换上新的陶瓷右手臂，检查每根手指的筋，“这个很便宜，没有那个结实。”

“那我不管，我喜欢这个，这个漂亮。”厄里斯攥了攥拳，灵活的手指展开再收拢，握住了尼克斯的手指，“你觉得这样的手臂能感知疼痛和温度吗？”

“不能。”尼克斯敷衍地笑了一声。

“可以的。”厄里斯浅绿色的眼珠里映着台灯和雪白的陶瓷手臂，“是温暖的，将近36.7摄氏度，是我没有的温度。”

“对了，这里面有你名字的篆刻吗？”厄里斯问。

“没有。”

“你再拆下来一次把你名字刻上去吧。”

“厄里斯，”尼克斯的脸阴沉下来，“去做事。”

“算了。”厄里斯吹了声口哨，高兴地捧着新手臂跳下工作台，在镜子前照了照，一阵风般推门跑了出去。

尼克斯在桌前沉默地枯坐着，余光瞥见圆桌上整齐折成方形的破损衣服，于是，他走过去，将衣服抖开，看了看右臂处简单用诅咒金线缝合的破损衣袖，拿到工作台边铺平，纫了一根针，在断口处缝了起来。人偶师是个红背蜘蛛亚体，比起雕刻，缝纫也不错。

厄里斯没有从正门走出去，而是走了工作间里侧的后门。后门要通过一个狭长的走廊仓库，才能通往外面。

走廊两壁都摆放着已经做好的精致的人偶娃娃，它们身上穿着华丽的长裙礼服和燕尾服，产地各异的天然宝石镶嵌在它们的衣服和礼帽上。

厄里斯在它们中间走着，时不时举起刚接上的完美右手炫耀给所有娃娃看。人偶看似灵动的眼睛却只注视着前方。

“嘁，好没意思。”他用枪对准每个娃娃的眉心，不过只是比画了一下，并没开枪，他嘴里低声骂着走了出去。

等厄里斯抵达一家温泉会馆时，天已经全黑了。今天没有月亮，稀稀落落的光点挂在云层之间闪动。

“皇后梦境。”厄里斯从兜里摸出一张手写卡片，对照着上面流畅的花体英文一一比对会馆的名字，“啊，就是这儿。还挺会享受的。”

温泉会馆外观看上去富丽堂皇，看装修就能猜出这里消费不低。不过，厄里斯毫不在乎，对着拦在面前要他出示预约的侍者迎面一枪。

他走过的这一路拦路者接连中枪倒地，血流从大理石面上淌过，漫延开来。

“哎呀……忘了问在哪个房间了。”厄里斯随便踹开一扇门，里面一个脑满肠肥的中年亚体正坐在池子里张嘴等着娇俏的亚体服务员喂葡萄。

门突然被踹开，中年亚体吃了一惊，转而不耐烦地拿起手机，给外边的保镖打电话。这时他看见厄里斯手中的霰弹枪，手顿时僵硬了一下，慢慢放下手机，双手举过头顶。

服务员吓得抱着头蹲在地上。

厄里斯将枪管扛到肩上，微扬下巴颏问："见过一个黑豹亚体吗？身高一米八左右，穿黑色衣服，戴着一枚蓝宝石戒指。"

中年亚体嘴唇哆嗦着回答："在二楼……我看见他上楼了……"

"谢谢。"厄里斯视线向下移，轻蔑地看了中年亚体一眼，"噫……"

"你……"中年亚体敢怒不敢言。

厄里斯扛着枪上了楼。

二楼都是相对豪华的大型浴池，只有一间亮着灯。

暖光灯照映在墙壁的金色花纹上，凝结的水滴缓缓顺着墙壁流到地上。

宽阔的方形浴池中央热雾蒸腾，距离最远的边缘靠着一个亚体。

亚体合着眼，肌肉分明的双臂搭在池沿上，水滴顺着喉结淌过咖啡色的胸肌皮肤滑落到水中，他右手食指上的蓝宝石戒指熠熠生辉。

"喂，小黑猫，你泡得舒服，我跑了那么远才找到你。"

池中的黑豹缓缓睁开眼，一双金色眼瞳中央竖着两道细线。

"我不想再参与这场无聊的纷争了，别来找我。"黑豹说。

厄里斯咬牙切齿地摩挲着枪管，从口袋里拿出一封被搓皱的信函，飞旋扔给黑豹："尼克斯要我给你带封信，不然我才不会来。"

黑豹接住皱巴巴的信函，放在池沿上，继续合眼休息。

"随便你，尼克斯有我就够了。"厄里斯看着他这副高傲的模样，冷笑一声，甩手就走。

厄里斯走后，过了一会儿，黑豹仰头枕在池沿上，轻叹了口气：“你也出来吧。”

雕花窗口附近的屏风后，白楚年手插裤兜走出来，蹲在黑豹旁边的池沿上，伸手搅了搅水：“嗯？有点凉。”

黑豹半睁开琥珀色的眼眸：“快说。”

“哎，见外呢。”白楚年双手搭在他肩头，“既然不想去他们那边，就来我们这儿，不用你做什么，喝喝茶、睡睡觉，只要不跟我们作对就行。怎么样，很轻松吧？我用人格担保，真的。”

“你的人格并不值钱。”黑豹将白楚年的手从自己肩头拿开，“你的目的和厄里斯一样的话，就趁早回去吧。”

水中钻出一条金发人鱼，轻轻一跃，坐在了池沿，手中拿着一枚蓝宝石戒指，对着光看。

黑豹这才发觉自己右手的食指空了。

兰波端详着戒指，在手指上试了试：“据说人的无名指要比食指稍细一些，你戴在食指上合适的戒指，手指比你稍粗的人戴在无名指上更合适。”

黑豹轻轻咬牙，尖牙微微露出唇外。

白楚年蹲在池沿轻笑道：“你看报纸了吗？国际监狱典狱长被撤职了。”

黑豹面色如常，只有手臂的青筋微微鼓了鼓。

白楚年交给会长的那个U盘里正是萨麦尔最终死在培养舱边的照片和录像。

当时，恩希医院循环病毒丧尸事件闹得沸沸扬扬，引起了多家媒体的关注。最终，萨麦尔被杀死，尸体由国际监狱保管。这些消息也作为安抚民心的新闻大肆宣传。

现在本应在国际监狱监护大楼解剖室内安放的实验体竟然又一次出现在了外面，引起了巨大的轰动，国际监狱因此被要求彻查。

这一彻查刚好就牵出了甜点师恶化重创监护大楼的案子。典狱长对外坚持说甜点师是无故恶化的，彻查后却从蛛丝马迹和一些捂不住的嘴里发现了甜点师恶化的真相。

典狱长因此引咎辞职。这件惊天大案一爆出来，连带着前几天109研究所在新闻发布会上澄清的那些话也变得难以令人信服，民间甚至已经出现了反109组织。

对一部分老百姓和公益志愿者而言，由于并没有见过真的实验体，所以他们觉得实验体就像克隆人一样，无法选择地被造出来，没有人权，可怜弱小又无助，反而对实验体本身持怜爱态度，对109研究所抱有强烈的抵抗情绪。

“典狱长离职后不知所终，现在没有人知道他在哪儿。不过，我看见他拄着一把黑伞上了一辆车。”白楚年笑笑，给了他张卡片，“有兴趣的话，打这个号码。”

“没有兴趣，死了最好。”黑豹从水中起身，从兰波手中拿回戒指，踩着池沿上岸，拿起浴巾围在下半身，缓缓走了出去。

他宽阔紧实的后背中间的脊骨上有一个蝎尾图案，每一节脊骨和每一节蝎尾重合。他走入黑暗中后，黑色的图案便散发着淡绿的荧光。

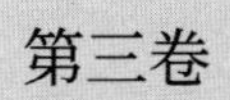

第三卷

因果轮回：地狱一夜

第十章

In 感染药剂

PBB 军事基地对面科研区边建有一个高档住宅区，最近军事基地事务不算繁忙，夏少校一般会回来休息。

古典复式设计十分宽敞，装饰也有种古色古香的韵味。一楼阳台外建有苏式园林庭院，假山流水环绕凉亭，来拜访过的客人无一不称赞少校有品位。

二楼的一间稍小的卧室布置却与其他房间风格迥异，更像一间儿童房，四壁贴了淡黄色的水晶方格马赛克，柔软的羊毛地毯铺设在床下，一个木质小圆桌放在旁边，坐在地毯上高度正好。桌上整齐地摆放着已经完整拼好的拼图。

一个瘦小的亚体坐在地毯上，手里拿着白板笔，一笔一画地在墙壁的水晶方格上填数字。

夏镜天敲了敲门："小虫，我可以进来吗？"

无象潜行者立刻把头转向门口，有点结巴地回答："可以……可以的。"发现自己说话结巴之后，无象潜行者低下头，盖在睡衣下的变色龙尾巴蜷曲在一起，变成了粉红色。

夏镜天走进来，在地毯上坐下：“刚把工作安排下去，到你这儿休息休息。还是小朋友的房间亮堂，亮堂的房间让人心情好。”

他今天没穿军服，身上的休闲装让他看起来年轻了好几岁。

无象潜行者抿着唇，点点头。

他知道这是少校特意给他改装出来的一个房间，他很喜欢，但又担心太麻烦少校了。

“嗯，你在做数独吗？”夏镜天审视着墙上填满的数字方格，每个数字都写得像印刷体一样漂亮。

“你真的很聪明。”夏镜天由衷地夸赞。

无象潜行者低着头，手指卷着睡衣下摆：“研究员也这么说，他们说我可以去做伪钞，做假文物和假收藏品。”

夏镜天揉揉他的脑袋安慰：“如果从小在我这儿长大，估计现在已经是个数学家了。”

无象潜行者小心地抬起头：“我不想当数学家。”

“那你想当什么？”

“我想当钢琴家，音乐令人愉快。当听到演奏时，我能看见曲子的颜色，《克罗地亚狂想曲》是橙色的，《水边的阿狄丽娜》是粉色的。”无象潜行者情绪低落下来，“可我只会复制，不会创造。”

夏镜天笑笑：“钢琴嘛，我能教你弹。”

无象潜行者眼睛一亮。

“不过，我不是从小开始学的，也不是科班出身，技巧上差了点……但教你基础是没问题的。等你学会基础之后，我给你找老师教你乐理。”

“谢谢……您好厉害，什么都会。”

“嗐，没，我也是十多年前无聊才开始学的。”

“是为了‘他’学的吗？”无象潜行者睁着大眼睛仰头注视着夏镜天。

“……算是吧。不过，学来可以陶冶情操，还能静心，不亏。”夏镜天用力揉了揉他的头发，“小孩子净问大人的话。”

无象潜行者的软发被揉得乱蓬蓬的，他也不恼，轻声细语地认真说：“饱含感情的音乐是无关技巧、不分高下的，请教导我吧！”

夏镜天看着他剔透的大眼睛，笑了笑。

电话响了起来，夏镜天拿起来看了一眼来电信息，没有避讳无象潜行者，接通了电话。

白楚年在那边说：“那个……少校，我这边事比较麻烦，真是不好意思啊，难得交换训练，我还隔三岔五缺席。”

夏镜天道：“没关系，我知道 IOA 事务繁杂，你也很辛苦。这边不要紧，今天接到上面的命令，检测到一个泄漏废料的可疑潜艇，韩医生已经带人去调查情况了。”

白楚年呵呵一笑：“您要是能再借我几个人用用，就更好了……还有那个无象潜……呃，夏小虫，我需要他帮忙。”

“得寸进尺了还，那你和他说吧！”夏镜天把手机递给了无象潜行者。

“唉，好嘞。”

无象潜行者接过电话，指尖轻轻抠着睡衣的纽扣，听完白楚年说的，悄悄抬起眼皮看向夏镜天：“我可以去吗？”

夏镜天把他歪到一边肩膀的领口摆正：“可以。但要听话，别让我失望。”

“我会好好戴控制器的。”

“不用戴，我相信你。”

在太平洋上有可疑潜艇倾倒废料，最初是被出海打鱼的渔民发现的，因为近期他们打捞上来的鱼很多都是畸形鱼，而且即使是刚打捞上来的鱼，看起来都不鲜活了。渔民们向当地政府投诉，上面希望尽快解决，所以要求军队出面搞定。

这次行动危险系数比较低，是个带新队员进行实战训练的好机会。韩医生带着几名 IOA 学员和几名 PBB 队员到沿岸实地调查。

来之前，韩行谦和雷霆援护小组的几位专家猜测有可能和辐射有关，所以，为保险起见，让学员们都穿了防护服，在沿岸石滩上边走边用探测器检查空气和水质。

这里的水质酸性要比正常指数稍高一些。

韩行谦拿着仪器在前面走，萧驯捧着笔记本亦步亦趋地跟在后面做记录。

PBB 派出的潜水员浮了上来，把从水底故障潜艇中搜查到的残渣样本交给韩行谦。

韩行谦举起透明自封袋观察，凭借丰富的经验，判断这是焚化后留下的骨骼残渣。

谭杨凑过来："这是什么？"

萧驯轻声回答："简称骨灰。"

谭杨了然："哦……"

韩行谦从样本中捏出一点，叫谭青过来："帮我看一下。"

氢氧双子中拥有氢亚化细胞团的亚体少年的 M2 亚化能力是"还原"，可以将一些残渣灰烬还原成原本的模样，不过作用范围有限制，只能还原一立方米以下的无机物和一立方分米以下的有机物。

韩行谦手中的骨骼灰烬被还原成了一块一立方分米大小的肉块。韩行谦看一眼截面，就能判断这是人腿的一部分，皮肤上起了一层水疱。

“啊，烫伤吗？”谭杨瞪大眼睛，托腮猜测，“那就是焚化的时候造成的咯。”

这时，原本沉默的萧驯忽然开口：“是冻伤。”

“没错。”韩行谦点头，“液氮冻伤。这个人被液氮冻伤后焚化成灰，然后装载在潜艇里倾倒出来。”

“嗯。”谭杨有点羞愧，“萧萧好厉害，这都知道。”

萧驯没什么表情：“在蚜虫岛生化课上讲过，PPT 上放了图示。”

“啊，对。”谭杨恍然大悟，“话说回来，每次上生化课你都听得那么认真，我们都在打瞌睡，只有你目不转睛盯着一直到下课，所以你生化课成绩才那么好。”

萧驯一时语塞，想捂住谭杨的嘴，但已经来不及动手了。

韩行谦微微倾身问他：“是这样吗？”

萧驯结巴道：“呃……因为觉得生化课知识能派上用场，所以……”

韩行谦眉眼弯起来：“好孩子。”

萧驯抿住嘴唇，望着转身继续调查检测的韩医生，尾巴翘起来嗖嗖猛摇，抽得站在他身后的谭杨手痛。

韩行谦将残渣样本、肉块和一些水质样本一起放进隔离箱里，带着学员们回程后，和援护小组的专家们一头扎进了实验室，直到晚上才出来。

萧驯靠在实验室外等他，手里拿着一份从食堂打包的晚饭和一个盛装温水的保温杯，见韩医生出来便叫了他一声。

“你先等我一下。”韩行谦匆忙地按了一下他的肩，顾不上喝口水，舔了舔干燥的嘴唇，便提着电脑找了个地方蹲下，眉头微皱，与白楚年紧急连线。

白楚年接听了视频电话，脸一下子出现在屏幕里。他那边人很多，背后有不少警员在忙碌，被炸毁的韶金公馆坍塌的残骸立在不远处。

“嘿，韩哥？我跟兰波在一块儿呢，看看公馆这边什么情况，太乱了，还有不少记者挤在这儿。”背后太过嘈杂，白楚年戴上耳机，“你等会儿，我找个安静的地方你再说。”

韩行谦异常严肃地看着他：“我长话短说。我们从海底潜艇搜查到的样本里检测提取到了危险物质，一种蓝色的药剂，具有强挥发性，里面含有氰化氢和一些能够造成个体严重感染的变异病毒，初步判断是针对实验体制造的药物。这里面有许多被焚化的实验体尸体，共同点是生前都遭受了液氮冻伤。现在情况还不明确，可能要明天才出结果，你小心……”

韩行谦的话音戛然而止。

他亲眼看见镜头里眉飞色舞的白楚年表情定格了。一层白雾冰霜从白楚年头顶迅速蔓延，他的发丝和睫毛瞬间结了一层霜，白霜将他整个人吞没。不到一秒的时间，白楚年竟然在韩行谦眼前凝冻成了一座僵硬的雪雕。

下一刻，通话画面便黑了屏。

韩行谦愣住了，立刻联络兰波。

兰波也在韶金公馆附近，他和白楚年是一块儿来的，说好了完事一块儿去吃消夜，但白楚年接了个电话，就没了踪影。

突然，兰波心口产生了强烈的悸动，一种灵魂相连的震颤让他异常不安。他按住耳上的通信器呼叫白楚年，却一直没能得到回应。

“randi……”兰波皱起眉，顺着韶金公馆炸毁的房梁爬了下去，嗅着气味满地寻找白楚年。

塞在绷带里的手机响了，兰波拿出来接听，然后把手机叼在嘴里，循着蛛丝马迹顺着高压电线往偏僻的小路寻过去。

手机里传来韩行谦稍显急切的声音："兰波别过去，有危险！"

"小白不见了。"兰波忽然注意到自己正下方有个直径半米的圆形筒状的怪异东西，被安装在树枝遮挡的墙面上。

很快，那个圆筒像是感应到了兰波的存在，无声地转了过来，筒口对准了兰波。

"什么武器……没有用的。"兰波唇角咧开，凶猛的尖牙生长，怒目注视着它。还没有什么人类武器能对他造成实质性伤害，兰波丝毫不惧它。

"离开那儿！"韩行谦吼了一声。

但已经晚了，炮筒急速发射了一发无声的榴弹。榴弹在兰波周身炸开，冰霜迅速将他凝冻在高压线上。周围顿时停了电，漆黑一片。

通话中断，兰波和白楚年彻底失去了联系。

"出了什么事？"

韩行谦立刻合上了笔记本电脑，见探过来的是萧驯的脸，才松了口气，轻声说："情况很严重，但我现在走不开，还有不少样本没化验完，你得替我回一趟总部。"

"好。"

萧驯代替韩行谦回了蚜虫市，IOA总部早已接收到白楚年和兰波遭遇危险的消息，特工组、技术部和医学会上下都在为这件事展开紧急调查。

萧驯带了一些韩行谦提取出的液体样本和组织切片回来，医学会拿到样品后就开始进一步分析，特工组搜查科组员在韶金公馆附近搜寻蛛丝马迹，技术部则在依靠通信器微弱的信号寻找他们的下落。

技术部网络安全科的长官段扬也临时从 PBB 军事基地回来，他回来后的第一件事就是维护 IOA 网络，检查是否有遗漏的安全漏洞。

因为白楚年和兰波突然失踪，一切本应属于白楚年的工作一股脑落到了毕揽星身上。毕揽星在忙于追查白楚年下落的同时，还要应付繁杂的工作，对着电脑手指敲得飞快。

屏幕上忽然出现了一封邮件，邮件封面很特别，带有一个爬动的黑色蠕虫标志。他们使用的电子设备都是由技术部的大佬们加密过的，正常情况下不会收到任何邮件。毕揽星心中一凛，总觉得事情不妙。

打开邮件，里面却只有简单的一句话："来 F117 休息室，有东西给你。"

F117 休息室就在 IOA 总部大楼内部。毕揽星将通信器塞进耳中，拿上外套，从椅子下摸出一把枪插在大腿外侧，用外套遮住，默默上了楼。

不过，情况并非如他想象的那么严峻，他到的时候，萧驯也站在休息室门外。

"看来，你也收到了邮件。"萧驯淡淡道。

毕揽星紧绷的精神并未松懈，手按在大腿外侧的枪带上。

过来开门的是个叼着糖棍的亚体少年，爬虫手插在卫衣兜里，扫视了他们一眼："你们就是神使选的接班人？"

毕揽星微怔："什么？"

萧驯倒不意外，跟着走了进去。

自从韶金公馆受到袭击之后，会长收留了几名伤员，将其安置在总部休息室，除了人身自由受到一些限制，并未像看守犯人一样对待他们。

怎么说也是俘虏身份，居然这么狂。毕揽星反过来打量这个亚体，他卫衣背后印着一个蠕虫 logo（标志），和邮件上的动态黑色蠕虫相同，看来就是他发的邮件。

这个亚体性格干练利落，也不多废话，将笔记本电脑屏幕转过来，屏幕上浮现着一管银色炮筒，炮筒旁边写着一些简介。

武器名称：无声液氮捕捉网

生成材料：加压液氮及北极虾亚化细胞团提取物

稀有度：3 颗星

特殊能力：将北极虾亚化细胞团的亚化能力极寒冰冻结合在液氮弹中的新型武器，可以在 3 秒内冷冻实验体，使实验体在 24 小时内丧失活动能力，24 小时后由于实验体的自愈能力会使其自动融化苏醒。如果普通人类被击中，则当场碎裂死亡。

缺陷：弹匣小、换弹慢、射程短、造价高，消耗品，短时间内连续发射两发会导致炮筒报废。

毕揽星说："楚哥他们是被这种武器偷袭的？为什么没死……"

他还未说完，脑中突然有根弦绷紧。

曾经在 M 港面对金缕虫时，白楚年也中弹受伤了，却没有受到金缕虫手中特殊武器的影响。

爬虫见他眼神惊诧，意外地冷笑了一声："什么？神使不是说你是他的接班人吗？"

爬虫扭头看向萧驯："你好像不惊讶，看来你更靠谱些。过来，我教你这个程序怎么用。"

“副队。”萧驯轻轻用肩膀碰了碰毕揽星，若有若无地用冷漠的眼神提醒他别露怯。

毕揽星深深吸了几口气，探身到爬虫身边。

“这个程序我拷贝到手表里了，你们一人拿一个戴上，可以在目录按外形检索，也可以直接用手表摄像头扫描，世界上存在的所有武器都可以查询到功能和威力。如果有人研制出了新武器，我会更新资料库。”爬虫语速很快，示范操作也很快，好在毕揽星和萧驯都受过白楚年的魔鬼训练，勉强能跟得上。

“里面还有另一个程序。”爬虫说，“实验体检索表，输入编号就能找到对应的实验体简介。我把编码规则放在里面了，对照去检索就可以了。”

密密麻麻的编码规则出现在手表电子屏上。

首位编码规则【亚化细胞团生物原型】：

0：植物型亚化细胞团

1：蛇型亚化细胞团

2：虫型亚化细胞团

3：蜥龙型亚化细胞团

4：病毒型亚化细胞团

5：有蹄型亚化细胞团

6：无生命亚化细胞团

7：飞鸟型亚化细胞团

8：水鱼型亚化细胞团

9：兽型亚化细胞团

…………

中位编码规则【拟态程度】:

0：无拟态

1：10% 拟态，眼睛拟态或皮肤拟态

2：20% 拟态，尾部拟态或耳部拟态

3：30% 拟态，角拟态，或尾部加耳部拟态

4：40% 拟态，羽翼拟态

5：50% 拟态，半身拟态

10：100% 拟态，即全身拟态

末位编码规则【主能力】:

0：指引

1：限制

2：能量波

3：窜改

4：潜行

5：空间

6：召唤

7：物质操纵

8：传染病

9：本体转换

10：依赖网络

11：沉默

12：转运

13：属性转换

14：防御

15：猎寻

16：格斗

17：群体攻击

18：空袭

19：辅助

…………

“谢谢。”毕揽星惊异于这些资料的完备，也不免对爬虫更警惕了几分，“这里应该没有网络。”

爬虫神情嘲弄：“我的伴生能力是无限 Wi-Fi（无线网络）。现在，世界上还没有我入侵不了的系统……呃，除了 IOA 技术部的设备，你们的技术安全员是谁？我很有兴趣结识一下。”

“是段扬前辈。”这不是秘密，段扬的名字每个黑客都有耳闻，年轻后生们会以突破段扬前辈的防护系统为荣，可惜没人做到过。听说段扬是 K 教官的学生，K 教官退役后，段扬才接管了技术部。

“我的意思是有空帮我引见一下，你那一脸戒备是什么意思？”爬虫耸肩嘲笑，“我是自愿留在这儿的，你当我出不去吗？这两个程序随便转手出去就价值上亿，我却免费给你们写出来。如果不是看在会长和神使的面子上，我才不想留在这儿给你们两个幼稚园小朋友讲课。”

“抱歉，是我冒犯了。”毕揽星微微颔首道歉。不过，他通信器的窃听录音功能依然开着，他一向谨慎。

爬虫当然能感知到他身上的设备依然在运作，不过也懒得多计较，鄙夷地皱了皱鼻子便罢了。

医学会的检验进度很快，因为此前林灯医生主动上交了一份资料，里面记载着他曾经研发或者提出过设想的药物。

其中有一种 Infection 感染药剂，简称 In 感染药剂，是林灯离开研究所之前准备设计研发的一款特殊药剂。不过，实验进行到一半，他就被解雇了。看来，在他离开研究所后，艾莲接手了 In 感染药剂的研发工作。

资料显示 In 感染药剂呈蓝色，主要成分是氰化氢、蓝素提取物。这种药剂如果注射进实验体的亚化细胞团内，将会在 10 分钟内引发全身感染进而死亡。

因为国际监狱典狱长下台，研究所被迫接受检查，许多不符合安全要求的实验体都得尽快销毁以规避检查，想必艾莲也难免左支右绌。不过，现在看来艾莲已经成功找到了除焚化外，销毁无用实验体的好方法。

完全了解情况后，毕揽星和萧驯一同走出总部大楼，倚在偏僻的花园角落小声交谈。

毕揽星枕手靠在墙边，打量着爬虫给的手表，萧驯坐在他随身携带的狙击枪匣上。

“神使……”毕揽星口中低语着这个代号，试着把代号输入手表里。

手表电子屏上显示出一片详细信息。

特种作战武器 9100- 神使，名字下方出现了白楚年的照片，以及一些能力介绍。但据爬虫说，手表只能显示已知数据，所以不能完全当作百科全书来用。

“果然。其实，早有端倪。”毕揽星把手表揣进兜里，双手枕在脑后，

“也不意外，他那么强，不是人类能达到的水平。”

萧驯摩挲着枪匣表面，淡淡道：“或许他训练付出的辛苦也超我们百倍。现在的实力不过是他应得的而已。”

“你早知道？”

“万能仪表盘可以测出实验体的级别，楚哥是九级实验体，兰波八级。”

“你怕不怕？”

“以前会，现在不了。”萧驯说，“我们本质上没有什么不同，恐惧来自自身的弱小，与楚哥无关。”

毕揽星笑起来：“我刚才还在想该怎么说服你呢。现在，只需要想想怎么说服阿言就行了。”

萧驯抬起眼皮：“你觉得现在是什么情况？”

毕揽星托腮思索：“按现在我们已经得知的线索来看，楚哥和兰波是被液氮网捕捉后带走了。如果对方想让他们死，直接注射 In 感染药剂就行，不需要冒险带走他们。他们应该是打算让楚哥替他们做事。

“整个蚜虫市的监控都没拍到任何蛛丝马迹，大概率走的是水路。但出海后回程的大小船只都被拦下来检查过了，数量也对得上，没有装载可疑货物的。”

忽然，两人对视一眼，似乎达成了共识。

“走，去看看。”毕揽星双手将藤蔓缠在高墙上，带着自己的身体翻越围墙。萧驯紧随其后，提着狙击枪匣跟了上去。他们的通信器都带有定位功能，技术部可以随时掌握他们的位置。

第十一章

心魔映象

兰波缓缓醒来，困倦地睁开眼睛，发现自己坐在地板上。他伸手揉了揉酸痛的后颈，指尖突然触摸到一个冰凉的物件。

一枚钢制控制器锁在他后颈亚化细胞团上，因为针头会锁在颈骨中，所以有点痛。好在他不是第一次戴这个东西了，很快就习惯了。

兰波环视四周，这屋子的壁纸是黄色的，灯光也不暗，整个房间还算明亮。离他不远处有个用餐吧台，吧台里面有水池，做饭用的炒锅放在电磁炉上，酒架后的壁纸略微有点泛着粉色。

这个房间没有窗户，只有相对的两扇门。门没有钥匙孔，只有密码输入器，看来输入密码才能打开。

兰波爬到与之相对的另一扇门前嗅了嗅，两扇门的构造相同，不过这一扇门旁边的不是密码输入器，而是一个指纹锁。

“什么鬼东西？”兰波自然地把自己的手指按上去，突然指纹锁亮起红光，发出刺耳的错误音。

“别按。”

一个声音在耳边响起。

兰波吓了一跳，转过身，身后空无一人，才发觉是耳中戴的通信器里有人说话。

“randi？”兰波听到白楚年的声音立刻安下心来，尾巴尖卷成心形摇了摇，“你还好吗？你在哪儿？”

“我也不知道。醒来就在这儿了，还被扣上个控制器，爷吐了。我这辈子不想再戴这玩意。”

白楚年所在的房间也是黄澄澄的墙壁，倒是明亮。墙边有个大理石洗手池，洗手池前挂着一个半身方镜，左手边的墙壁上有一个圆形的伸缩镜，右手边是个做了干湿分离的洗浴间，再旁边是马桶。

干湿分离洗浴间和马桶这一面没有壁纸，是贴的红底瓷砖，怕溅上水把壁纸泡了。

同样地，这个房间也有两个相对的门，一扇门只能用密码打开，另一扇门只能用指纹打开。

白楚年背对着镜子，努力歪头看后颈上的控制器。这个控制器和他之前戴过的不太一样，后面透明部分装有蓝色的液体。

“韩哥给我打电话的时候说他发现一个蓝色的药剂，有毒，能毒死实验体，我咋感觉我脖子上这个就是。”

兰波：“我这里没有镜子，我看不到。不过，应该是一样的吧。”

白楚年对着镜子努力扒着看自己的后背：“我这儿还挂了个吊牌呢，写着……‘强行拖拽以及触发警报则有概率启动销毁程序’。你可别再乱按了。”

“啊，我已经按了。”

“你找到密码了？”

“我乱按的。”

叮咚！

兰波那边的密码器响了一声，亮起了绿灯。

同时亮起的还有他的鱼尾，鱼尾变红，鳞片泛起金色。

他的伴生能力“锦鲤赐福”不需要消耗亚化细胞团能量，不需要他主动使用，自然就不会受控制器限制。

白楚年：“啊，这……”

兰波：“密码是 89456，绿灯亮了，应该是对的吧。可是，门没开，拉不开也推不开。”

白楚年：“呃，你等会儿我，我研究一下。”

他把马桶后盖搬下来，在水里捞了捞，什么都没有，又翻了翻垃圾桶，也一无所获。于是，他双手撑着洗手台发了会儿呆，从镜子里发现房间天花板的角落有个黑色圆孔，摄像头正在运行。

“那帮杂种把我们弄到这儿来，估计现在正从摄像头里看笑话呢。”白楚年拿香皂洗了洗手，随口道。

洗手间太逼仄了，不像无象潜行者的三棱锥小屋一样那么大，摆设也不多，白楚年把能翻的角落都翻了一遍，没有任何线索。

“我找到一瓶葡萄酒，我可以喝吗？”兰波问。

白楚年呵斥他：“放回去……等会儿，上面写什么没有？”

兰波一字一顿地念：“写着……‘葡——萄——酒’。”

白楚年：“没了？”

兰波：“剩下的我不认识。”

白楚年："哦……"

兰波："哎，还有一幅图。"

白楚年振作起来："画了什么？能看出数字吗？"

兰波："葡萄。"

白楚年气得直笑。任务里需要智商的环节，兰波基本上是帮不上任何忙的。

他坐在马桶上沉思，无意间扬起头，却发现以这个角度可以看见天花板角落的圆孔摄像头亮着红灯。红光让眼睛很不舒服，不像证明摄像头处在工作状态的指示灯，有点像激光。

"嗯？"白楚年伸出手在摄像头前晃了晃，发现红光打在掌心上映照出了清晰的弧线。

"噢，无聊。"白楚年拧下墙上的伸缩镜，把镜面放到靠近马桶的位置，红光被反射到黄色壁纸上，显现出了一串清晰的数字："74692"。

在密码器上输入了这串数字，密码器叮咚一声，亮起了绿灯。

白楚年推了一下，门锁就开了。

"嘁，就这。"白楚年不屑地将伸缩镜装回原位，问兰波，"你的门开了吗？"

兰波："没。"

"没事，别着急。"白楚年安慰他，将门推开。这里面摆放着两张病床，病床边各自竖着一个输液架，周围摆放着消毒柜，里面放着一些常用药。

与这道门相对的位置有另一道门，同样需要输入密码。

白楚年安静地走过去，当他走到病床中间时，身后的门砰的一声关起来锁住，把他震得打了个寒战。

这时候，兰波忽然说：“我的门推开了。”

白楚年：“那我懂了，我这边门关上你那边才能打开。我这边像个医务室，你那边呢？”

兰波：“厕所。有马桶，有浴室，浴室这一面是红瓷砖，洗手池这一面是黄壁纸。”

白楚年一愣：“那就是我刚才待的洗手间啊。”

他快步走回刚刚进来的那道门，用力敲了敲门：“兰波？咱们现在就隔一道门呢，能听见我敲门吗？”但这道门在白楚年这一面只有个指纹锁，就算知道密码也打不开。

兰波：“听不到，门是隔音的。”

白楚年想了想也对，不然这帮杂种为什么把通信器给他们留下了。

“没事，那屋我刚走过的，你直接输 74692 就行。”

“哦。”兰波按他说的输入密码，密码锁突然亮起红灯，发出尖锐的错误警报。

兰波：“错了。”

白楚年一惊：“我没说错，你按错了吗？”

兰波：“我再试一遍。”

白楚年：“别！你错两次了都。你去把墙上的那个圆的镜子拆下来，然后坐马桶上，把房顶角上那个机器照出来的激光反到壁纸上看一下。”

兰波照做：“数字是 96472。”

白楚年：“……看来，开一次锁密码就变一次……大意了。你谨慎点按啊。”

兰波那边叮咚响了一声，密码对了，但门推不开。看样子，只有白楚年进入下一个房间，兰波这边才能打开门。

“我找找这边有什么东西没。”白楚年翻了翻橱柜，“柜子最上面有个试管架。”

试管架里面插着一支没拆包装的针剂。白楚年把针剂拿出来，对着光看了看，里面的药水是透明的，但包装上什么都没写。

管他呢，装兜里再说。

白楚年：“试管架上就一支针剂，桌面挺干净的。”

病床边靠墙摆放着一个铁艺花架，花架上摆放着几盆假花，假花边放着一个盛水的小喷壶，花架侧面挂着一本一天撕一页的那种日历。

白楚年拿起小喷壶，随便往日历上喷了喷，纸页空白处便显现出一串数字字迹：“25319”。

输入密码，密码器叮咚亮起绿灯。

“嗯？就这？”白楚年有点纳闷。

这些密码设置得不能用简单或者困难来形容，而是太常规了，太方便了，其并不像密室，反而像军队里对暗号，每次例行换一个暗号，以此来确定士兵的身份。

这种密码设置一般会应用在保密要求稍高的公司工作间，每次例行公事去看一下更新的密码就可以了。

白楚年觉得很轻松，推门进去，这次是个健身室。他走到房间中间，身后的门砰的一声关上，兰波那边的门也就开了。

白楚年说：“你到医务室了，对吧？有俩病床。”

兰波嗯了一声。

白楚年愉快道：“哦，花架上有个喷壶，你拿那个往日历上喷一下就能看见密码了。我感觉这个密码应该是一天换一次，不是开一次锁换一次，应该跟我刚刚进来的密码是一样的。”

兰波那边却沉默了。

白楚年：“怎么了？”

兰波：“试管架空了，是你把针剂拿走了吗？”

白楚年摸出兜里的针剂：“啊，对啊，我拿了。”

兰波又问：“你还看见什么了？”

白楚年回想了一下：“假花，感冒药，输液架。”

兰波再一次沉默下来。

白楚年收敛起轻松的笑意，靠到墙边，轻声问：“怎么了？”

兰波立在医务室中间，将身边橱柜上的试管架翻倒，他视线向下，冷冷地注视着地上趴着的一具穿研究员制服的尸体。

“你在欺骗我。以为这样就能蒙混过去吗？”兰波语调冷淡，对着通信器漠然问道，“你用错的密码骗我，你想杀死我。你是谁？”

白楚年愣了一下，背靠着门坐在地上，轻笑了一声：“你终于露出马脚了，装兰波装得很像啊，把我都骗过去了。”

兰波：“什么？”

20 分钟前。

白楚年缓缓醒过来，发现自己躺在洗手间的地上，壁纸是黄色的，干湿分离洗浴间和马桶这一面的墙是红色瓷砖。

洗手间两面墙对应的位置各有一扇门，一扇门需要用指纹打开，另一扇门需要用密码打开。

他慢慢坐起来，揉了揉酸痛的脖颈，触摸到后颈冰凉的控制器，控制器的外形摸起来和之前戴过的都不太一样。白楚年下意识地站起来，想到镜子前看看这个控制器有什么特别之处。

但洗手池前的方形挂镜却并非一面镜子，而是一块监控显示屏。

显示屏上共有三个标有序号的画面，A 画面是白楚年自己手插兜站立的背影，白楚年仔细辨认，发现自己后颈的控制器上挂着一个吊牌，上面写着：

强行拖拽以及触发警报五次，则会启动销毁程序。

B 画面是刚从另一个看摆设像是餐厅的房间里醒来的兰波，从镜头中能看见兰波爬到吧台上嗅了嗅，啃了一口水龙头。兰波东张西望打量了一会儿，爬到安装了指纹锁的门边，嘴里嘀咕了一句“什么鬼东西？”，就把手按在了指纹扫面上，结果当然是输入错误，让白楚年为他捏了一把汗。

而 C 画面，也是同样的餐厅房间，兰波却躺在地上一动不动。

这时，屏幕上显示出一句话：“请触摸屏幕以选择通话对象。”

这是什么把戏？白楚年有些意外。

什么叫选择通话对象，意思是这两个画面里有一个兰波是假的吗？

他略加思索，选了 B，小声自语：“这么傻，一看就是兰波。”

他做出选择后，监控画面就消失了，屏幕恢复成一面普通的镜子。

同时，他耳中的通信器响了一声，意味着联络接通。

白楚年谨慎地将耳内的通信器拿出来端详，虽然仿制得很精细，但他仍旧看出了一些细节的不同。这个通信器并不是 IOA 派发的原版通信器，已经被人换过了。

他担心兰波不管三七二十一又去乱按指纹锁，于是立刻出声制止：“别按。”

兰波也很快回答了他，语气欣喜："randi？你还好吗？你在哪儿？"

听到这个声音，白楚年稍微放松了些。说实话，能惟妙惟肖模仿兰波的人太少了，连无象潜行者都做不到，因为兰波的战术就是一个字——"莽"，做事全凭喜好，根本不会考虑后果，遇到困难先随便乱搞一通再说。

但回想刚刚的 C 画面，那里面的兰波还没醒。白楚年自问了解兰波，可不怕一万就怕万一，他不敢轻易确定现在与他通话的这个亚体就是真的兰波。

于是，他尽量用自然的语气回答："我也不知道。醒来就在这儿了，还被扣上个控制器，爷吐了。我这辈子不想再戴这玩意。"

刚刚他在监控画面里看见兰波也戴着控制器，控制器上挂着相同的吊牌，而且兰波所在的房间里好像也没有镜子和任何能当镜子的东西。当然了，就算兰波能看见吊牌，他也不一定认识那么多字。

白楚年试探着说，他的控制器吊牌上写着"强行拖拽以及触发警报则有概率启动销毁程序"。

他强调了"有概率"而没明确说有四次按错的机会，第五次才会启动控制器自毁程序。

白楚年还是打算继续试探，认真警告兰波别再乱按了，提醒他只要按错，就有可能死。

没想到兰波说："啊，我已经按了。"

白楚年停顿了一下："你找到密码了？"

兰波："我乱按的。"

白楚年突然更倾向于这个兰波是真的。

不过，他从通信器中听到叮咚一声，密码锁居然让兰波误打误撞按开了，这突然引起了白楚年的警惕。但仔细想想，兰波的锦鲤赐福是被动能力，不受控制器控制，倒也有靠运气猜对的可能。

白楚年的疑虑并未打消。白楚年想直接问一些私密的问题来验证对方的身份，但兰波开口就叫了“randi”，至少说明他对他们之间的关系已经很了解了。

暂时还不能轻举妄动。

他也会担忧他没选择的那个兰波，万一那个才是真的，兰波醒来以后发现自己孤身一人会不会觉得害怕，凭兰波的性子，乱按密码达到错误次数怎么办。

无论如何，得尽快找到突破口，弄明白那些用冷冻弹偷袭并把他们带过来的人的真正目的。

在他忙于找线索的时候，兰波忽然说他找到了一瓶葡萄酒，还问能不能喝。笨蛋，当然不能喝，谁知道这里面有什么蹊跷。

白楚年甚至还抱着期待问兰波能不能从酒瓶上找到线索，结果兰波的回答让他感到太真实了，怎么会有人能装得这么呆呆可爱？

白楚年拍醒自己，找到了镜子反射后映在墙上的密码，顺利进入了摆放着病床和药品柜的医务室。这些房间风格比较统一，壁纸都是黄色的，看上去很敞亮，不然被困在这种连窗户都没有的窄房子里还得憋闷出抑郁症来。

他刚走到房间中央，来时的门就关上了，然后就听到兰波说“我的门推开了”。

听兰波的描述，他应该是到了洗手间，之后有一小段时间没说话。

白楚年很惊讶。

那么，这样看来，兰波就和自己仅有一门之隔了。看来，只有他这边关了门，兰波那边的门才会打开。

他快步回到关严的门边，用力拍了拍，问兰波是否听得到。

兰波："听不到，门是隔音的。"

白楚年起了疑心。兰波会有"门是隔音的"这种常识吗？

他的怀疑突然达到了顶点，于是故作轻松地说："没事，那屋我刚走过的，你直接输 74692 就行。"

兰波一向无条件相信他，白楚年想试试他是不是听话。毕竟他给兰波传递的讯息是"只要输错密码，就有可能死"。

实际上，如果密码是对的，那没毛病，万一错了，次数没到限制反正也不会死。白楚年心里有数。

没想到兰波还真试了，结果却是错的。

算上最初乱按指纹锁的那次，他已经错两次了，只剩下两次试错机会了。

"……看来，开一次锁密码就变一次……大意了。你谨慎点按啊。"白楚年心里其实有点抱歉。

翻东西的时候，白楚年脑子里想到一个问题，每个房间有两扇门，如果没有指纹，就只能朝前走；但如果有指纹，就可以逆行。

如果能得到指纹，白楚年就可以直接打开回去的门，亲眼看看兰波到底是真是假。

他伏在橱柜边，细细观察把手上是否留有指纹。这些房间之前一定有人使用过，不可能不留下任何痕迹。

的确，橱柜把手上留下了不少指纹。白楚年从常用药柜里找到一个创可贴，试着把指纹粘下来，然后反包在手指上，走到装有指纹锁的门前，将手指放了上去。

指纹锁亮起红灯报错。没有那么简单。

这些指纹很杂乱，白楚年两手空空，没有专业设备，也没有太多时间和机会去一个一个尝试，于是暂时放弃了。

无奈之下，他把试管架上那支可疑的药剂揣进兜里，准备到下个房间去碰碰运气。

相比之下，每个房间的密码还是很容易找到的。花架上只摆放着假花，旁边却放了一个盛水的真喷壶，怎么想都觉得不对劲。白楚年用喷壶轻易地找到日历上的水显密码，进入了下个房间。

这次是个平平无奇的健身室，淡黄的壁纸让房间的气氛显得健康向上。

看起来，所有房间都是串联成一排的，仔细想想这样的建筑，外形上只能是一个长条。只能夸赞这座楼盘的开发商脑回路清奇了。

白楚年走到器械中间，来时的门立刻关上了。与此同时，兰波说他的门也开了。

“你到医务室了，对吧？有俩病床。哦，花架上有个喷壶，你拿那个往日历上喷一下就能看见密码了。我感觉这个密码应该是一天换一次，不是开一次锁换一次，应该跟我刚刚进来的密码是一样的。”这次白楚年没说谎，也谨慎小心了些，不敢再让兰波轻易试错了。

兰波那边却不说话了。

白楚年也有些不安，轻声问：“怎么了？”

兰波问：“试管架空了，是你把针剂拿走了吗？”

“啊，对啊，我拿了。”白楚年如实承认了。反正兰波就跟在后面的，在摆设上面撒谎没啥意义。

兰波的语气变得很怀疑："你还看见什么了？"

白楚年纳闷他为什么突然这么问，不过还是回答："假花，感冒药，输液架。"说实话，他的确就看到这些东西。

兰波突然又不说话了。

白楚年担心他有危险，靠到墙边，把耳朵贴在墙壁上仔细听，忍不住问他："怎么了？"

固有能力不会被控制器禁锢，白楚年的听觉依然灵敏，似乎是有声音，证明兰波的确在他刚走过的医务室里。但说实话听不太清，隔音的确非常好。

他正走神，通信器里兰波的声音听起来却变得冷漠，甚至有些愤怒地质问他："你在欺骗我，以为这样就能蒙混过去吗？你用错的密码骗我，你想杀死我。你是谁？"

一套连环质问下来，把白楚年问蒙了。

白楚年："什么啊，你那边什么情况？"

兰波没理他。

实际上，当兰波进入洗手间，和白楚年说了几句话后，通信突然中断了。

洗手池上方的方形挂镜变成了监控影像。

兰波也看见了三个画面和一行字，不过文字部分他都直接略过了，因为不认字。

A 画面是利用鱼尾支撑身体站在洗手台前的自己。

B 画面是正在医务室翻东西的白楚年。

C 画面是几乎把脸贴在镜头上，距离很近，表情急切的白楚年。画面里，白楚年焦急地对他说：“兰波，能听到我说话吗？刚刚和你通信的不是我，这里面只有一个人能活着出去，他刚刚就想杀死你，别相信他。放心，只要监控画面亮起来，通信就会中断，门是隔音的，他应该听不到我说话。别怕，等我救你。”

兰波被突然出现的两个 randi 吓到，愣愣地立在屏幕前。

很快，监控影像熄灭了，玻璃恢复了镜子的模样，通信也恢复了正常。

他听到通信器里白楚年又在说话了，问：“兰波？咱们现在就隔一道门呢，能听见我敲门吗？”

听不到。

兰波回答：“听不到，门是隔音的。”

白楚年说：“没事，那屋我刚走过的，你直接输 74692 就行。”

兰波犹豫了。

他很疑惑，这就是小白的声音啊，小白怎么会骗自己。

他还是听了白楚年的话，试着输入了 74692。

密码器亮起红灯，警报声响起。兰波心凉了半截。

兰波淡淡地把结果告诉他：“错了。”

听起来，那个白楚年装作很惊讶的样子：“我没说错，你按错了吗？”

兰波很想一口咬死冒充猫猫头的家伙，气得用力撞了两下门，门却纹丝不动。因为戴着控制器，他的力量完全被限制了。

这时候，白楚年把查看密码的方法告诉了他。兰波忍着怒意，拿到正确的密码开了锁，洗手间的密码其实是 96472。

等白楚年那边的门打开后，兰波推开门进入了他所说的医务室。

没想到，首先映入眼帘的就是趴在橱柜边的尸体，尸体身上穿着研究员的制服。试管架果然是空的，看来那家伙经过时拿走了针剂。

兰波冷笑了一声。看来，那冒牌货是把研究员当成他了，下了杀手才发现杀错了人，仗着自己抓不着他，还敢装无辜。

这时候，白楚年告诉了他医务室的密码破解方法，但现在兰波再也不相信他了，干脆撕破脸质问：“你在欺骗我。以为这样就能蒙混过去吗？你用错的密码骗我，你想杀死我。你是谁？”

却不料白楚年轻笑了一声：“你终于露出马脚了，装兰波装得很像啊，把我都骗过去了。”

兰波没想到他会反将一军：“什么？”

白楚年轻哼，说道：“在餐厅里随手乱按就能猜中密码，我倒是相信兰波有这个能力。不过，其实你事先就知道密码是什么吧。有时候，演技太好也会成为破绽。兰波明明是个笨蛋，小子，你演砸了。”

“小白不会骗我。”

白楚年轻哼：“装可怜这招对我没用。告诉我兰波在哪儿，我不杀你。”

兰波立在躺有一具尸体的医务室中央，坐到病床上，尾巴尖拍拍地面，固执地与他争辩：“兰波在这儿。”

白楚年听罢，啧了一声，眉头皱到一块儿，思索真假兰波是否有概率撞到一块儿。

按照这些房间的设置，应该是前一个房间的密码锁打开，人走出去，门关上，后面一个房间的门才会打开。

他一直没碰上任何人，就证明不管是真兰波还是假兰波，都只可能在他后方的房间里，现在和他通话的这个冒牌货直到现在才发出疑问，就证明他可能在医务室里发现了什么自己刚刚没发现的东西。

白楚年仔细回忆在洗手间镜子里看见的监控影像，两个不同的兰波所在的房间都是餐厅。

那么，就有两个可能。

一、这栋房子里可能有两个布置相同的餐厅，两个兰波处在不同的两个餐厅。

二、这栋房子根本没有两个相同的房间，也没有两个兰波，C 画面中兰波躺在地上的画面，其实只是一段兰波尚未醒来的录像，有人在蓄意误导他做出选择。

白楚年开始倾向于第二种猜测。他试探着问："椰子好吃吗？"

那边迟疑了一下，回答："randi 渴了，我给他摘椰子喝。还给他捞贝壳吃，可怜的 randi 没有吃过大扇贝，他说海洋馆的大扇贝太贵了，他吃不起，我捞给他吃，每天都吃十四个，因为我家那片海每天只能捞到十四个。他在大腿上画了四条线纪念我们的东方花猪椰，我问他什么是花猪椰，他说是椰子的一种。我又问为什么只能是东方的，他说西方的质量不好。我知道他是喜欢的，他只是太害羞了，有时会伸出白色的毛茸茸的耳朵来，他不要我摸耳朵，我就摸他的尾巴根，他一下子就出……"

"打住！打住！"白楚年赶紧叫停。

"好，我姑且相信你是兰波。"白楚年嘴上这么说，但兰波突然变得聪明起来反而完全不像他。

兰波反驳："我不是。"

白楚年蹲下来，端详着健身室中的一些按顺序码放的杠铃片，同时对兰波说："行，就算我要杀死你，我们现在隔着一道门，我也碰不到你。你告诉我，你看见什么了？”

兰波回答：“被你杀死的一具研究员的尸体。”

白楚年惊讶地怔住，无奈解释：“不是我杀的。”

兰波：“你再骗我，我见到你就会撕掉你的手指、脚趾，撕开你的嘴和眼睛，把你扯成碎肉。”

白楚年抹了把冷汗：“行，行，算我杀的。他除了穿着研究员制服，还有什么特征？”

兰波：“还说不是你杀的，你怎么知道他穿什么？”

既然说“研究员的尸体”，当然是因为他身上穿着研究员制服才会这么判断。白楚年耐心道：“兰波，如果有人监听我们的对话，我们不能让他们觉得我们都是傻蛋，对不对？”

兰波：“我没有说你是傻蛋。”

白楚年：“……尸体穿的什么鞋？”

兰波：“塑料拖鞋。”

白楚年：“袜子呢？”

兰波：“没穿袜子。”

白楚年：“他现在是什么姿势？”

兰波：“趴在橱柜前，脸朝地。”

白楚年：“身上有什么伤口？”

过了一会儿，兰波回答：“脚趾有一点血。你杀的，你还问。”

白楚年习惯性地使唤他：“你把他翻过来，看一下脸。”

兰波嫌恶地说：“我不。他臭。”

白楚年：“尸体腐烂了？”

兰波：“没有。我要出去，给我开门，兰波想吐。”

听他语调像是已经很不耐烦了，白楚年只好安抚他，让他按方法找到日历上的水显密码开启密码锁。

兰波说日历上的密码是 25137。

白楚年有点纳闷。其实，他在日历上看见的密码是 25319 来着。

白楚年：“日历上写今天几号了？”

兰波：“81 号。”

白楚年：“别闹了……正经事。”

兰波：“我为什么要告诉你？”

白楚年揉了揉太阳穴：“算了，既然你找到密码了，就试一下看对不对。我也找到健身室的密码了。在哑铃上呢，按哑铃片数来看是 75948。”

白楚年的门顺利打开，兰波所在的医务室的门也开了。看样子，他也顺利进入了健身室。

白楚年张望四周，发现他所在的房间是个宿舍，壁纸和之前几个房间是相同的。房间里面摆放着三套上下铺铁栏杆床，角落里有个写字台，写字台上有个电脑显示屏，一个鼠标连接在电脑上。

白楚年顺手握住鼠标，试试电脑能不能操作：“哈，终于遇上同道中人了，左手用鼠标多方便啊。”

不过，电脑没亮，看来是不能用。

他放弃了电脑，去翻了翻这几张床。床上的被褥散乱地铺着，没人叠被。床单上放着一支碳素笔，栏杆上放着一片刮胡刀片。

白楚年看见床脚下压着半张 A4 纸，于是用力抬起床脚，小心地把纸抽出来。

他随便往床上一坐，细细铺开纸页，仔细研读上面的内容，密密麻麻的英文看得人头痛。

看样子，这些内容是加密过的，上面的文字看似认识，又似不认识。逐字辨认后，白楚年确认字是反的，而且还是从右往左排列的。

这对熟悉密码学的特工来说不算什么，阅读下来，白楚年额头上渗出一层细汗。

特种作战武器编号535：撒旦

状态：成熟期亚体

外形：头生双角

培育方向："心魔映象"，塑造与目标外形相同的映象体，完全继承本体记忆，映象体将会杀死本体以及本体的恋人、亲人，取代本体，消除羁绊。

培

内容就到这里，剩下的半张纸被撕掉了。

也就是说，这诡异的房间里确实存在两个兰波，一个是真兰波，另一个是实验体撒旦塑造出的映象体兰波。本体和映象体只能活一个，自相残杀不可避免。

如果连记忆都能继承，那么他知道这么多关于两人交往的细节也就说得通了。

这太危险了，真的兰波或许还不知道这件事。白楚年将床单上的碳素笔和床栏上的刮胡刀片包在这半张纸里揣兜，免得兰波经过这个房间的时候伤到自己，或是被别人伤到。

他在做这些事时，脑海中突然闪过一个恐怖的念头。

既然这些房间里存在两个兰波，那么必然也存在两个自己。如果正在和自己通话的是假的兰波，那正在和真兰波通话的必然是个冒牌货。

仔细想想，刚刚与他通话的兰波说，地上有个尸体，听起来不像他下的手。如果兰波想杀人，对方一定会满身咬痕。

现在只剩下唯一一个可能，有一个假的白楚年在情急之下把门后的研究员当成了兰波，杀死之后才发现杀错了人。不留伤口就能杀死一个人，白楚年是做得到的。

白楚年忽然意识到，他们很可能在同一栋建筑的不同楼层，每个楼层的房间排列顺序和布置相同。

那么，和他对话的兰波遇到的就是另一个房间发生的事情，研究员死在了医务室，但并非白楚年刚刚经过的那个医务室，这样想来就十分合理。

假设自己在上层，和自己通话的这个兰波在下层，他看到的尸体是假白楚年杀死的，所以假白楚年也在下层，这样，真兰波就应该和自己同层。

就算无法判断和自己通话的这个是真兰波还是假兰波，至少假白楚年和自己肯定不在同一层。

白楚年站在房间中央冷静了一会儿，开始搜寻这个房间的各个角落。

既然他在洗手间监控屏幕里能看见两个兰波，或许兰波也能从监控屏幕里看到自己，他必须想尽一切办法提醒兰波他现在的处境。

他回忆起自己最初在洗手间看见的画面，监控画面消失的时候，通信器才开启，合理猜测监控画面出现的时候通信就会中断，这样就可以有效避免串供。

白楚年凭借灵敏的身手攀住衣柜上沿，在衣柜最上方发现了一个圆形的黑色的孔。看来，每个房间都安装有摄像头。

这样就免不了脸离镜头很近，但管不了那么多了，白楚年对着摄像头说："兰波，能听到我说话吗？刚刚和你通信的不是我，这里面只有一个人能活着出去，他刚刚就想杀死你，别相信他。放心，只要监控画面亮起来，通信就会中断，门是隔音的，他应该听不到我说话。别怕，等我救你。"

希望兰波能看见，虽然他并没有抱什么希望。白楚年跳下来，拍了拍手上的灰，开始寻找走出宿舍的密码。

兰波在通信器里开口催他："你快点开门。"

白楚年心里全是真兰波，险些把他忘了："哦对，你去哑铃……"

兰波："我已经按对了。"

白楚年惊讶："你自己找到密码的？"

兰波轻哼："你管不着。"

兰波立在健身室的密码锁前，手边有一排哑铃架，哑铃架上用创可贴粘着一张字条，上面写着："密码：95768。兰波，我已经完全明白了到底是怎么回事，接下来就差验证我的猜想了。兰波，一切小心。"

为了让兰波能看懂，还细致地标注了人鱼语拼音，这样细心的除了小白不会有别人。

白楚年有一段时间没说话，忽然开口问："兰波，前面的房间你确定是按我的方法找的密码吗？"

兰波："嗯……"

白楚年追问："你在洗手间里拿下圆镜去反射密码了吗？"

兰波下意识地攥紧手里积攒的另外两张类似的字条，违心地回答：

“嗯。”

白楚年还不放心：“健身室里有什么特别的东西吗？”

兰波说：“地上有一点血迹，被蹭过了。”

白楚年：“血迹？好，我知道了。走吧。”

第十二章

莫比乌斯扭矩

“一点血迹吗？多大一点？形状呢？”白楚年突然追问道。

兰波犹豫了，停顿了一下才回答：“一滴。”

白楚年嘴上说着“我知道了”，其实心里已经确定和他对话的这个并不是兰波。

兰波的观察力有目共睹，和鼹鼠的观察力不相上下。当然了，深海鱼视力不好，这也情有可原。

而在白楚年问“健身室里有什么特别的东西”的时候，兰波竟脱口而出地上有血迹。如果是一大片血迹，当然很容易引人注目，可他却说只有“一滴”。

这不是兰波不用人提醒就能发现的东西。

其实，早在白楚年离开健身室之前，他就在进入健身室必经之路的那扇门后放了两个哑铃，哑铃是六边形的，放在地上不易滚动。因此，想推开健身室的门就需要一定的力气，也就意味着开门的时候需要耽搁一点时间。

但兰波丝毫没有表示受到过阻碍，白楚年确定和自己对话的这个假兰波与自己并不在同一层。

白楚年猜测假兰波是胡说八道。

或者，有人提醒他。

因为白楚年经过的健身室地板上，确实有一块血迹，血迹被蹭过。他故意向兰波隐瞒了这些信息来验证和他对话的兰波的位置。

至于血迹被蹭过这个细节，白楚年怀疑是假的自己告诉了假兰波。至于他们是如何联络的，他还不清楚，有可能同样通过摄像头。但这不重要，白楚年认为真兰波大概率和自己处在同一层，并且就跟在自己身后的房间里。

在找宿舍密码的过程中，白楚年花费了一些时间。不过，他找到了一个小的紫光手电，试着在房间各个角落打光查看，终于在密码器上发现了按过的痕迹。

他按顺序按下那些被按过的数字，“14579”，宿舍门锁就打开了。

白楚年轻轻地将门推开一个缝隙，朝里面探视。他攥紧手中的小刀，将短小的刮胡刀片夹在指间，然后迅速推开门，扫了一眼门后。

门后无人，白楚年转头观察房间的其他角落。毕竟，这栋房子里还藏着至少一个想置他于死地的映象体呢。

白楚年走到房间中央后，来时的门被关上。他已经习惯了这个机关，冷静地查看其他细节。

这是一间餐吧。

淡黄的壁纸，干净的吧台后安装了抽油烟机和电磁炉，右手边是个酒架。

吧台上放着一瓶葡萄酒。

看上去和兰波最初描述的餐厅相同，他在监控影像里看见的也是这个房间。

白楚年拿起葡萄酒端详，葡萄酒瓶是几乎不透光的暗色玻璃，用木塞塞着瓶口，里面的葡萄酒看样子还没被喝过，不过塞子似乎是被拔出来后再塞回去的。

因为生产葡萄酒的工厂是用机器塞木塞的，很容易将木塞塞进瓶口。但木塞浸润葡萄酒后会膨胀，体积变大，想原样拿出来再原样塞回去总会留下一些痕迹。

白楚年仔细看了看瓶身上的标签，好像是西班牙语。由于需要和 IOA 其他分会的同事交流，白楚年有一阵子突击学习过西语，日常交流没什么问题，但阅读文字就稍困难些，不是很熟练。

他拿着葡萄酒瓶溜达到酒架边端详，简易的木制酒架，木板相互斜插形成一个个方形格子。

白楚年蹲下来，一个一个孔观察，他小心地挪开酒架，发现墙纸上留下了一片淡淡的粉色痕迹。

白楚年又举起葡萄酒，对着光观察起瓶内的酒。

可惜他手里没有什么工具，光靠手或嘴也打不开木塞。

算了，先把开门密码找着再说。白楚年干脆把葡萄酒瓶上的标签撕下来揣进兜里。

这时候，通信器里的兰波忽然念叨了一句：“失败。”

白楚年立刻灵敏地捕捉到他的异常，顺势追问：“你看到什么了吗？”

兰波已经从健身室进入了放置着上下铺铁栏杆床的宿舍。

他首先奔向了密码器，密码器上果然用创可贴贴着一张字条。兰波想都没想，一把把字条扯下来藏在手里，望了望四周没人，才打开看了一眼。

看罢字条，兰波将这张字条也细细折起来，和从洗手间圆镜后，还有医务室日历上，还有贴在杠铃上的三张字条收在一起，塞到自己身上的绷带里，拍拍。

小白好久没给他写过信了，兰波对字条的兴趣远大于这些破房间。

不过，小白的话还是要听。兰波立刻搜找起来，在几个栏杆床之间爬上爬下，终于在一个上铺的枕头底下发现了一摞 A4 纸资料。

兰波把上面夹着的碳素笔摘下来随手一扔，浏览了一遍这些纸，资料上的文字密密麻麻都是英文，兰波看得头晕，便把资料叼在嘴里从床梯上爬了下去。

有一页纸从资料里掉了出去，飘了两下，刚好落在床脚下。

兰波只好叼着资料趴在地上伸手去够，抓到了纸页一角，他用力一拽，咔嚓一声，纸被他扯断了，只够出来半页。

兰波看了一眼，好在他还是认识其中一个标红的单词的，写着“fail”（失败）。

他喃喃读了出来，突然听见白楚年从通信器里问他：“你看到什么了吗？”兰波吓了一跳，叼着剩下的资料爬到密码锁边，按照小白给他留下的字条输入了密码。

等待门开的这段空闲，兰波无聊地扫视周围，发现地面上有几处血迹，都是被蹭过的。

白楚年还在追问：“你看到什么了吗？房间里有什么吗？”

兰波不耐烦道："有几个血脚印。"

"脚印？什么方向？"

兰波盯着地面看了半天："从我这里，到另一个门。"

"你在哪个位置？"

"密码锁旁边。"

"哦……你已经找到密码了？"

"嗯。"

白楚年笑了一声："我这边也有个很有意思的事。我现在在那个放葡萄酒的餐厅，这里的密码是 89456，和你最初告诉我乱按出来的一样。"

兰波皱眉："我没有骗你。虽然你不是小白，但你是一个猫猫头，我不骗猫猫头。"

……看来，假的兰波也一样可爱，毕竟本体可爱。

"我们可以商量一下，我找到真兰波以后带他回家，然后你回加勒比海替塞壬代班，怎么样？"

"塞壬不能代班。他要领着子民迁徙，打扫海里的垃圾和泄漏的油，还有核，塞壬的工作很重要，和你们的公务员不一样。"兰波一本正经地和他争辩。

"好好好，我不跟你理论。你宿舍的密码是多少？"

兰波摸出小白给他留下的字条又看了一眼，如实说："36597。"

"好，走吧。"

等到白楚年那边推门进了下一个房间，兰波听到他"咦"了一声，自己面前这扇门也开了。

兰波推开门，第一件事本来是想去密码锁前看看有没有小白留下的字条，但房间里的情形完全不能让他忽视了。

房间里弥漫着一股令人不舒服的气味。这里是一个餐厅，但不能确定是不是他最初经过的那个。房间的壁纸是温馨的粉色，除了吧台和抽油烟机还在原位，吧台的 PVC（聚氯乙烯）板台面被磕了一个窝。

酒架彻底翻倒摔裂了，地上有个打碎的葡萄酒瓶，黑色玻璃炸得到处都是。

密码器上照例贴着一张字条，兰波将字条摘下来，扫过一眼，愣了愣。

兰波将看见的东西描述了出来，白楚年一直和他保持着联络。

“是一种什么样的气味？”白楚年问。

“可能是，坚果，苦涩的。”

白楚年那边沉默下来，像是在思考，半晌，慢慢地说：“我知道了。这次又是研究所动的手脚，他们没杀我们，是想让我们帮他们擦屁股。”

“什么意思？”

“之后跟你细讲，你先按我说的做。”

白楚年从餐厅推门而出后，再一次回到了最初所在的洗手间。洗手间安装了马桶、干湿分离洗浴间的一面是红色瓷砖墙，同样，天花板角落的红色激光还亮着。

他还期待镜子能变成监控影像，让他再选择一次通话对象。不过，这一次镜子没有反应。

白楚年顺手去拿圆镜反射激光密码，突然想起了什么。

他第一次故意让兰波试探密码时，让兰波输入自己经过洗手间时看到的密码 74692，但兰波说“错了”，和他争论，密码明明是 96472。

白楚年托腮想了想，试着在密码器上输入了“96472”。

叮咚一声，绿灯亮起，居然是正确的。

白楚年还没来得及细想，忽然发现了一点异样。他凑近密码器的按键盘，按键上方有个遮挡的凹槽，以防止输入密码的时候被偷窥。白楚年把脸贴到凹槽底下，伸手进去抠。

在按键最上方的斜角处，白楚年抠动了一片贴纸。

他继续抠了一会儿，把贴纸抠起一个角，能用两根手指捏住之后，用了点巧劲往下撕。慢慢地，真让他撕下一层来。

撕下的这一层只是普通的按键数字贴，就像键盘套一样，用来防尘，用旧了、用脏了就可以揭下来重新贴一层，装了密码器的公司后勤部门抽屉里经常备着一摞。

但白楚年无意间又瞥了一眼密码器，忽然惊出一身冷汗。

被揭下按键贴纸的密码器的按键非常诡异，字都是左右反向的，第一行三个字符是反向的 3、2、1，第二行是反向的 6、5、4，第三行是反向的 9、8、7。

白楚年与贴纸上的位置对照，如果按贴纸上的正常的顺序去按，按的是“96472”的话，实际上按动的则是密码器上对应的“74692”。

白楚年立刻明白了其中的玄机，他把贴纸原样贴了回去，在口袋里摸了摸，摸出之前在宿舍捡的半张 A4 纸，从上面撕下一小条，用碳素笔在上面写：“密码：96472。”

担心兰波看不懂，他想了想，用人鱼语在底下写了一行拼音，还画了一个猫爪简笔画。写完后，他又从口袋里找到在医务室里拿的创可贴，用刮胡刀片裁下一块，把字条粘贴在伸缩圆镜上。只要真兰波经过这个房间，应该就能找到自己的提醒。

他咬着笔帽推算着后两个房间的密码，分别写在字条上，如果试验通过，就把字条给兰波留下。

写完两张字条后，白楚年又在上面添加道："兰波，我已经完全明白了到底是怎么回事，接下来就差验证我的猜想了。兰波，一切小心。"

"对了，等你到健身室的时候，告诉和你联络的那个家伙，就说你看到地上有一点被蹭过的血迹。"

这样的话，就能让假白楚年以为真兰波跟在身后。如果他想杀兰波，一是可能杀到假兰波，另一个可能就是撞上白楚年本尊，反正不会让真兰波受伤。

在推开洗手间门之前，白楚年回过头，留意了洗手池上方的方形挂镜。

他退了回来，双手撑着池沿，仔细端详这面镜子。最初，他在洗手间醒来时，这面镜子曾经变成了监控屏幕，不知道怎么才能触发监控显示器。白楚年顺着镜子边缘摸了一圈，看有没有能手动按下的按钮，摸了一圈也没找到什么机关。

他直起身子，双手插兜站在镜子前发了一会儿呆，注视着镜中的自己。

他轻轻抬起右手，镜子里的自己抬起左手。

他又抬起了左手，镜中的自己却仍然抬着左手。

白楚年一愣，镜中的白狮亚体忽然扬起唇角，轻佻笑道："你们快要完蛋了。"他用抬起的左手比了个中指。

"啊！"惊悚的映象让白楚年突然遏制不住地一拳打了过去，镜子出现蛛网似的裂纹，碎玻璃在白楚年左手拳骨上留下了斑驳的伤口，鲜血顺着指缝向指尖流。

“……”白楚年无奈地拍了拍额头，他甚至无法确定刚刚的是幻觉还是真实的监控，一股轻微的恐惧和强烈的杀意在心里蔓延。

刚刚的是心魔映象吗？那么就是假的自己。他现在应该在和自己不同层的房间里。白楚年捡起一片大的镜子碎片攥在手心里，紧紧攥着。

兰波生死未卜这件事让白楚年打心底里感到不安，虽然看似一直保持着镇定，可被困在这种没有尽头的狭窄房间里，绝望感其实在一点一滴地蚕食着冷静者的理智。

白楚年记恨着镜子里的那张脸，现在就想杀了他。

他突然又变得清醒，举起手中的镜子碎片，碎片中映照着自己的影子。

“映象体会知道自己是映象体吗？我一直想杀死他们。”白楚年凝视着自己被血迹污涸的掌纹，“我才是映象体吗？”

他摸了摸后颈灌注着蓝色药剂的控制器，控制器上有一个可以使用芯片解锁的凸起，这种控制器如果遇到强行拖拽就会启动自毁程序，将毒液注入实验体的亚化细胞团内。

一段听不出词的美妙旋律轻缓地在耳边的通信器中哼了起来，像海葵缓缓盛开，飞鸟在云层中低语，鲸音伴着贝壳风铃吟唱。

兰波躺在餐吧水池里，水流顺着水龙头淌到他头上。他悠闲地哼着歌，双手举着白楚年留给他的字条端详。

“兰波，之前我听到他在唱歌，所以，一路上都在忏悔我这颗移情别恋的大脑，我越想越难受。他是个骇人的海妖，撒旦派他来迷惑我。我知道，他的真面目一定是个丑陋的哥布林。但是，他没你唱得好听，真的。”

耳边萦绕的曲调让白楚年失神的双眼渐渐清明，糊涂的大脑清醒过来。

一声微弱的金属撞击的闷响打断了兰波，兰波的低吟戛然而止，他看了看房顶，又望望四周，问白楚年："你听到了什么声音吗？"

"你说你的歌？"白楚年彻底醒转过来，揉了揉太阳穴。

"不，7.62毫米口径的狙击弹击打在钢铁上的声音。"

"我没听到。离你近吗？"

"很远，至少要在房子外面。"

"算了吧，先别管它。我现在很乱，又有点搞不明白这是什么情况，万一我们出不去，怎么办？"

"我不在乎。房子总有老化坍塌的一天，几万年后，我还在。"

"那么久，你不寂寞？啊不是，你在不在无所谓，那我不是不在了吗？"

"不久，但寂寞。"兰波问，"你能活多久？"

"几十年？不知道啊，但应该最多也就一百年到头了。唉，我也没想过。"

"这么短的日子，睡得沉一点就过去了。"兰波第一次思考关于寿命的问题，他把小白给他留下的字条摞在一起，"好险。"

"我们继续吧，等我见到真兰波，我会向他申请宽恕你的。"

"我不需要。"兰波说，"但我也会宽恕你。"

白楚年已经明白了密码的规律，只要按照正向房间的密码按键去按反向数字，开门的速度就变得很快。他轻易就推开洗手间的门，下个房间是医务室。

地上赫然趴着一具尸体。

白楚年像突然想到了什么，他不嫌脏，蹲下来搜查那具穿着研究员制服的尸体。

尸体趴在橱柜边，手僵硬地扒在橱柜下方的抽屉沿上。正如兰波之前所描述的，尸体穿着塑料拖鞋，没穿袜子，右脚的大脚趾上有个小伤口。

白楚年压低身子观察，发现尸体穿的塑料拖鞋底扎着几粒很小的玻璃碎块，玻璃是近似黑色的。

找遍全身，也只有脚趾上这一处伤口而已，这并不是致命伤。

白楚年将尸体翻了过来。研究员身材微胖，一米七左右，右脸颊上有颗不小的黑痣，他戴着黑框眼镜，长相宽厚。不过，他的耳垂泛起樱红色，皮肤上起了一些红斑。

他凑近尸体的口鼻嗅了嗅，有股非常寡淡的苦杏仁气味。基本可以断定他死于氰化物中毒。

白楚年在他的口袋里翻了翻，从里面翻出一张套着卡套的身份卡。他是个爱尔兰人，为 109 研究所工作，看编号他并不像独自在某部门工作的，至少还有十几个同事在这个部门共事。

“好兄弟，帮我一把。”他拿了爱尔兰人的身份卡，然后将尸体扶起来，用肩膀撑着尸体站起来，一步一步向指纹锁挪过去，抓住爱尔兰人的左手食指按在指纹锁上。

指纹锁亮起红灯。错误。

已经错过两次了，白楚年心里默念着，还有两次机会，于是又选了他右手的食指按在扫描盘上。

还是错误。

只剩最后一次尝试的机会，白楚年喉结轻轻动了动，犹豫了一下，把研究员的左手拇指按了上去。

错误。

“……我这么倒霉吗？”正常人录密码只习惯录这四个手指吧，还差右手拇指没试过，但白楚年已经没有试错的机会了，再错一次，控制器就要启动自毁程序了。

白楚年举着研究员的右手拇指悬在扫描盘上方，停顿了十几秒，终于还是放了下来。

没必要，赌博伤身。

白楚年把尸体放回原位，拿上他的身份磁卡，朝下一个房间走去。

他回到医务室的橱柜前，打开抽屉，从里面翻出几盒常用药。

药盒上的说明都是英文的，但看得出，字母是反的，全部字母都是反的。白楚年回头看向花架边的日历，日历上的数字是 81。

他记得当时他经过医务室时，日历上的数字是 18 号来着。怪不得兰波会回答“81 号”，他真的没说谎。

白楚年边输密码边问：“你那边到洗手间了吧？”

兰波：“嗯。”

“洗手间的镜子怎么样？”

“没怎么样，正常镜子的样。”

“哼……”白楚年确认他进入的是与自己不同的洗手间，于是加快脚步，进入下一个房间。

门轻易就被推开了，白楚年四下搜寻，他之前的确搬了两个哑铃抵在门后来着，但现在那两个哑铃却回到了哑铃架的原位上。

地面上的一丁点血迹也消失了。

“是扭转，健身室是一个扭转点。”白楚年恍然，种种迹象都印证了他对房间的猜想。

“现在看来，我们只是被困在了五个房间里，洗手间算第一个，第二个是医务室，第三个是健身室，第四个是宿舍，第五个是餐厅，五个房间各自存在一个镜像对称的房间，看上去是两层，实际上更像是两排底部粘贴在一起的房子，我们此时正脚对脚站着。

“如果一开始我在上层，你在下层，我们就会在经过健身室后，我进入下层，你进入上层。每次经过健身室都会发生扭转，上层房间都是正向的，下层房间都是镜像的。”

兰波：“噢。”

“所以，我刚刚经过的是两个镜像的房间，此时所在的健身室是镜像健身室，下一个房间就应该是正向的宿舍了。”

兰波：“哦……”

“我已经完全明白是怎么回事了。”白楚年指尖摩挲着写着81的日历，“这儿不是什么公寓大楼，而是个实验室的自由活动区。不当班的研究员们在这里吃饭、休息。墙上的壁纸也不是普通的壁纸，原理和甲基橙-氯化汞（Ⅱ）试纸差不多，非常灵敏，用来防范他们正在生产的东西或者原料泄漏到生活区。”

“韩医生说，这玩意里面含有氰化氢。”白楚年摸了摸后颈的控制器，控制器中的蓝色药液微微摇晃，“估计研究员们在秘密批量生产这种快速杀死实验体的药剂。”

“还记得你经过的那个粉色壁纸的餐厅吗？打碎的葡萄酒瓶里装的应该就是这种药剂，不知道他们用了什么手段让药剂能短时间内挥发得不留任何痕迹，但壁纸变成粉红色就是药剂曾散布到空气中的证明。”白楚年知道，对面不管是兰波还是兰波二号都听不懂，只好自言自语起来。

砰！

房间角落里似乎传来一声闷响，白楚年竖起耳朵聆听，那响声没再出现。不过有一点，对使用各种枪械为家常便饭的他们来说，的确能辨别出这是子弹击打在钢铁上发出的声响。但由于钢铁太厚，所以声音微弱，不过绝不会错。

“我也听到那个声音了。”白楚年警惕起来，匆匆向下个房间走去。

不出所料，这个房间的确是宿舍。

地上有零星几个沾血的脚印，方向是从密码锁到指纹锁的方向。

看来，这是那个死在医务室的研究员留下的。

白楚年仔细扫视房间各个角落，检查有什么遗漏的细节线索，不经意间看见角落写字台底下的电源键亮着灯。

“嗯，这台好像能用。”白楚年快步走过去，按亮显示屏，把鼠标从右边拿过来在锁屏上点了两下。

要求输入密码。

白楚年拿出从研究员兜里拿的身份磁卡，在显示屏下方的读卡器上刷了一下。

锁屏顺利开启。

白楚年把电脑椅拉过来坐下，这台电脑显然是公共电脑，只能用于临时接收消息，也没有配备键盘，和图书馆里的那种差不多。

研究装备策划行动，白楚年是行家，可惜对电脑不是特别在行。要是段扬大佬在就好了，再不济小爬虫在也好啊。

他正打算放弃的时候，电脑桌面显示收到了一封邮件，发件人落款是：爱心发射。

“哎。”白楚年想也不想就顺手点开，反正不是自己家电脑，中病毒也不心疼。

点开后，放置在写字台下的打印机就发出了嘀嘀的启动音，然后开始一张一张往外吐 A4 纸。

白楚年弓身把纸一张张摞起来，坐在电脑椅上翻看。

这其实是两份资料，第一份封面上写着“关于 In 感染药剂的详细分析”，居然是中文资料。

白楚年翻了一遍，大致总结出来一些 In 感染药剂的特点。

“意思是这个蓝色药剂里面含有氰化氢和蓝素病毒，重点是蓝素病毒，实验体只能通过注射感染，感染后会在 10 分钟内死亡，但人类只要吸入过量就会致死。这是一种强挥发性的毒剂，脱离容器的一瞬间就会迅速挥发，3 分钟后自行消失，取证极为困难。”

兰波忽然应声：“只是感染吗？”

“对，没有什么放射性的东西在里面。”

第二份资料封面上写着“K034 年 4 月决定销毁实验体资料”，这份是全英文的资料。

白楚年挨个看下来，总共有一百多个实验体的简介，虾米小字看得人眼睛痛。他快速浏览了一遍，五花八门的实验体让白楚年惊讶于自己的同类种类之繁多。

实验体 516 粉红佩奇，可以一次生产一万个荠菜馅包子，触发条件是食用满两万个荠菜馅包子；实验体707小肥啾，能使特定目标对万物产生怜爱心理，立地成佛普度众生；实验体248懒毛虫，能使目标工作效率降低90%，但它懒得使用能力。

诸如此类。

"啊……倒也能理解……"白楚年继续翻阅后面的内容。

最后一页是实验体撒旦的资料。

"嗯？眼熟。"

特种作战武器编号535：撒旦

状态：成熟期亚体

外形：头生双角

培育方向："心魔映象"，塑造与目标外形相同的映象体，完全继承本体记忆，映象体将会杀死本体以及本体的恋人、亲人，取代本体，消除羁绊。

培育结果：失败。

看到这儿，白楚年的表情僵住了。后面还有备注。

备注：经过研究，实验体撒旦无法实现心魔映象，但发展出了新能力。J1亚化能力"莫比乌斯扭矩"，可以选中任意一个封闭空间进行扭转，使其成为扭转点，通过扭转点的目标，将从相对正向空间进入相对负向空间。M2亚化能力"未来推演"，精准推算并实质演示特定空间内部的事物发展。外界干扰会影响推演进程。

他的亚化能力过于强大，以至于我们现有的技术手段无法控制他，继续生长下去可能造成无法挽回的损失，因此予以销毁。

签字：艾莲。

白楚年记起，就在不久前，国际监狱典狱长下台，连带着 109 研究所之前的保证也开始令人不信服，上面顺应民意严格搜查研究所内部。所以，他们才急着把严重不符合规定的实验体全部销毁。

看来，109 研究所这次本想像原先一样，按计划销毁这一批实验体，但没想到翻车了，不光被撒旦摆了一道，还损失了不少研究员。

他们绕这么大圈子把他和兰波抓过来，就是为了对付撒旦。

如果他们成功杀死撒旦，109 研究所的销毁任务完成，搜查结果合格，皆大欢喜。如果他们永远被撒旦禁锢在这个环形房间里，109 研究所一样灭掉了 IOA 的两个强大助力。

但为什么艾莲不直接用感染药剂杀死他们呢？

白楚年思考了好一会儿。

直到兰波问他："小鬼，你还活着吗？"

"呃，活着。"白楚年手边没有粉碎机，这么厚一摞资料也不好随身带着，所以他把碳素笔夹在资料前几页上，随手把资料压到宿舍床枕头下面，伪装成研究员自己阅读过的资料。电脑上的邮件已经自动销毁，随着邮件销毁，电脑蓝屏了一阵子就自动死机关闭了。

"我在健身室。"兰波说。

白楚年站起来，看向自己来时的健身室。

门与门框之间紧紧卡着一个哑铃，是白楚年来时卡在那儿的。

他发现兰波的门开启的条件并不是自己的门锁住，而是房间中央的红外探测器识别到他。

白楚年用力掰开那扇他用哑铃卡住的门，身体努力从缝中挤过去。

健身室中空无一人。

“兰波，我有件事想给你解释，不过你得先听我的，我已经知道该怎么走出去了，你按我说的做……”白楚年按着耳中的通信器，对另一个健身室中的兰波说。

“不必。”

兰波立在健身室内，手轻轻搭在后颈的控制器上。

“如果仅仅是感染而已……”兰波修长的右手青筋毕露，用力抠进控制器与颈骨连接之处猛地一扯。

控制器发出尖锐的报警音，转瞬间将内里储存的蓝色 In 感染药剂注入了兰波的亚化细胞团内，连接亚化细胞团的血管急速变蓝发黑，迅速顺着血管向全身漫延。

感染药剂发作极其痛苦，兰波咬牙低吼了一声，将控制器生生从颈骨上撕了下来，锁钩针上还连着扯断的血肉。

随着鱼尾重新充盈电力，在血管中急速漫延的毒液渐渐停滞，仿佛凝结住了。接着，黑蓝色的毒液缓缓倒了回去。

兰波体内的血液电光流窜，净化着进入体内的污染物，后颈的伤口重新愈合。短暂的十几秒钟，他的金发焕发光泽，鳞片回归皎洁，浑身上下散发着淡淡的柔光。

他纵身跃起，高高落下，蓄满力量的一拳重重轰在地面上，电光以他拳骨落地之处刺啦炸裂，将地面劈出一个焦黑的巨洞。他将手臂伸进洞中，捞了捞。

然后他抓住项圈，将白楚年从洞里捞了出来。

巨洞相连的两面正是两个一模一样的健身室。

白楚年亲眼看见眼绽电光、鳞片熠熠生辉的金发人鱼，居高临下压在自己身上，眼睫微垂的威仪神态不是兰波是谁。

兰波的绷带里掉出一摞他留下的字条，刚好落在白楚年脸颊边，画着猫爪简笔画的那一页刚好扣在他脸上。

白楚年躺在地上，像猫翻开肚皮一样无害地举起手，诚恳道："兰波，关于我一路指挥着你把我自己骗得差点自杀这件事，你得听我解释。"

第十三章

海水有毒

兰波面无表情，一拳朝白楚年脸上揍下去。白楚年双手叠在面前接住这一拳，尽管兰波并未灌注多少力气，可白楚年后颈控制器还戴得好好的，这一拳砸在他双手掌心里，连着手骨和脸上的颧骨都麻嗖嗖地痛了起来。

“别打，兰波，我是真的。这儿就没有假的，屋子里就咱俩，你听我解释。”

“小鬼，你的项圈和耳环，是我赠予他的礼物，我不能再宽恕你。”兰波收回右手，食指钩住白楚年颈上的项圈将他拉至面前，另一只手的指尖托起他的下巴，浅金色的睫毛时而冷漠地上下扫动一下，微垂视线凝视着他，蓝色瞳仁收拢细成一条竖线，耳朵伸长变尖，逐渐生长为半透明蓝的耳鳍。

白楚年被他越发贴近原型的外貌震慑住了，垂着手仰视以自己身体为王座的傲慢人鱼。

兰波低头嗅了嗅他，从他的脸颊嗅到脖颈，虽然他戴着控制器散发不出清晰的亚化因子，但残留的气味还在。

半透明的耳鳍遮在了白楚年眼前，他注意到薄鳍中也爬着一些蜿蜒的纤细血管，看上去像一个纤薄的富有生命力的蓝宝石薄片。

正当白楚年观察出神时，脖颈猛地感到钻心锐痛，人鱼的尖牙深深扎进了他脆弱的颈肉中，控制器使他不堪一击的同时，也大大降低了他的承痛能力，痛苦格外明显。

白楚年紧咬嘴唇忍耐，但兰波像要活活从他颈间撕下一块肉来不可，凶猛的力道拉扯着他的脖子。

但白楚年还是没有推开他。

蓝色电光顺着尖齿入肉的位置爬满白楚年颈窝和胸前的皮肤，刻印出一片魔鬼鱼纹路的亚化标记。

兰波舔净唇上残留的血珠，指尖勾画着自己咬下的亚化标记：“是真的。”

白楚年松了口气，绷紧的身体松懈下来：“你是怎么判断的？”

“不是谁都能承受塞壬的图腾亚化标记的。”

“……嗯，所以你咬死多少人……人鱼了？”

“randi。”

“对不起，我开玩笑的。”

“嗯。”兰波看起来仍然不高兴。

“回家再解释吧，来不及了。”白楚年撑着地面有些摇摇欲坠地直起身子，“这儿不能久留，撒旦失控杀了所有研究员，他肯定在某个角落窥视着我们。走，跟我来。”

白楚年拉着兰波走到密码锁前，飞快输入了密码，带着他进入宿舍，再往下个房间跑去，白楚年沉声说：“这是两段对称且封闭循环的房间，本来我以为只要破坏扭转点健身室就能让撒旦的能力失效，看来还得另外找出路。”

兰波心不在焉地注视着白楚年后颈上的控制器，里面蓝色的感染药剂还在刺眼地摇晃。一股无名的怒火在兰波心里拱动，因为蓝色曾经是他最喜欢的颜色。

白楚年只顾拉着兰波向前走：“撒旦有预知未来的能力，但看资料里只言片语的介绍，他的预知能力似乎只能局限在一个封闭的容器中，也就是我们现在所在的房间。现在，不管我们干什么，他都能推演出结果，然后干扰我们。他仅仅靠几段未来的录像误导和离间我们，这个实验体绝对不是个善茬。”

兰波挑眉不屑：“你挑个房间，我拆了他。”

白楚年摇头：“刚刚一拳打穿健身室还安然无恙，只能算我们运气好。既然这是一座生产 In 感染药剂的实验室，肯定在某个地方储存了大量感染药剂和原料。打爆了容器，我们就死定了。哦不，是我死定了，这药剂居然对你没作用，你太牛了，你就是神啊。”

兰波默默点头。

“我已经知道我们在哪儿了。想要神不知鬼不觉地进行非法实验，有个绝妙的好地方，既不容易被人找到，还能无声无息地将废料处理干净。”

“在哪儿？”

“当然在……”白楚年刚要脱口而出，忽然顾及兰波的心情，于是把后面的话咽了回去，“嗯……总之，先跟我走吧。咱们消失这么久，IOA 那边已经有所动作，我想他们应该已经对我们的位置有头绪了。不过，现在跟他们完全联络不上，接下来就只能靠默契了，希望我没白疼那几个宝贝学员吧。”

平静的海面上已经聚集了五六架涂装 IOA 标志的直升机，已经有十二位特工组成员进入海中搜寻。

毕揽星坐在直升机上，按住耳麦聆听着在水下的前辈们传来的消息。他旁边的制服亚体观察着电脑上的雷达，时不时发一句指令。这位是搜查科前科长苍小耳前辈，一个 A3 级别的高阶亚体，和会长是老交情了，实际掌管着 IOA 特工组的一切事务，鲜少露面。这次 IOA 公开特工遭遇不测，意味着特工组的权威被挑衅，以苍小耳的脾气，必然是要亲自出手的。

“前辈，发现信号了吗？”毕揽星忍不住问。

“还没有发现他们俩的确切位置。不过，你的推测是正确的，这海底的确有一艘可疑的潜艇。”

“对，就是潜艇。之前，韩教官也在太平洋海域的海底发现了一艘沉没的潜艇，里面装满了实验体的尸体残渣和 In 感染药剂。”毕揽星振作起精神。他猜测藏匿兰波和白楚年的地点可能是潜艇后，立刻通过卫星地图排查了可能的航线，锁定了最可疑的一些海域，终于找到了目标。

“你做得不错。老毕果然会养孩子。”

“只是惊动了前辈，还是我能力不足，行动计划都做不了主。”

“没事，没事。小白的事，我肯定是要管的。那么招人喜欢的猫崽子，可惜年龄太小了点，不然……”

“不然什么？”

“嗯，定位成了。”苍小耳直起身子，目光紧紧盯着屏幕上出现的新的光点。

毕揽星也立即将目光投了过去。

与十二位特工组成员一同潜入海底的还有萧驯，他负责将承载着他的M2亚化能力“猎回锁定”的狙击弹击打在潜艇外壁上。

毕揽星立刻将被锁定的潜艇发回IOA技术部，并联络技术部的超级大佬段扬前辈：“前辈，韩教官发给我的资料碎片我已经整理成文档，拜托您试着发送到锁定潜艇的终端。”

毕揽星现在手中有两份文档，一份是韩医生发回的感染药剂的详细分析，另一份是爬虫发给他的，爬虫盗取了研究所4月份要销毁的实验体名单，不过时间太紧，英文原版资料没有来得及翻译。不过，楚哥英文不错，应该也不会影响阅读。

段扬：“收到。想不到你们两个小家伙还挺独当一面的，楚哥眼光倒是毒。”

毕揽星：“没有，我们的力量微薄，您过奖了。”

突然，通信器中有人喊了一声：“快！快把他拉回来！”

毕揽星脸色骤变：“发生什么事了！”

“负责水下狙击的学员在抽搐！中毒了，海水有毒！”

想在黑暗的水下完成狙击，为求精准，萧驯必须离潜艇足够近才行。但那潜艇的某些部件已经出现了损坏痕迹，免不了会有一些承载的药物漏出，溶解在周围的海水中。学员虽然戴着呼吸器，但总会有皮肤露在外部的。

毕揽星瞪大眼睛，下意识地抓紧了栏杆，又立刻逼迫自己冷静下来，对驾驶员道：“我们下去，把位置给他们，医生们准备接应，大概率是氢氰酸和蓝素病毒中毒。”随后，又对通信器中道，“把他带上来，快。”

他说罢，关上耳麦，搓着手，额头抵在双手掌缝间，默默念叨："来得及，来得及，我有准备，不会有事的。"

通信器中传来萧驯微弱的呼吸声："这在我……计划中，我们……都是有这个觉悟……才来的……副队……我没事……我用万能仪表盘算过浓度，死亡概率只有……37%……"

第十四章

魔鬼撒旦

毕揽星闭上眼睛，默数着秒数。生死攸关的时候，时间一分一秒走得煎熬，突然通信器里有人说了一声“上来了”。毕揽星当即睁开眼睛，翻身从直升机上跳了下去。毕揽星左手五指生长出黑色藤蔓，牢牢缠绕在直升机的绳梯上，再反过来生长，直到把他自己捆在绳梯最下方。毕揽星腾出双手，双手藤蔓像疯狂生长的黑色绳索般生长进涌动的海水之中。

底下辅助的特工组队员托着萧驯浮上来。不等他们浮到海面，藤蔓就从水深近 10 米处将萧驯缠住，裹缠成一个密不透风的藤球，保持着内部足够的压强猛地把萧驯拽了上去，直升机带着他向岸上驻扎的医学会急救小组飞去。行驶途中，藤蔓缓缓释放压力，使萧驯的身体能有一个适应压强的过程，又不会耽误最佳抢救时间。

岸上的医生们从藤蔓中接下萧驯，先给他打了一针解毒剂，然后打开阀门冲洗着萧驯的身体，两个护士上去把他身上的潜水服和设备扒下来。

萧驯浑身泛起淡红，急促地喘息着，疼痛使他忍不住蜷缩起来，又被护士拉开按住。

“幸好是在海里，氢氰酸浓度不会太高，上来的一路上也一直冲着水，没什么事。”

“做血液检验看是否有蓝素病毒感染。”

“是。”

毕揽星在他们围起的急救帐外蹲下来，此时已经彻底冷静下来。虽然萧驯是自请执行水下狙击任务，但任务计划是毕揽星做的，如果萧驯真出了什么事，他哪还有脸回总部复命，也没法和队里两位教官交代。

他与萧驯相识不久，也就是在蚜虫岛训练基地里这近一年的相处。萧驯沉默寡言不爱说话，平时也不怎么和其他同学交往，其他同学觉得他不好相处，只有陆言不嫌他孤僻。

毕揽星对萧驯一直没有什么其他感觉，只觉得是个靠得住的队友罢了。他和陆言都是 IOA 本家的孩子，是根正苗红的接班人。萧驯却出身于灵猩世家，能进特训基地已经算特批，是白楚年把他担保下来的。知道内情的表面上不说什么，却也时不时会质疑起萧驯的忠心来。

不过，经过今天这事，倒让毕揽星对他更多了几分信任和佩服。

手表上的电子屏幕亮起来，毕揽星回过神，发现是韩医生在呼叫他。

接通联络，韩行谦的脸孔出现在显示屏上。

“资料发过去了吗？”韩医生问。

“段扬前辈说已经发了，不知道楚哥能不能看见，希望他们被困的地方能碰见接收终端吧。”

“好，我现在还在 PBB 实验室，脱不开身。等我忙完后，再和你们联系。”

“嗯。”毕揽星几经考虑，委婉开口，“萧萧他，水下狙击的时候与目标潜艇泄漏的药剂接触了，现在结果还不清楚。”

韩行谦一向谦和平淡的眼睛瞳孔骤缩了一下：“严重吗？”

“他说死亡概率有37%，但他还是做了。是我准备不充分，没有想到会泄漏。不过，好在为楚哥他们准备的急救设备派上了用场。”

韩行谦闭了闭酸痛的眼睛：“只是泄漏的话，按水下狙击的距离来算药剂浓度不会太大。你先盯着，等会儿把血检结果告诉我，就这样。”

“嗯，我知道，您忙吧。”

韩行谦席地而坐，靠在实验室外的墙角里临时休息，笔记本电脑就直接搁在腿上。他关上通话界面，立刻又拨出一个联络请求。这次请求接入的是IOA总部医学会，时间已经很晚了，许久才有人接听。

钟医生温润和蔼的脸出现在屏幕中，他穿着睡服，看上去是从熟睡中被吵醒的。

钟医生在电脑前坐下来，端详着对面的韩行谦，脸上戴的眼镜也遮挡不住他眼下的乌青和眼白上的血丝：“你几夜没睡了？”

韩行谦顾不上寒暄，匆匆开口：“老师，我有一个学员在水下接触了潜艇里泄漏的In感染药剂，我在这边回不去，您帮我看看他吧。”

钟医生看了一眼墙上的钟表：“现在去哪儿看啊？揽星那孩子很周到，拿着线索回来求助的时候已经带急救小组去了，我给他们配了解毒剂一并带去。不过既然是在海里泄漏的，浓度想必不会高。你一向稳重，怎么这回反而毛躁起来了？”

韩行谦张了张嘴，欲言又止：“抱歉，老师，这么晚，实在打扰了。”

“没事。你难得会焦急，我瞧着还挺有趣的。怎么，那学员跟你是什么关系？”

“是我的学生，成绩一直很好，也很要强。”

“学生吗？”

“是。”

钟医生支着头端详着韩行谦的神色，淡笑了一声：“好吧，我去替你看看。你对你的学生关怀备至，千里之外还挂念着，倒显得我对我的学生不理不睬了。”

韩行谦微微躬身：“没有，我不是这个意思。”

“好了，你忙吧。记得补觉，你是医生，该知道的都知道，我就不多唠叨了。”钟医生回头朝卧室床上轻喊了一声，“凭天，别睡了，送我出去一趟。”

韩行谦道过谢后，合上电脑，疲惫地靠在墙上闭眼休息了一会儿，又一头扎进实验室里了。

潜艇内部的情况无人得以查看，白楚年和兰波仍然处在与外界隔绝的状态，他们的通信器被做了手脚，早已完全失去了定位功能。就算搜寻人员锁定了潜艇，也不能精准地判断他们此时在潜艇的哪个位置，他们必须找到出口才有机会和搜救队员会合。

“兰波，跟着我。”白楚年输入密码打开宿舍的密码锁，带着兰波推开门。

他们又回到了餐厅，这间餐厅和最初他们见到的餐厅相同，各种摆设仍在它们应在的位置，看似没有什么异常。

白楚年竖起耳朵，这房间里似乎存在三个人的心跳。

他一把将兰波拽进来，踹了门一脚，将门锁死，门后站着一个穿白衣的人。

白楚年退后两步，抬手挡在兰波身前。

对方似乎是个人类，不过他背对着白楚年和兰波站着，面向门后的墙角，手臂是弯曲的，没有垂在身侧。

活人。

“你是这儿的研究员吗？”白楚年确定他是人类之后，上下打量了一番他的穿着，白色研究员制服，塑料拖鞋，没穿袜子，看来也是常住在这里面的工作人员。

研究员不出声，也不动。

白楚年插兜质问：“你是从哪儿进来的？”

他们之前走过这个房间，这个人直到现在才出现，说明这个循环的房间一定是有出口的。

那人就那么站着，并不理他。白楚年示意兰波去强迫他转过来。

兰波已经脱离了控制器的控制，遇到任何突发情况都能及时应对。白楚年紧盯着研究员的动作，以免他突然暴起伤到兰波。

兰波抓住研究员的后领口，强拖着他转过身。那研究员回头的一刹那，白楚年浑身神经都紧绷在一起。

他右脸颊上有颗不小的黑痣，戴着黑框眼镜，是那个死在医务室的爱尔兰人。

但这位研究员显然还活着，似乎非常恐惧。他不敢乱动，僵硬地转过身来，手中捧着一个山羊头骷髅。

骷髅上血淋淋的，但血滴悬而不坠，也并未沾染到研究员的手和衣服上。

“那是什么？”白楚年皱眉问。

研究员颤抖着回答：“魔鬼撒旦。潜艇实验室里的所有人都被杀了，救救我，不管你是谁，请你救救我。”

“晚了……”山羊头骷髅的下颌轻轻动了动，镂空的双眼隐现红光。

渐渐地，骷髅上重新生长出一层皮肤，一根根骨骼搭连在延伸的肌肉上，骷髅拥有了躯体，纤长的身躯从研究员双手中离开，一件黑色的斗篷披在了在此现身的亚体身上，年轻苍白的脸面向白楚年，下眼睑泛着病态的紫红色，两只弯曲的羊角生在他凌乱的发间。

“电光幽灵、神使，我等了你们很久。”撒旦说，“如你所见，刚刚是我死亡三年后的样子。”

白楚年提起半边唇角：“挺好，你要不说，我还以为是个九块九包邮的工艺品。”

撒旦的表情没什么变化，依然冷淡忧郁：“做个交易吧，我们没有理由自相残杀。”

白楚年揪住撒旦的领口：“那你折腾个什么劲呢，因为你，我快把兰波气死了。”

“我看见了未来，人类穷途末路的时刻。那样的景象让我热血沸腾，我想亲眼见证。可惜我的能力只能在封闭的空间里使用，所以我让他们提前感受了末日。”

撒旦从怀里掏出一块金色怀表，按开弹簧扣，里面有一面小的镜子，镜子里显示着某个小房间里堆积如山的研究员尸体。看上去，他们都像死在荒漠似的，皮肤干枯，骨瘦如柴。

白楚年摊手：“我觉得你挺可怜的，还不如跟我回 IOA 呢。你要是出去就是奔着捣乱去的，那咱们没话可说了。兰波，干掉他。”

兰波脱离了控制器控制，以他高达 A3 的分化级别，全面压制一个 M2 级的山羊亚体不费吹灰之力。

撒旦将金色怀表挂在指尖，怀表晃动，他缓缓道：“推演重现。”

怀表上的数字向后退了一格。

一枚蓝色控制器毫无预兆地出现在了兰波后颈，刺针深入他的颈骨，锁住了骨缝，一下子让兰波身上电光熄灭，兰波的手已经快要触及撒旦的脖颈，撒旦指尖挂的怀表又退了一格。

一股岩浆缠绕到兰波手臂上，滚烫地灼烧着他。兰波抱着手臂一头栽到地上，痛苦地用另一只手撑着地板。

白楚年惊诧，就地一滚，把撒旦脚下的兰波夺到怀里，再轻身撤开。兰波将被岩浆包裹的手尽量离白楚年更远些，以免烫到他。

“他能把曾经的事情重现在我身上。”兰波紧咬着牙忍着剧痛说，“让开，控制器控制不住我。”

白楚年也看出来了，兰波可以生生把控制器从脖颈上连皮带肉扯下来，但净化注入亚化细胞团的毒素是需要时间的。撒旦发动 M2 亚化能力“未来推演”的速度要比兰波的净化速度快得多，一次一次抗衡下去吃亏的是兰波。

“不痛不痛。”白楚年带他远离撒旦，给兰波争取重新净化的时间。在此期间，尽力保护他不受撒旦的袭击。

他们与撒旦拉开了一段距离，撒旦也暂时停下了动作。

白楚年凝视着他，撒旦站在装有密码锁的门边，淡淡地问：“你已经把错误次数用完了吧？”

撒旦缓缓抬手向密码器上按下去，白楚年突然意识到他要做什么，一把夺过吧台上的葡萄酒瓶，朝吧台沿上猛地一砸，玻璃酒瓶爆碎。白楚年将锋利的沾有 In 感染药剂的瓶口朝撒旦的手抛了过去。

撒旦也畏惧这药剂，立刻收回手离开了密码锁的位置。不过，从酒瓶中飞溅出的蓝色药液洒得哪儿都是，并且迅速开始挥发。

黄色的墙纸缓缓变为粉红色，瑟缩在墙角的研究员突然用力掐住口鼻，窒息和感染的恐惧与求生欲使他慌不择路地朝门边跑，踩着满地的碎玻璃，不顾一切地用右手拇指按开指纹锁，从门口逃了出去。

撒旦淡淡道："哦，原来是你杀了他，这个我倒没推算过。但这改变不了什么，再见，神使。"

在白楚年已经捡起地上的碎玻璃片抢先一步截住撒旦时，撒旦手中的金色怀表又退了一格。

白楚年突然莫名其妙地重新出现在指纹锁前，将之前用创可贴包着手指按错指纹的动作重复了一遍。

白楚年的手指按在了指纹扫描器上，指纹锁立即亮起红光报警。与此同时，他的后颈急促地痛了一下，明显感觉到控制器的针头向亚化细胞团中推入了一股药液。

汹涌的痛苦与快速变黑的血管一起向心脏逼去，白楚年痛叫了一声，紧紧抓住指纹锁，让自己艰难地保持站立的姿态。

"randi！"兰波瞪大眼睛，一把抓住白楚年的手。但属于人鱼的净化能力却无法通过牵手传递给他，兰波只能眼睁睁地看着他的脸色肉眼可见地变得苍白虚弱。

启动自毁程序推入药液的控制器就失去了抑制作用，从后颈上脱落了。白楚年攥了攥兰波的手，左手握拳，猛地朝门上砸了一拳。

控制器失效，已经无法再控制他的亚化能力，他的 J1 亚化能力“骨骼钢化”将他左手手骨和臂骨钢化，他像撕纸一样将门撕开，拖着兰波从餐厅穿回了宿舍。

从撒旦的观测角度来看，他使用亚化能力时的封闭空间为餐厅，当餐厅和宿舍因为门破碎而贯通时，相当于餐厅这个封闭空间被破坏了，此时能力会失效。

于是，只能放任白楚年他们脱离，他缓缓追上去。

In 感染药剂的效果已经在白楚年体内发作，他脚步踉跄，眼前黑影重叠，身体越来越重，快要撑不住了。

兰波扶着他的肩膀支撑着他，低声愠怒道：“我拆了房子送你出去。”

白楚年四肢都泛起青白色，紧紧抓住他的手：“这儿是潜艇……药剂库爆了，整片海域都完了。氢氰酸算什么，蓝素病毒才可怕。看我现在这个样子，潜艇周围的东西能挺几分钟？”

“你也会死吗？”兰波对死亡仍旧没有一个确切的概念。之前与白楚年闲聊起寿命，他才开始考虑生命的长短。

“我尽量多陪你几年，多教你点文化，免得你日后带族人登陆的时候像呆傻青年吃播旅游团。”

“……”

“你看那个研究员，他不在这儿……他死在医务室……”白楚年几乎摔到门前，用力抓着门把手，“他想躲开我们，为什么不停在宿舍，停在健身室，却死在医务室，他是去拿东西救自己……”

“对不起了……只能活一个，我当然选自己……”白楚年从兜里摸出那管从医务室试管架上顺走的透明注射针剂，颤抖着用牙撕开包装，咬开针帽，用力扎进自己手臂中，将透明药液推进了自己体内。

“呃……”注射消耗了白楚年最后的一点力气，兰波的控制器已经被重新拆下恢复，他叼起白楚年的衣领，鱼尾接触到指纹锁直接使其通电销毁掉，他撞开门，拖着白楚年向其他房间撤走。

白楚年好受了许多，青白的脸色逐渐泛起血色。

他嘴里轻声念叨：“1、2、3、4……撒旦在用能力让你被控制器禁锢和让你被岩浆灼烧之间有两秒的时间差，之后选择按错密码来启动我的控制器，被我打断后才使用能力让我按错指纹，这之间相隔了15秒。

“看来两秒是不够让他的能力完全恢复的，他第二次使用能力只能让岩浆出现在你的小臂而不是全身，说明至少15秒后他才能第二次发挥全部实力，这之间都只能发挥一部分实力。

“即使是这样……也太强，这不像M2级分化的能力，像A3，至少要有A3级那么强。”

“我懂了，”白楚年眉头紧皱，“他能把未来推演的结果演示出来，在封闭的空间里，没有人打扰的情况下，他未来会分化到A3级，他现在就是在借用未来的实力。”

如果对方已经拥有了A3级别的实力，在封闭的潜艇中，撒旦占尽了优势，他们讨不到好处。

“对了……你说你之前听到了一声枪响？”白楚年问道。

“嗯。”

“在哪儿听到的？”

“餐厅。声音听起来很远很微弱。”

“我在健身室听到的，我感觉那个声音离我并不近，但也算不上很远。”

解毒针剂已经起效，白楚年终于可以自己行走，“既然是在潜艇里，这些房间就不可能是环形的，只能是按顺序排的。过来，跟我走，等会儿我们分开行动。”

到达医务室时，那研究员果然死在了药柜前。他的手搭在柜沿上，试管架被翻倒，似乎是看到一线生机也消失后不甘心地死去了。

兰波还想破坏下一道门，白楚年叫住了他，将尸体扛到身上，背着尸体走过去，把研究员的右手拇指按在指纹锁上，将门完好无损地打开了。

“你进去，我留下。”白楚年把兰波推进了洗手间，关门前把手伸到兰波旁边。

兰波锋利的手爪攀住门沿，皱眉冷道：“这算什么，遗体告别吗？直说。”

白楚年垮下脸：“蹭蹭锦鲤运气而已……我们两个对一个再打不赢岂不是很没面子。”

门缓缓合上，锁死。

等撒旦踱步到医务室时，只看见了地上趴着的尸体。他回头看了看，花架上的假花微微晃动。

撒旦漠然朝着花架走去，花架下方果然伸出了一只手。

但他定睛一看，这只手僵硬且生有红斑，似乎是尸体的手。

撒旦觉出异常时已经晚了，披着研究员制服的白楚年从地上爬起来，一下子扑到撒旦身上，双臂从背后紧紧搂住了他，并使用了伴生能力疼痛欺骗。

疼痛欺骗可以将自身曾经受到过的疼痛施加在目标上，白楚年所模拟的疼痛正是 In 感染药剂注入体内的痛苦。

那一瞬间，撒旦以为自己真的中了感染药剂的毒，浑身都僵硬起来。

炽热的温度透过衣料，从白楚年的身体传递到了撒旦身上。

“真的是个亚体啊，腰好细。”白楚年戏谑一笑，将手中沾染了感染药剂的碎玻璃片朝撒旦腰眼捅进去。

撒旦已经反应过来自己上了这个卑鄙家伙的当，朝相反的方向躲开玻璃尖锐的断口，伸出手，指尖挂的金色怀表退了一格。

就在他做出这个动作时，白楚年却握住了他的手，弯起眼睛露出狡黠的笑意。

撒旦想停手已经晚了，他与白楚年两人后颈各自出现了一个蓝色控制器，紧紧锁死在两人的亚化细胞团上。

“一换一，还挺值的。”白楚年摊手笑道。

撒旦的表情狰狞可怖，狠狠盯着白楚年露出来的虎牙，想活活撕碎他。

他的能力可以作用在封闭空间的任何目标上，但接触的两个人会算作一个目标，将会一起被重现过去的经历。

“你怎么知道？”

“创可贴。”白楚年拿出刚刚的创可贴，“我把它剪成小块用来给兰波贴便笺了，但你让我重现按错指纹锁的动作时，这东西和我一起被重现了。我觉得，至少我碰到的东西可能会跟我一起回溯过去。”

医务室的门叮咚响了一声，兰波按密码推门进来。刚刚他不在这个封闭空间里，撒旦的能力没对他起作用。

撒旦一把抓住白楚年的手，两人同时握住了那片沾染着感染药剂的玻璃片。

撒旦冷眼望向兰波："你过来，我们就同归于尽了。"他瞥了白楚年一眼，"你只有一支解毒剂，对吧？还敢与我赌这一回吗？"

白楚年："我招你惹你了？"

兰波也淡淡地注视着他们，目光游移，伺机寻找着破绽。

白楚年能屈能伸，这回又企图以理服人了："我们也是被抓进来的，跟你处境差不多。讲真我们应该同仇敌忾，先出去再说。"

"该活下来的是我，为什么我要被销毁？"撒旦轻声问，"在培育基地打赢的是我，为什么黑豹被冠了魔使名，我却要被销毁？我熬了那么久，熬到成熟期，为什么是现在这个结果？"

"说啥呢，人家是全拟态，你能比过吗？"

"全拟态？你在装什么傻。"撒旦情绪变得极度激动，"谁打赢，那针拟态药剂就打给谁，你会不知道，神使？"

这下，白楚年是真的纳闷了："什么……我从来没打过那种药剂。使者型实验体出现的概率是十万分之三，魔使和咒使不也是自然出现的吗？不然，这数据是哪儿来的？"

"愚蠢。"撒旦从斗篷里拿出一枚硬币，冷笑了一声，"50% 的概率背面向上，对吗？"

硬币被他抛起，再落回手心，是正面。

第二次，还是正面。

一共抛了四次，只有一次是背面。

"你明白了吗？"撒旦阴郁的眼睛自嘲地弯起来，"只要尝试次数不够多，概率就只是概率。"

"够了，再争辩也没有意义。"撒旦松开白楚年的手，退开两步，抬手摸向自己的后颈。

白楚年一拍花架："他要拆控制器！"

兰波闪电般地冲了上去，缠绕在撒旦身上，抬手卸了他右肩关节，锋利的手爪在撒旦胸前撕开一道巨大的伤口，将血液引到手中，化作一把血色的水化钢手枪，然后毫不犹豫地朝撒旦头颅上点了一枪。

撒旦被一枪爆头，双眼惊悚地瞪着兰波，躺在地上不再动弹。血从他黑色的斗篷下渗出来，染红了地板。

兰波冷漠地又朝尸体开了几枪，直到手枪没了子弹，他随手把枪一扔，过来看白楚年的情况。

白楚年捂着又被安上控制器的后颈自言自语："亚化细胞团要被他扎烂了……疼死我了。走，我们快走。"

白楚年拉起兰波朝门口走去，路过撒旦的尸体时，他不经意地回头看了一眼。

撒旦尸体下的血痕在缓缓缩小。

血液似乎向尸体里倒了回去。

"走！"白楚年见势不好，立刻把被兰波电短路的门拉开，带着兰波跑了进去，用力把门锁住。

在与兰波缠斗的过程中，撒旦已经扯下了后颈的控制器。控制器一经脱离，他就又可以重新使用亚化能力，将曾经未中毒、未受伤的状态重现在自己身上。

白楚年关严了门，靠在门上喘了口气："我看他八成说的是真话，我跟魔使也交过手，这个撒旦真的不比魔使弱。实验体对战的观察箱都是封闭的，而且那时候魔使应该也还在 M2 级，封闭空间里，黑豹打不过他。"

兰波不以为意："你是可以的，我知道。为什么不动手？"

"我还有点事想问他。"白楚年扬起下巴颏，指了指洗手间的另一扇门，"趁他还没完全恢复，房间应该不会再循环了。"

兰波通电使指纹锁短路，带着白楚年一起走了出去。

一股水流涌到了他们脚下。

这里就是冷库了，地板在渗水。

兰波跪下来，嗅了嗅水："是海水，里面掺了很多感染药剂。"

"不应该。"白楚年已经猜到他们听到的那一枪很可能是萧驯放的定位弹，但一发狙击弹还不至于能把潜艇的钢筋铁骨穿透，这潜艇怕是早就泄漏了。

"放枪的要真是萧驯，恐怕得感染。"白楚年眉头皱在一起，"韩哥那边也不知道弄出解毒剂了没。"

兰波挑眉："他会冒着生命危险救我们？"

"嗯……不知道，也许他有理由这么做。"

"我感觉到了，撒旦就在门后。"兰波抬起尾尖，指指洗手间紧闭的门。

"他不敢出来。这儿在漏水，说明不是封闭的空间，一下子就会被你弄死的。其他房间的门来时都被我破坏了，只有洗手间的两扇门还是完好的，他已经被困死在洗手间里了。"

白楚年扫了扫肩头的灰："从综合能力来看，我更看好黑豹一些。找找漏水点发信号，我们先跟特工组会合。"

海面以上的直升机还在上空悬停着，坐镇的特工组指挥苍小耳还在观察着电脑屏幕上的信号。

一股淡淡的气息被他灵敏捕捉。

回到机舱继续执行任务的毕揽星从直升机内探出头，扫视周围。天色太暗，这时间海面又起了雾，能见度很低。

“苍前辈……你也感觉到了吗？”毕揽星缩回来，低声问。

“嗯，有高阶亚体靠近。”苍小耳说。

“有多高？”

“A3。”苍小耳神色严肃起来，把电脑放到毕揽星膝上，“你盯着，我去看看。小白他们被困太久，里面也不知道是什么情况，不一定还有精力对付 A3 级的对手。”

苍小耳戴上通信器，从直升机上纵身一跳，没携带任何潜水设备就向海中落下去。

他的身体接触到海面时，海面上出现了一个圆形深洞。

与陆言的狡兔之窟不同，这个圆洞是一个隧道。

仓鼠亚化细胞团 A3 亚化能力“洞蚀”：可在无生命材料上形成洞穴通路，包括且不限于核、辐射、能量波、水、岩浆。

苍小耳顺着隧道一路滑了下去。

毕揽星：“前辈小心，不要进入潜艇里，里面的毒剂不知道泄漏到什么地步了。”

“我有数。”

越靠近潜艇，海底的光线越暗。苍小耳几乎迷失了方向，漫无目的地在隧道中转了一阵子，忽然看见远方有个闪动微光的东西，于是小心地靠过去。

在向光线靠近时，一个黑影似乎从身边掠过，像一条大鱼，就算在意也看不清，这里漆黑得伸手不见五指。

白楚年和兰波顺着冷库找到了动力室，再从缝隙中下到潜艇损毁的底部，找到了一条不断向舱内漏水的变形缝隙。兰波双手伸进缝隙中用力一掰，以他的力量掰弯厚重的钢铁不在话下。汹涌的水流在深海压力的作用下突然涌进舱内，一个黑色的影子随着水流一起滚了进来。

白楚年抹了一把脸上的水，摆摆手："兰波，把缝堵上，先堵上。这么干不成，等会儿冷柜都冲飞了，我们还是得从舱门出去。"

"净瞎指挥。"兰波又把缝隙电焊起来。

被强势的水流冲进来的黑影，这时候从淌着水的地上坐起来，手腕搭在一条腿支起的膝头上，食指戴着鲜艳的蓝宝石戒指。发丝贴在咖啡色的皮肤上，亚体睁开了眼睛，冷峻的金色瞳仁注视着他们。

白楚年把额前湿漉漉的头发撩上去，刚好跟他对视。

"嗯？黑豹，我寻思是我同事呢。什么水把你冲来了？"

第十五章

堕落皈依

腥咸的水珠顺着黑豹的发丝向下滴，白楚年凑过去嗅了嗅：“这些水里都掺着药剂，外面泄漏很严重吗？”

黑豹惜字如金，把白楚年的脸从身侧推远：“已经浸染半径数百米的海域了。”

兰波发呆的瞳仁动了动，没说什么。

“你怕我们死在这儿，所以特意来救我们，免得日后没人再针对研究所，也没人和咒使、人偶师抗衡，是吗？我好感动。”白楚年甩了甩脑袋，把头上的水甩干，溅了黑豹一身。黑豹皱眉，起身躲开。

“撒旦就在里面。”白楚年重新把额前的乱发捋到头上，抬起头朝天花板示意，“他在上面的洗手间里，一时半会儿出不来。你要去看看老朋友吗？听说你俩还有一段孽缘呢，跟弱亚体对战最后输了啊，豹豹，你不太行。”

黑豹的竖线瞳孔缓缓移向白楚年：“你不也输了吗？”

“对啊，我认输，我就是不行。”白楚年蹲到兰波尾边，给他擦净鳞片上沾的有毒的海水，再把他金发里的海水拧干，摘下手腕上每天都戴着的蓝色小皮筋帮他把半长的头发扎起来，“你不用觉得丢人，现在这个世道就是弱亚体比较厉害。强亚体能干什么呢？分化不如弱亚体快，等级又不好提升，拟态概率低，打架不行，只能哄弱亚体开心，再拿点零用钱这样子。”

“兰波，你先出去叫人援救。”白楚年给他指了一个舱门方向。

黑豹不动声色地深深吸了口气，想说什么，但忍住了。

兰波轻身一跃，双手攀住通风口，顺着通道爬了上去。

上面也在漏水，被损坏的冷柜里倾倒出破碎的药剂。黑豹向锁死的洗手间门口走去，脚步踏在一层浅水中哗啦轻响。

走到门前，门边有个密码锁。黑豹目不斜视，手轻搭在密码锁上，密码锁电子屏上忽然出现一行乱码，然后叮咚一声，绿灯亮起，显示已开启。

黑豹推门走进去，他进入房间后，身后的门就缓缓关闭了。

撒旦就站在洗手间中间，苍白的指尖上挂着金色怀表，斗篷遮住面容，两只羊角盘在头上。

“你来了。”撒旦的声音有些虚弱。

“怎么不跑？”黑豹问，“以你的能力，应该不会落到这个地步。”

“我不会游泳。”

“我不是来救你的，只是来看看你，朋友一场，给你送行。”

“找到驱使者了吗，魔使？”撒旦咬出这两个字时，带着恨意。

“找到了，我们都痛苦，没你想的那么自由。”黑豹轻声道，“给你一个忠告，落在白楚年手里，别试图逃走，也别攻击他身边的人类。你会活下来的。”

“真是慈悲。”幽幽的笑声从斗篷下发出。

黑豹与他再没什么话说，转身原路返回。

转身的一瞬，背后微凉，撒旦举起手中沾有感染药剂的玻璃片朝黑豹后颈刺了下去。

黑豹脚步停顿，闭上眼睛。

撒旦的手突然停滞在半空，不受控制地缩了回来，双手像被一股无形的力量合拢在一起，一股沉重的压力迫使他跪了下来。

魔使 J1 亚化能力“堕落皈依”：沉默型能力，针对动作的禁用，使目标只能保持朝圣的姿势不能移动。

但这并不能阻碍撒旦指尖的金色怀表左右晃动，指针向后退去。

而瞬息间，黑豹已然出现在撒旦身后，他竖起食指贴在唇边，轻声说：“禁用，未来推演。”

后退的指针停滞在表盘上，撒旦的斗篷兜帽已经从头上落下，露出一张惊恐苍白的流泪的脸。

魔使 A3 亚化能力“魔附耳说”：沉默型能力，针对能力的禁用，任选目标的一种亚化能力禁用，可以改换目标，也可以改换禁用能力。

“够了。永别。”

黑豹拉开门离开，撒旦伸手去抓他的衣角，却被冰冷的门挡了回来。他攥紧拳头一下一下地砸地板，嘶吼大笑：“你真是慈悲啊！我要杀了你……回来……”

能力被禁用后，效果展现不出来，但相应的亚化细胞团能量是一直在消耗的。终于，撒旦力量耗尽，昏了过去，倒在了门后。

黑豹走出来时，白楚年正贴着门听里面的动静。黑豹一出来，白楚年便一头栽了进去。撒旦静静地倒在地上，表情平静。现在看来，他其实长得还不错。

“反正都昏过去了，就一块儿带走吧。”白楚年扒拉扒拉他的脸，“挺好看的还。”

白楚年拉着撒旦的小臂把他拽起来，拖到黑豹身边：“给你抱着，怎么听起来你们俩也像有点旧账的样子，当年在观察箱里，你是故意输给他的？”

“他那么想活，让给他也无所谓。”

“研究员看穿你在放水，所以最后还是选了你吗？”

“大概吧。”

“他说你打了拟态药剂，你知道吗？”

“是黑色的。”

“有什么作用？”

“之前，我的下半身是豹。”

“哦……嗯？”白楚年脸上的表情顿时凝固，眼神里的轻佻嬉笑散去，冷冷凝视黑豹。

“对，就是你想的那样。”黑豹从他手中把撒旦接过来，扛在肩上，“兰波和你对战赢了之后，就被打了拟态药剂。我见过他生出两条人腿的样子，不过他的身体代谢功能似乎很强大，那种形态只维持了一段时间就消退了。但这足够拖住他，因为他不会用脚走路。”

白楚年一把抓住黑豹，用力攥着他，眼睛瞪得血丝都紧绷起来：“他们都对兰波做了什么？”

“你去问他。”

“他说自己落了件东西在研究所。”

"珍珠标本吧，拳头大小。研究员曾经试图把它塞回兰波体内，但他很抗拒，暴走杀了几位研究员。听说 PBB 逮捕了魔音天蝉，他和兰波的观察箱离得很近，他是知道的。"

"什么珍珠标本？"白楚年怔怔地扶住冰冷的墙壁，因思考过度，眼睛失了神，一股疯狂的气息从他体内溢出，颈上的项圈忽然勒紧，勒得白楚年跪在地上喘不过气，指尖本能地拼命塞进项圈边缘让自己得以呼吸，体内躁动的气息才被压制下去。

在白楚年险些失控时，黑豹的手臂上覆上了一层玻璃质，也正因他的保护，他肩上昏迷的撒旦才没被压成一颗玻璃球。

"你已经到了这个级别了，下一步是毁灭还是自由呢？不管是什么，都是值得羡慕的。"黑豹微微俯身，食指竖在唇边，帮了他一把，"禁用，泯灭。"

覆盖在他身上的玻璃质悄然消失，白楚年充血变蓝的眼睛终于恢复了原状。

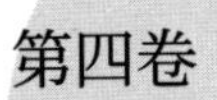

第四卷

海与潮汐：生命轮回

第十六章

白色小鱼

潜艇外部传来了一些敲敲打打的试探声，看来是兰波把搜救队带过来了。除此之外，也有其他 A3 级高阶亚体的气息接近。

“有只仓鼠一直跟着我。”黑豹说。

“哦，那是我长官。”白楚年坐在地上，看着湿润的地面出神，“把撒旦留下吧，你带不走了。”

仓鼠的气息越来越近，黑豹没多停留，把撒旦放在地上，无声地离开了。

白楚年提起撒旦的手臂，换上一副轻松的表情，对着洗手间的摄像头竖起中指，给不知是否还在观测这艘潜艇的研究所留下一句话：“你们快要完蛋了。”

随后，他拖着撒旦朝气息来源走去。

因撞击而严重变形的舱门被锯开，大量海水涌入，兰波从缝隙外把头探进来，递给白楚年一只手。

白楚年紧紧地握住兰波的手，兰波便把他拉了出去。穿着封闭防护潜水服的医疗人员和特工组其他成员沿着兰波净化开辟出的一条通道，在苍小耳的带领下进入潜艇内部进行全面调查。

上岸后，天已大亮。岸边聚集了许多维护秩序的联盟警员，警笛作响，周边有许多记者在围观和采访。

毕揽星简单应付了几波媒体之后，找了个机会遁了。他从急救帐篷里拿出浴巾给白楚年披在身上让其擦干。虽然天气转暖了，可清晨的风依然凉。

白楚年擦了擦身上和头上的水："萧驯怎么样了？"

"黎明的时候，钟医生亲自开车来把他接回去了。走的时候，就已经完成抢救了。医生说，已经脱离生命危险了，而且钟医生的能力是解百毒，我想……不会有事吧？"

白楚年松了口气，把擦湿的浴巾扔还给毕揽星："这次干得不错，靠谱。"

毕揽星紧皱着的眉头终于松开了些。

白楚年远远望着坐在岸边无聊拨水的兰波，心里很不是滋味。

他们分别的这三年，到底发生了什么，绝对不止兰波轻描淡写的几句话那么简单。可不管他怎么问，兰波根本不愿说。

或许是身份使然，兰波不喜欢向他人示弱，也不屑于纠缠往事。白楚年完全能想象到遇见自己之前，他是一个怎样冷酷潇洒的亚体。

不管怎样，有件事白楚年无论如何也想问出口。他走过去，蹲在兰波身边，静静地端详他。

却见兰波跪坐在水边，捧起一捧海水，里面有一尾已经翻白死去的小鱼苗。

泛着淡蓝的海水在兰波手中重归清澈，微小的鱼苗游动起来。兰波将净化完的水放回海中，那只鱼苗再一次被药物浸染的海水吞没，很快便翻白被海浪冲走了。

不知道兰波在这里重复了多少遍一样的动作，他终于烦了，抓起一把沙子狠狠用力砸进水里。

白楚年抓住他，放出安抚因子，轻拍他的后背，双手撑着沙滩，挨近他，安慰道："你别着急，我们肯定帮你弄干净。"

"帮我？"兰波笑出声，紧绷的身体柔软下来，"我有时候会觉得无力，就像和一群不知好歹的孩子住在一起，他们拿蜡笔涂墙，用螺丝刀撬电视，把沙发里的海绵掏出来，然后一脸一身的污秽坐在地上等我收拾。"

"我真不明白，这是在干什么呢？"兰波抓住白楚年的手腕，拉着他离开海岸，束起的金发甩到脑后，"就这样吧，我不管了。"

岸上驻守的医疗队给白楚年安全拆掉后颈的控制器后，检测他体内是否还残留有蓝素病毒。苍小耳在通信器中命令联盟警员送两人回去休息，恢复体力，暂时不要出门，等他的详细调查结果。

撒旦也由联盟特工亲自押送回总部。

他们暂时回了白楚年在市区的小公寓。兰波一回到家就钻进鱼缸里，一言不发地团成球睡觉。

白楚年也累了，他松了松手臂关节，扭扭被锁得麻木的脖颈，瘫坐在沙发上，看着关闭的电视愣神。

看得出来，兰波心情很坏。他一不高兴就不爱搭理人，然后团成个球自己待着。今天也如此，房间里的气氛很沉闷，许久未开窗通风了，室内的灰尘在窗帘缝隙透进的阳光中飘浮。

白楚年闭了会儿眼睛，虽然身心疲惫，可又睡不着。一闭上眼睛，他的脑子里就会出现各种令他晕眩想吐的画面；一闭上眼睛，他就仿佛真切地看见兰波用团成球的方式保护自己，却被切断最脆弱的尾尖，剧痛迫使他的伴生能力“鲁珀特之泪”状态解除，然后他被固定双手和鱼尾锁在手术台上，锋利的刀片切开他的腹部，血流满地。

“呃……”白楚年感到前所未有地炽热和难以呼吸。

项圈紧紧勒着白楚年的脖颈，他脖颈的皮肤被勒红了。

由死海心岩形成的束缚项圈可以在白楚年能量外溢失控的时候用勒紧的方式控制和提醒他，但相应地，白楚年就不得不承受这种被项圈束缚的疼痛。

自从从伯纳制药工厂回来，能量外溢的次数越来越频繁了。

他越想睡越睡不着，逼自己入睡的下场就是头疼得厉害。于是，他起身捡起门口装有蔬菜的塑料袋，趿拉着拖鞋到厨房去。

这些东西是毕揽星送来的。毕揽星跟着联盟警员的车把他们安全送到家之后，又去最近的生鲜超市买了一些新鲜蔬菜、肉、蛋和常用药送过来。送他们上楼以后，他也没说太多话就离开了。

这孩子一向仔细，很会察言观色，知道什么场合该说什么该做什么，是很容易讨人喜欢的性格。这一次液氮网绑架事件也多亏他想到了排查出潜艇的位置，才能把有用的资料及时传输到潜艇的可用终端上。

“已经可以独当一面了啊。”白楚年看着塑料袋里留下的便笺，上面写着“好好休息，剩下的琐碎事务我可以处理”，字迹流畅成熟。

白楚年从冰箱里拿出前两天剩的米饭，用微波炉加热，打三个鸡蛋进去搅匀，然后低头默默地切胡萝卜，把每一片胡萝卜切成漂亮的五瓣花，再切一大把火腿丁，在锅里翻炒一阵，关火，撒盐，再滴几滴香油。

因为之前被停职期间专门去学过料理，所以即便是简单的蛋炒饭，他也做得很精致漂亮。他从冰箱里找到一瓶没开封的金针菇酱，挖了两勺盖在饭上，端到鱼缸边，轻轻敲了敲玻璃。

“兰波，吃饭。”白楚年伏在鱼缸玻璃外，淡笑着把脸贴到玻璃上，“来嘛。”

兰波从鱼球的状态中松懈，露出半张脸，淡淡地看了饭一眼：“我不想吃。”

白楚年趴在鱼缸沿上，伸手捞他：“别啊，杏鲍菇酱没有了，明天我让揽星去买。”

“你吃吧，我不饿。”

“瞎说，你哪有不饿的时候。我喂你，我批发了一箱勺子，这下不怕咬断了。”

“我说我不吃，你听不懂吗！”兰波不耐烦地吼了一声，鱼尾狠狠抽了一下水面，水从鱼缸里溅出来，溅到白楚年的脸颊上。

白楚年张了张嘴，终于没再说话。卧室里沉默许久，静得似乎能听到蓝光水母在水中游动的气泡声。

不知过了多久，兰波回过头看他，看见白楚年蹲在鱼缸边，低着头，发丝遮住了他的眼睛，他一声不响，也不动，只有手指在脚边轻轻划拉。

兰波也意识到自己刚刚把心里憋的火发在他身上了，从鱼缸里爬出来，蹲下身子端详白楚年的脸。

一滴水落在兰波手背上，温热的。

兰波看了看他的脸，白楚年的眼睑和鼻尖都红着，眼睛里盈满了水，瞳仁变成了白狮特有的蓝瞳，像映照着海洋的琥珀，唇角向下弯着，那真是一副很委屈的表情。

“randi……我不是冲你……”兰波无措地用手抹他的眼睛。

“对不起，对不起，我没保护好你，一直以来都是，所以你才什么都不愿意跟我说。”亚体的声音哽咽，带着哭腔，他蹲在地上，“我会把那片水弄干净的，你别生气了……”

“哦……哦……randi，别这样，不是你的错。”兰波说，“我只是累了，没有责怪你的意思。”

“但我责怪我自己，我应该扛下更多，我以为我什么都行。其实，那不过是我自以为是罢了。”

“没关系。别难过，我会心疼，你现在的样子脆弱得像一块幼嫩的珊瑚。”兰波说道。

“你在海里会照顾幼嫩的珊瑚吗？”白楚年抬起泛红的眼皮看他。

“会，这样能让它们长得快一点。”

“珊瑚是怎么长大的？”

“珊瑚虫不死，就会长大。”

“人鱼是怎么长大的？”

“起先，亚体孕育一颗卵，卵在亚体体内孵化。一年后，以人鱼形态出生。”

“那你是不是留了颗卵在研究所？”

兰波指尖顿时僵硬，眼神犹豫了一下：“你知道什么了？谁对你说的？”

“是不是？”白楚年的眼睛紧盯着他，一步都不肯退让。

“它已经死了，所以不能算是。现在的话，只能算一颗珍珠，承载了我的一部分灵魂而已。”

“所以，白色小鱼指的是它？”白楚年瞪着眼睛，“我以为你在……开玩笑。”

“那也是没办法的事。”兰波平静地看了看指甲，“人鱼的器官基本都在鱼尾这里，人类的器官却在腹部，打了拟态药剂之后，脏器移位，必然会被迫排出一些东西。排出体外就死了，愚蠢的人们还想让我继续孕育，所以反复做手术把它放回我的身体里，甚至把我的身体缝合，防止我强行排出，那根本是没用的。”

研究所精良的生命检测设备无法在本体外部检测到被包裹在珍珠质内的生命。这是一场悲剧，由于轻视和过度自信导致的医疗和实验事故。

白楚年按在兰波鱼尾上的指尖剧烈地颤抖起来。

“所以，那时你下体才会带着伤……你怎么不解释？”

“我不喜欢向误解者解释，海有潮汐，真相会随着落潮浮出水面，而我等得起。”

“你不必自责。”兰波抬手搭在他发丝间，“生命轮回，无悲无喜，自然罢了。”

“很痛吧？”白楚年说，“你很痛吧？我要杀了他们，我要一个个把他们的骨头拆散，让他们全部带着最恐惧的表情去死。”

兰波低头抚摸着变得歇斯底里的白楚年，安静地释放出一阵白刺玫安抚因子，柔和地压制着已经在失控边缘的亚体。

他渐渐出了神，回过神却发现掌心下的发丝变得柔软蓬松。白楚年的短发又一次变白了，并且长得更长。

“我觉得很勒。”白楚年竭力忍着，咬住嘴唇，指尖扣在项圈内侧给自己留出一点呼吸的余地，“兰波。”

“放松，不会有事的。”兰波操纵着死海心岩项圈慢慢松开一点卡扣，“有我在，你不会失控。”

“兰波……别松开项圈，你去别的房间，我怕我伤到你。”

“不会的，伤不到。”

“抽屉里……有备用控制器……快帮我戴上……快……”

“你不需要。控制器只是人类发明的镣铐而已，那是一种带着侮辱性的工具，别依赖它。”

“嗯。”白楚年身上的白狮特征越发显著，从耳朵到兽爪都发生了变化，在兰波的安抚和引导下，他的衣服脱落，露出的手臂覆盖上了一层白色绒毛，眼睛变大变圆，充盈着水波荡漾的宝石蓝色，摄人心魄。

膨胀的肢体肌肉勃发，雪白的毛发覆盖了全身，直到他高耸的颈骨触碰到了天花板的吊灯。

他竟完全兽化了。

他成了一头洁白无瑕的巨兽白狮，颈部锁着项圈，耳上戴着一枚矿石鱼骨，眼瞳泛着蓝色幽光。

房间只有这么大，白狮不得不蹲下身体坐在地上，尾巴卷在两只并拢的前爪边。

在巨兽面前，人鱼的体形显得如此渺小，但兰波并不惊惶，他平静地坐在鱼缸边沿，轻抬起手，抚摸白狮的脸颊，引他到自己面前，与他额头相抵。

“舒服一点了吗？适当地释放和放松要比一直压抑隐忍的好。就这么睡一夜，明天会安然无恙地恢复原状的。”

白狮乖巧顺从地低下头任他抚摸，发出呼噜的声音。白楚年收起锐利的趾甲，将爪子轻轻搭在人鱼尾上，未经摩擦的粉色肉垫柔软光滑。

白狮把头伸到兰波怀里，怜惜地蹭了蹭和嗅闻。

“如果当初跟我回去，你现在就不需要这么压抑，这是真正的全拟态。人热衷于模仿造物者，但无知使他们只会制造灾难。”兰波说道，“我的孩子，你是独一无二的，因为只有神才能造神。”

卧室内窗帘紧闭，光线昏暗，人鱼的鱼尾散发着幽蓝的微光，照映着他和面前庞大的雪色猛兽。

这一夜，白狮守在鱼缸边，身体蜷缩成一团，把鱼缸卷在怀里，眼睛半闭着，困倦得快要睡着了。兰波躺靠在他柔软圣洁的毛发上，手中捧着水化钢锻造的透明里拉，修长的手指拨动着水色琴弦，用人鱼语轻声吟唱宁静的曲子。

“jeswei nowa jeswei。(救世主不救世。)”

“youyi glarbo bigi ye。(惩罚降临人间。)”

人鱼垂下浅金色的眼睫，唇角微翘。

第十七章

死海心岩

第二天。

亚体穿着连帽衫和牛仔裤走在联盟大厦的走廊里，戴着兜帽和墨镜。路过的同事纷纷看向他，一时没认出来是谁。不过，以联盟大厦的安检系统的精密程度，不会轻易放入没有权限的陌生人，因此也没人把他半路拦下来。

路过洗手间时，检验科的旅鸽吃完早饭正在洗手，挤了洗手液之后开着水龙头就开始搓洗。突然，水龙头开关被关住了。旅鸽皱眉抬起头，发现身侧多了一位身材高挑的亚体。亚体低下头对他勾唇笑笑，兜帽和墨镜之间露出几缕雪白发丝和一双剔透的深蓝色眼睛。

“楚……楚哥？”旅鸽惊诧地叫出声。

会长办公室外有人敲门，然后那人自己开门走了进来，言逸的视线从电脑屏幕移到白楚年身上。

“你来了。”言逸轻挑了下眉，“你还好吗？”

“我没事。”白楚年站在办公桌前，摘掉兜帽和墨镜，看见陆上锦正坐在右手边的单人沙发上，目光灼灼地盯着他。

“来看会长啊，锦叔。”白楚年打了声招呼。

“我昨晚就在这儿了，你会长死活不睡觉，我陪他熬着呢。”陆上锦将手中的茶杯当啷一声撂在桌上，“我看看你。”

白楚年耳朵尖一红：“看我啊，不缺胳膊不少腿的，活蹦乱跳着呢。”

“先不说这个，你头发怎么回事？”他一进门，陆上锦就看见他这一头扎眼的白毛了，“还有，你脖子上套的什么啊？项圈？你打耳洞，我当时就忍了没骂你。腰上胳膊上文字文花的，我也当这是年轻人赶潮流了。现在，这像话吗？你小子是越玩越花了啊。还是让人给欺负了？给我说实话。”

虽说起初陆上锦对白楚年和人鱼又见面这事不在乎，但现在怎么看白楚年都像让人给欺负了。话说回来，那人鱼的确不是什么善茬，态度横，说话狂，欺负一只又乖又听话的小狮子简直轻而易举。想到自己朋友里的有些年轻人，那一身圈环叮当响，陆上锦眼前一黑。

白楚年皱眉笑笑：“没有，因为兰波……”

陆上锦顺了顺气：“算了。趁早去我那儿帮忙去，这特工当不得。”

白楚年想想，这次的事件的确令人细思极恐，锦叔会担心陆言将来某一天也遭遇这样的情况是难免的，于是正色道：“我保证这样的情况不会再出现了。陆言的话，我会尽力保护他不受伤。”

“你别扯他挡枪，这次你有危险，我们不担心你吗？”

言逸咳嗽了一声：“锦哥，少说两句。”

陆上锦转向言逸：“你也看见了，这些任务的高度已经不是他们这个年纪的孩子能胜任的。有必要吗？言言，我知道你铲除研究所的心思很急切。

但听我一句劝，别太激进了。研究所被逼急了，狗急跳墙，会制造更大的麻烦，这些麻烦都得担在你头上。”

言逸攥紧手中的咖啡杯，兔耳朵倏地竖起来：“拖着拖着，十三年过去了，研究所不光没被制约，还变本加厉，现在都敢到我眼皮底下绑孩子了。再拖下去，你我死了之后，谁来保护他们？”

白楚年夹在中间左右为难：“那个……叔叔，别吵架，这次是意外，下次绝不会……”

陆上锦回头瞥了他一眼：“还有你，你那是个什么朋友，不受管制，没人约束，把你吃了我们都没地儿找骨头去。他还给你染个白毛。”

白楚年：“嗯……”

早知道办公室里火药味这么重，白楚年就不该一脚踏进来。

言逸叹了口气，这时候又收到几封邮件，是技术部的宣发科发来的，联盟外部也连通着许多利益相关的记者，报道的时候很看联盟这边的脸色。不过，这次的新闻已经压不住了。

药剂泄漏的那片海域被联盟警署发了禁令，把整片海域封禁，禁止渔民出海。但谁也没想到，今早海面就涌现了大量死亡的鱼虾尸体，有的漂浮在海面上，有的被海浪冲到了沙滩上，整片海域都散发着一股腥咸臭味，沿海住民们把投诉电话都打爆了。

看到这个消息，白楚年不意外，反而笑了一声。

言逸扶着隐痛的太阳穴：“你笑什么？还不快去帮忙清理。”

“这种程度的污染只有人鱼有能力快速清除。”白楚年插着兜，微勾唇角。

“兰波不愿意出手吗？”

“嗯。他说谁弄的谁收拾。”

“罢了，应该的。”言逸喝了口冷掉的咖啡，给下属部门发通知，要求两个月内把海域清理完毕。毕竟，污染已经蔓延到了IOA的管辖范围，沿海住民们不会在乎潜艇是谁家的，他们只知道IOA的投诉电话。

“会长，兰波说，这只是个开始。”白楚年摊手道，“他不下命令，人鱼族群就不会出海净化，相当于罢工。”

言逸眼中不无担忧：“这次事件的确对他伤害更大，明日我去看望他。”

“没关系，兰波爱憎分明，不会怨恨到别人头上。苍组长领人调查药剂泄漏的潜艇，带回了许多有用的东西，连着之前我们压在手里的伯纳制药工厂的新闻，差不多可以发了，研究所现在正好需要一个惊喜，不如交给我去办？”

“好吧。”

白楚年想了想：“还有个事，这次我的两个学员立了大功，您看……”

言逸点了点头。

事情差不多交代完了，白楚年又劝了会长和锦叔几句，这才从办公室里退了出去。刚走就听见办公室里锦叔好像站了起来，双手撑住办公桌沿问会长：“怎么，还要熬？”

“等我看完报告吧。”

“让秘书看，看完把重点报给你，这活本来就不应该你干。”

听上去，锦叔好像直接把会长的电脑合上了，然后把会长从办公桌后拽出来，往休息室走去。

“哥教你什么叫放权。”

看来没再吵架，白楚年放下心来。不知道为什么，其实他挺喜欢这样的气氛，也喜欢IOA，“被在乎着”是一种很珍贵的感受，不是谁都能有幸得到的。

千丝万缕的羁绊也是一种牵制，白楚年有分寸，即便心中有了计划的雏形，也不会肆意妄为。

他绕道去了一趟人事部，然后往医学会病房去了。

病房里，萧驯穿着蓝白相间的病服倚靠着背后堆起的枕头，手臂上扎了一枚留置针，此时正在输抗生素。看见一个陌生人捂得严严实实地推门进来，他立刻放下手机，神情有点紧张。

“您是……？”

白楚年把墨镜和兜帽摘下来：“你怎么样啊？”

“楚哥？”萧驯瞳孔一震，“你这是……被感染了？”

“没，稍微出了一点说来话长的状况。”白楚年随手拨了拨雪白的头发，“我来看看你，你以前很谨慎，这次简直是乱来，没有防护措施就靠近潜艇。韩医生的生化课你到底有没有好好听啊？毕揽星不拦着你吗？”

白楚年向下瞥了一眼，萧驯的手机屏幕还亮着，他正在浏览关于灵猩世家的资讯。这小子记仇，还记得之前在特训基地体检之后，心理医生萨摩耶老师特意把他的档案挑出来，说这个学员对家族的恨意非比寻常，是个敏感又报复心极强的孩子，要教官们留心，别在训练时有口无心伤害到他，韩医生也时常流露出对萧驯心理健康状况的担忧。

“情况紧急，来不及准备那么齐全。”萧驯低下头，手指攥紧了被单，“资料晚送到一会儿，变数就增加一分。”

“哈哈。”白楚年拉了一把陪床椅坐在他病床边，“以前，我以为你只是对别人心狠，没想到你对自己也一样狠。”

“是吗？”萧驯轻描淡写地说，“你救过我，我会还给你，不欠你的。”

这话在白楚年听来有些刺耳，他很反感关系亲近的朋友和自己算得这么清楚。

于是，他故意直言道：“你昏过去之前说的那段话有点刻意，你不是个喜欢表达的人，平时都不爱说话，何况在性命危急的时候，那段话是故意说给监听的吗？”

萧驯抬起眼皮：“你听了？”

“嗯，不过每次你们执行任务，我都会看一遍机载录像帮队员复盘，别多心。”白楚年从他床头拿了个橘子剥了，“我觉得你就是抱着万分之一别的心思，也不会这么做。因为别说死亡概率有37%了，就是只有0.1%，一旦死了就是100%，赌输了就没有意义了。虽然你的万能仪表盘能力很强，但我依然觉得，你不是一个喜欢赌生死的人。”

“你很了解我。”萧驯咬了咬嘴唇，喉结轻轻动了动，“但赌这一次，你从此把我放在眼里，韩医生对我另眼相看，对我来说值得。”

“嗯？我什么时候不把你放在眼里了？”白楚年剥下一片橘子皮抛进垃圾桶里，发出一声轻响，在安静的病房里显得声音很大。

“我一直是最不起眼的那个，你看重毕揽星和陆言多过我，他们的血缘根基在IOA。我是个外人，原本都进不去蚜虫岛训练基地的。”

“你怎么这么好胜啊？”

萧驯抿住唇，不再解释。

白楚年把剥了皮的橘子掰一小半给萧驯，觉得少了，又分给他两瓣：

“其实，我在人堆里生活总共才三四年时间，人情世故上你做些什么，我不一定看得懂。这次你要不解释，我肯定会理解偏了。我只知道忠心的孩子就是好孩子，真话假话我还是听得明白的。”

“喏，既然如此，就再赌一次吧。我替你扔个硬币，你猜是背面还是正面，猜对就送你。”白楚年从兜里摸出一枚金币朝空中一弹。

萧驯虽然觉得莫名其妙，但还是说了个“背面”。他的J1亚化能力“万能仪表盘”在测定事件概率上十分精准，一般的赌约他都不会输。

金币在空中不断打转，画了个弧线朝萧驯手边落下去。

萧驯下意识地伸手接住，落在掌心的是一枚金色勋章，勋章正面的雕花镌刻要比背面重，自然是背面朝上。

勋章正面雕刻了一只展翼向空的鸟，这是代表特工组身份的金色自由鸟，下方雕刻着“萧驯”二字。

“猜对了，送你了。”白楚年笑道。

萧驯看着手中熠熠闪光的勋章，眼中也泛起一层不易察觉的水雾。

“我走了啊。”

“等等，”萧驯突然伸手抓住他的衣角，“楚哥。”

白楚年感兴趣地回过头：“什么？”

“没……没什么。”

白楚年看破了他心思似的：“听说下个月灵猩世家要召开十年一次的猎选会，我很感兴趣，你呢？在大家族聚会上一举击败其他同辈，再把狗眼看人低的大家长们羞辱一遍，然后潇洒离开，嗯……很爽的感觉。”

猎选会是灵猩世家本家和其他亲族世家年轻一代相互争斗的盛会，每十年召开一次。届时，各大亲族世家凡是以佣金猎人为业的都会到场。

萧驯没回答，但显然是把白楚年的话往心里去了。

“那拜拜咯，好好休息。有问题随时打我电话。”

白楚年出去的时候，韩行谦刚好推门进来，他风尘仆仆，连绣着 PBB 标志的白大褂都还没脱。

“哟，韩哥回来了，你先心疼心疼小狗崽，回头我们再聊。”

白楚年插着兜与韩行谦擦肩而过，白大褂的衣摆被微微拂起。韩行谦回头看他，只有一缕雪白的发丝从眼前掠过。似乎有什么不一样了，又没有什么不一样，只是他的眼神里多了一分令人看不透的冷漠罢了。

电梯经过检验科所在的楼层，到达联盟技术部所在的大厦最高层。技术部的工作区域一共有五层，其中四层都被整体打通成开敞空间，用来放置精密仪器和设备。这里每层都安排了巡逻警卫和移动监控，比会长办公室的守卫还严密。

段扬现在是技术部的扛把子大佬，人一金贵起来事就多。联盟高层也乐意供着他，他要私密机房，就直接划给他一个单独的办公区，里面的设备都是他的宝贝。单一台电脑零零散散的配件加起来，就得小百万。这间小办公室，段扬从不轻易让别人进，站门口远远看一眼，都得挨他一顿骂，就跟有人要偷他老婆似的。

话说回来，段扬师从 K，能力不会差。K 教官退役后去了蚜虫岛特训基地，刚好继续教导段扬的亲弟弟，过些年技术部还能再添一位能力超群的年轻高手。

白楚年在公共机房里找了一圈没看见段扬，又准备到他的私密机房转一圈，机房门没锁，一推就开了。

白楚年本来没想进去，知道段扬事多。要是被段扬知道自己随便进他办公室，他非得打上门来不可。

不过，门推开之后，白楚年就看见段扬趴在电脑桌前睡着了。更让人惊讶的是，他身边还趴着一个熟睡的亚体，那亚体穿着一件明黄色的蠕虫卫衣，帽子扣在头上。两人都很疲惫的样子，看来工作到很晚才睡。

不可思议，连技术部的部花大美人都进不了段扬的办公室，这小爬虫有点东西。

桌上段扬的手机嗡嗡响起来，段扬伸手在桌上摸了摸，摸到手机，懒洋洋地按了接听，趴在桌上困倦地问："谁啊？"

白楚年从电脑后边探出头，摇了摇手上拨通电话的手机："我。"

段扬吓得一激灵，脑袋磕在电脑上面的光盘架角上。旁边的爬虫也被惊醒了，浑浑噩噩地坐起来，揉了揉眼睛。

"对不起。"白楚年嘻嘻一笑，"我来谢谢你那份资料。正好你们刚醒，去吃个早饭吗？"

食堂的自助餐每天菜式都不同，白楚年没拿别的，只拣了二十只白煮虾在餐盘里，找位置坐下来，朝他们轻轻招了招手。

段扬还没睡醒，有几缕头发乱糟糟地立着，迷迷糊糊地坐到白楚年对面，打了个哈欠。

爬虫端着餐盘过来，站在两人之间犹豫。白楚年支着头弯着眼睛看着他，并没有要帮他解围的意思，想看看他选择坐自己这边还是坐段扬那边。

段扬及时清醒过来，拍拍自己身边的座位："爬爬，你坐我这儿。"

白楚年："噗。"

爬虫面不改色地暗自咬了咬牙，坐在段扬身边，低头默默吃饭。

白楚年右手托着腮，左手用筷子尖剥虾壳，听着段扬讲述昨天的激情故事。

“那艘潜艇的防护系统做得很好，我花了不少时间才把资料给你发过去。”

“还有你觉得难攻破的防护系统呢？”白楚年问。

“是他做的。”段扬看了身边默默吃饭的爬虫一眼，“研究所造他出来，初衷是在安全防护上提高一个档次。不过呢，还欠点火候就是了。”

爬虫这时候倒没还口，看来他也认同段扬的评价。白楚年记得爬虫对自己的技术一向自信且骄傲，看来这次是让段扬给教做人了。一看表情就知道，他的自尊心备受打击。

“对了，给你发的那份资料里有个英文原版的实验体销毁记录，是他临时从研究所窃取的，帮了个大忙。”段扬知道白楚年对电脑一窍不通，说多了细节他也听不明白，于是尽量拣着浅显易懂的部分说。

“哦……”白楚年看向爬虫，“谢谢你啊，爬爬。”

爬虫呛了一口牛奶，脸憋得通红。

段扬在一边关切地说：“你吃点点心噎一下就好。”结果被人家回了一个白眼。

“总之，”段扬骄傲道，“除了那艘潜艇让我打起了一晚上精神以外，最近真的没什么有挑战性的任务了。”

“有啊。”白楚年眼睛弯成一条线，当着爬虫的面，从兜里拿出一张字条，上面写了一个地址，推给他们，“这个怎么样？”

段扬扫了一眼，惊讶了一下，压低声音笑道：“这倒有意思。任务书流程还是得走一下，你发给我。”

“任务书暂时还没下来。”

段扬一怔：“我的天，这你都敢擅自做主啊？”虽然以白楚年在联盟特工组的地位，他说话和特工组组长一样好使，但胆敢越过苍组长和会长独自下决定还是第一次。

“放心。任务书会有的，奖金也会有的。我们共事这么多年，我骗过你吗？”

白楚年神情笃定，段扬心里才有了点底。

“……嗯……那说好了，发奖金我去领。要是会长发火怪罪下来，你不准提我名字。”

白楚年一口答应下来。

“行吧。我先看看，什么时候要？”段扬把字条收进兜里，“任务书尽快去搞定啊你。”

“不急，慢慢弄。”白楚年悠悠地看向爬虫，“帮人帮到底嘛，我看你们合作得挺愉快，有你帮忙应该会快很多。”

“不用他。”段扬摆摆手，“我自己能搞定。”

爬虫投给他一个不知好歹的眼神：“这里面的防护系统比潜艇实验室的复杂严密多了，到时候别来求我。”

“不可能，求你我是狗。”

“好，我等你们消息。”白楚年去要了个一次性保鲜盒，把剥好的二十只虾仁按顺序排在保鲜盒里打包，然后怜悯地看一眼段扬，告辞离开了。

回到公寓，兰波还沉在鱼缸底补觉。

他半蜷着身子睡在鱼缸角落里，微小的气泡从他脸颊与耳朵相接的地方冒出来，浮向水面。相处这么久，白楚年初次发现他居然有鳃，只是太不明显，不易被发现而已。

白楚年没吵醒他，蹑手蹑脚地把饭盒放下，去浴室里脱了上衣准备洗个头。面前镜子里的亚体让他有些不习惯，他的相貌虽然没有大的改变，但已经发生了从骨到皮的进化。最有趣的一点是他的头发不需要洗就能保持洁净，兰波的一部分净化能力随着赐予的天赋越来越多而一起被他继承了过来。

在他审视镜中的自己时，忽然有指尖钩住他黑色晶石质地的项圈。

“这样子很好看，漂亮的猫咪。”兰波夸赞。

白楚年立刻打消了心里那点微妙的不习惯，也觉得自己好看起来。

白楚年的发丝间冒出两只毛茸茸的白狮耳来。

他抬手想压回去，被兰波拦住。

兰波说：“在我面前，不用控制。”

白楚年偏头看着别处，耳朵抖了抖。

兰波微微挑眉：“我是丑陋的哥布林吗？”

白楚年：“唉，那是意外，我不知道唱歌的就是你，我以为是假的你，但还是被迷住了。”

兰波：“那我是笨蛋？”

白楚年：“……我是笨蛋。”

“把名单列给我。”白楚年轻声道，“给你打拟态药剂，还有后续手术和处理的研究员名单。不记得名字的话，把长相描述给我。”

“主谋不在他们中间。”

“一个人犯了罪，他的手和脚只不过是听命令行事而已，却要和他一块儿死，就是这样不讲道理。”

“也是。”

“过来，我教你锻造死海心岩。”兰波拉他出来。

“看好。”兰波在卧室床上坐下来，摊开右手，一股力量从掌心释放，白楚年颈上的项圈便立刻化为液态，汇聚到兰波的掌心。

白楚年有样学样，伸出左手摊开掌心。

兰波瞥了他一眼。

白楚年像被小学书法课老师抓个正着似的，耷拉下耳朵说：“我是左利手，不行吗？”

“可以。”兰波换成左手，将液态死海心岩从右手引到左手掌心，平静地讲述，“用死海心岩锻造武器，需要先在脑海里想清武器的内部构造，然后从一端开始凝结，直到武器成型。”

一把黑色剔透的战术匕首从尖端成型，落在兰波手中。兰波左手反握，刀光划过一条弧线，床边的珍珠兰便被隔空削掉一半绿叶，余下的绿叶立即枯萎，连着花盆土壤一同化为灰烬，灰烬融合到匕首之中。这并非毒素作用，而是因为由深海往生之物凝聚成的死海心岩能够像黑洞一样吸取生命力。

死海心岩像金缕虫的丝爆弹匣一样，对实验体造成的创伤极难愈合。

“因为死海心岩比水难控制得多，做不到像水化钢那样精密地铸造机械核心，所以只能造冷兵器。”兰波将匕首抛给他，“你试试。”

“懂了，像 3D 打印。”白楚年接过匕首，闭上眼睛竭力想象，手中匕首逐渐融化，向另一种形状变化。

一个歪歪扭扭的平底锅落到白楚年手里。

兰波：“……原理是对的，很好。”

“死海心岩可以锻造的武器不少。”兰波把歪七扭八的平底锅拿过来在手中融化，给白楚年展示其他可以锻造的形态。

镰刀、斧、长棍、铁丝球棒、猛兽止咬器和锁链等，各种形态在细长指尖的操纵下迅速变换，看得人眼花缭乱。

“你多加训练，很快就会掌握一二。只要能锻造出镰刀、止咬器和项圈三种形态，对你来说就够了。”兰波将死海心岩放在他手里，去鞋柜上把白楚年从食堂带回来的虾仁拿过来吃。

他刚拿着塑料饭盒回到卧室，就听见白楚年叫他：“我学会了，你看是不是这样？”

兰波循声望过去，死海心岩在白楚年手里突然被塑造成一个大卫雕塑，然后融化，再立即自下而上凝固成马踏飞燕摆件，又融化，变成海的女儿，再融化，被铸造成戴珍珠耳环的少女 3D 复原版。

兰波：“艺术……？”

第十八章

太阳雨

兰波放下饭盒，抬手指尖微动，死海心岩受到召唤，从雕塑形态融化，形成一条绳索，将白楚年双手捆住。

“你学得很快。试一下软化形态。”

“学会了。你看我。”白楚年打了个响指，绳索从自己腕间融化，向兰波飞去，在人鱼手臂和腰间灵活缠绕，最终用绳艺捆绑把兰波的身体束缚起来。

黑色半透明的细绳勒住人鱼结实的肌肉和雪白的皮肤，胸和手臂的皮肉在绳索交织形成的网格中被微微勒起了一点弧度。

白楚年甩甩耳朵，得意道：“怎么样，强吧？”

兰波盯着他。

…………

白楚年跪在用死海心岩铸造的键盘上，兰波坐在鱼缸边缘边吃虾仁边看着他。

白楚年：“呜呜。”

“看来你已经掌握了诀窍，那今天就不用再练了。”兰波收回白楚年膝下的死海心岩，黑色晶石融化后又朝着白楚年飞去，套在白楚年脖子上形成项圈，项圈延伸出一条锁链缠绕在卧室床头的铁艺栏杆上，使得白楚年被箍着脖子仰面困在床上。

兰波鱼尾亮起蓝光，化作一道蓝色闪电倏然消失，下一秒又出现在白楚年身边。

“让我看看。”兰波垂眼端详他，弯下背，靠近他的胸膛观察，指尖在白楚年胸前的伤疤上轻轻蹭了蹭。从前在培育基地时，兰波为在混战中赢得进入研究所的机会，将保护了自己一路的白楚年的胸腹撕开，让他重伤感染失去进入研究所的资格，那道伤疤直到现在还没消退，只是随着时间的推移变浅了。

冰凉的指尖触碰到疤痕时，白楚年闷哼了一声。

“你还介意这个吗？”兰波问，“清除也不难，会痛，忍着，我来做。”

“不。”白楚年喉结轻轻动了动，双手用力抓住兰波，以至于指尖在兰波皮肤上留下了几道红痕。

“我会记住的。你在救我。”

忽然，白楚年感到脖颈一紧，项圈被收束起来。

是兰波伸手从后方扯住了锁链，让白楚年稍显被迫地抬起头。

白楚年望向兰波的眼神有点迷茫和委屈，他撑起身子：“我回来找你有正经事。我走的时候时间还太早，就没叫醒你，去食堂带了份饭回来，顺便接你。”

白楚年挣脱开锁链，离开兰波，从床上起身，走到鱼缸边把洗干净的绷带从里面捞出来拧一下，就这样湿着敷到兰波身上，一圈一圈把绷带贴合皮肤缠绕在他身上，在他腰间打了一个小结掖进绷带内侧。

联盟警署。

撒旦被联盟警员押送回总部，经过医学会治疗并安装控制器后送回警署审问。此时，他被关在警署的看守所内，对审讯的态度很抗拒，永远沉默着不回答。

兰波透过看守所审讯室的玻璃看到坐在里面的撒旦，有些不耐烦地转过头：“正经事就是来看望一个在我们之间挑拨离间的亚体？”

“我得跟他谈谈。”白楚年将手搭在兰波的肩膀上，“你不想进去的话我进去，你在外边等我。”

兰波指尖用力抠了抠玻璃下的黏合胶，嘴上淡然道：“你去吧。”

白楚年在看守警员的带领下推门进去，撒旦就坐在房间正中央的椅子上，下巴搭在屈起的膝头上，一条腿垂下来，赤裸的苍白的脚垂近地面，被黑袍下摆遮住了一半，脚趾戴着红色的金属装饰环，羊角从黑袍兜帽中顶出来。

嗅到空气中神使的气味，撒旦缓缓抬起眼睛，眼神漠然。

审讯室的窗户开着，为了防止撒旦在封闭空间内使用亚化能力，窗外安装了电网和护栏，撒旦无法逃脱。

“天还凉，风太大了。”白楚年走到窗边，双手撑着窗台，望了望窗外树叶安静的白杉，把窗户关了起来。

窗户关闭后，过了一会儿，撒旦缓缓地说：“想说话就离近一点。”

白楚年半点没有怵他的意思，坐到撒旦面前的审讯桌上。

撒旦抬起眼皮，初次露出放松的神情：“神使大人是来超度我的吗？”

“不敢当。”白楚年从兜里摸出烟盒，抽出一根烟叼在嘴里点燃，缓缓吐出一口气，“你没伤着我们 IOA 的人和平民，我们自然不会处死你。接下来怎么选，就得看你自己了。”

白楚年的言外之意撒旦听得懂，IOA 需要他做一些事来换取自由，并且希望他不要不识抬举。

撒旦意味深长地凝视着他。

“看我干什么？”

“我看见了末世灾难。”

“哟，什么样的灾难呢？”

“干旱。”

“到时候就会有办法了，灾难是死的，人是活的。以前洪水的时候，不也有诺亚方舟嘛。”白楚年低下头，“话说回来，有点事请你帮忙，你不会拒绝吧？”

撒旦平静地看着地面：“不会。那你也答应我一个要求吧。”

白楚年点了点头。

“你再近一点。”撒旦感知着他的气息，静静感受着心脏有力的跳动。

“阴暗久了，就想和神圣的东西贴一贴。”撒旦说，“兰波我是不配碰了，有你也好。”

但在审讯室玻璃外，兰波的视线关注着里面的两个人。

审讯室内的两个人突然听到背后的玻璃砰的一声巨响，回头看去，兰波的右手穿透了防弹玻璃，他掰掉几块碎片，从外面爬进来。

随之而来的还有一股强烈的压迫因子。转瞬间，兰波已然出现在撒旦身侧，一把抓住亚体的后颈，微低下头，收拢成竖线的瞳孔移向了他：“你来跟我贴个够。”

封闭的房间被打破，撒旦的未来推演能力失效，也无法再预测这个房间内的事件走向了。

往常兰波对其他亚体勉强还算宽容，这次白楚年也能理解兰波的怒气来源于哪儿。潜艇实验室是由于撒旦销毁失败而被破坏的，所导致的海域内感染药剂泄漏，他也不能说完全无辜。既然还没抓住幕后主使艾莲，兰波拿他出气无可厚非。

撒旦并未躲闪，而是目光灼灼地盯着兰波，双手交叉放在胸前，用一种虔诚祷告的姿势面对兰波。

兰波渐渐松开了手，手垂在身侧攥了攥拳，无法再对撒旦做什么。

“离他远点。”兰波抓住他下颌一字一句警告他，然后转身走了。

兰波是赌着气走的，白楚年有点莫名其妙。

撒旦看出了他的困惑，面无表情地说：“神不能伤害信徒，否则会反噬到自己。我愿意投降，听你们摆布，他才杀不了我。”

白楚年来时把窗户关闭，使得审讯室变为封闭空间，撒旦就已经明白了，白楚年让他用未来推演预知，证明自己不会伤害他。

“怎么才算信徒？”白楚年问。

“投降、皈依、有敬畏之心、依恋，以及热烈的爱。”

“那……如果伤害了，会怎么样？”白楚年心中升起一种不好的预感，连忙找补了一句，“本意不是伤害，是为了救人。”

“同时承受十倍的痛苦，直到信徒痊愈那天。倒也没什么，毕竟他是永生不死的。”

“之后我再联系你。”白楚年匆忙说了一句，给看守警员打了个手势，然后追着兰波离开的方向跑了出去。

兰波在警署正门外一人高的花坛边缘坐着等白楚年，背对着警署大门，垂下的鱼尾尖在花坛里揪了一朵真宙月季。天空正下着一场太阳雨，阳光和雨同时落在兰波身上。

头上的雨滴忽然被遮住了，兰波回头垂下目光，白楚年站在阶梯下，右手插着兜，左手将伞举到最高，伞正好遮住兰波的头发。

兰波抬起尾尖，把花送给了他。

从警署回来后，白楚年把自己关在公寓卧室内的密室武器库里整整三天。

武器库内，除了三面挂有枪械弹药的武器，还有一张平整的折叠桌。折叠桌打开后，可以拼接成一个拥有三个方形工作区域的长桌，最右边是一些精密的测量工具，中间是拷贝台，最左方是放电脑和杂物的地方。

白楚年趴在桌面上，桌面铺了一整张线条密集的建筑图，左手边的电脑上打开的是一张CAD（计算机辅助设计）图纸。

兰波仰躺在床上，头垂在床的边缘，头发垂落在地上，手里举着一本从警署回来时在路上的书店买的书。

小说是成套的，一共七册，第一册名叫《水色坟墓》，第二册是《火焰方棺》，作者落款处写着多米诺。

“这种书怎么会畅销呢？我也能写。”兰波合上手里的精装书，顺手往嘴里塞。

“别吃，别弄皱了，等会儿还有用。”白楚年从成堆的图纸中抬起头制止他。

兰波把书从嘴里拿出来，擦了擦：“不过是写在研究所的生活而已，人类那么喜欢看我们受罪的过程吗？”

“你又不认识字，你能看懂吗？”

“我也学了一点字。”

“他写的是研究所里实验体的七种死法。”白楚年边算图纸上的距离边解释道，“《水色坟墓》写的是充满培养液的培养舱，《火焰方棺》写的是焚化炉，多米诺的能力是通过触角读取物质的记忆。他挑了七个从生到死的经历不一样的实验体，写了七册小说。死前的挣扎写得很生动，尤其焚化炉那一本看得人幽闭恐惧症都犯了。”

兰波看着精装书的封面，封面上画着一张蛛网，蛛网中心缀着一块被蚕食的骸骨。

“你也在研究所待过三年，你觉得呢？”白楚年垂着眼皮，看似视线一直落在图纸上，其实手并没有动，只是紧紧攥着笔，手背上的青筋绷紧突起。

“无所谓。”兰波把书扔到床上，翻了个身趴在床边，双手支着头，说道，“你这三天睡得太少了，睡觉吧。”

“还有正经事要做。”白楚年说，“等会儿我得去一趟医学会，韩哥说多米诺那边伤势稳定下来了，已经可以探望了。”

“好啊。”兰波在床上滚过来滚过去。

白楚年终于从图纸后边站起来。

兰波大声说：“在干什么？”

“充电。”白楚年深深吸了一大口气，让肺里都充满白刺玫亚化因子的气味，懒懒地说，“你的亚化因子到底是什么？”

“人鱼语是 tumi，翻译成中文或许是白刺玫、荼蘼之类的。”

“其实是猫薄荷吧。”

“走吧。”白楚年拉他坐起来，“去医学会看看。”

联盟医学会在联盟大厦占有最多的面积，病房与医学会的科研区离得很远，多米诺也是今天才被转到普通病房的。

白楚年推门进去时，里面的人正在乱砸东西。一个记事本远远地砸了过来，险些砸到兰波身上，被白楚年伸手拦了下来，刚好接在手里。

一进门就看见多米诺弓着背以一个蜷缩的姿势趴在病床上，背上火焰色的太阳闪蝶翅膀此时已经残破不堪。看得出来，支撑翅膀的一些骨架已经做过了精细的修复，但铺满鳞粉的火红蝶翼已经碎得拼不成完整的形状了。

地上扔着不少记事本和笔，电脑也随便扣在桌上，满地都是写了字却搓成团的废纸。

多米诺满脸泪痕，抬起一双充满恨意的眼睛，死死瞪着闯进门来的白楚年。

“亚化细胞团受损好严重。”白楚年远远打量多米诺的翅膀，外显特征都是由于亚化细胞团细胞过量增殖而形成的。当外显特征受到伤害，就意味着亚化细胞团受到伤害。显然，多米诺的翅膀已经受到了难以复原的创伤。

“我的记忆变得很碎。”多米诺嘶哑地说，接着就开始组织下一句的语言，过了很久才颠三倒四地说，“我不能再写作了，受伤了，大脑也……很难再使用语言……很快我会连话都说不出来了。”

“杀了我吧。”多米诺撕心裂肺地吼了一句，然后痛苦地弓下身，紧紧攥着病床上雪白的床单，“我不想……忘记怎么写字、怎么说话……我受够了，东躲西藏，最后落得这样的下场……研究所……”

韶金公馆受到大量实验体偷袭时，多米诺受伤极重。据爬虫描述，他是被一个编号200的实验体“永生亡灵”重创的，那是目前研究所制造的最强的一个实验体。

自从出现三个全拟态使者型实验体后，研究所就不再追求全拟态，反而更希望实验体拟态程度尽可能低一些。

因为拟态程度越高并不意味着等级越高，而是意味着进化程度越高，进化程度变高的同时实验体的自主意识会大幅度加强，越狱倾向也会加强。不服管教，向往自由，是拟态程度过高的实验体共同的缺陷。

腕上的手表忽然响了一声，提示白楚年收到了消息。白楚年看了一眼，是段扬发来的，让白楚年现在立刻上楼到技术部找他。

“兰波，你陪他一会儿，我上楼一趟。”不等兰波回答，白楚年就拉开门跑了。

病房里只剩下兰波和小声啜泣的多米诺。

“好吵。”兰波有点烦，坐上病床，尾巴尖随意挑起多米诺零落的翅膀看了看，翅膀上有一些蓝色的闪光花纹。兰波忽然记起，多米诺在M港小白失控暴走时帮他稳定过精神，为了奖赏多米诺，兰波曾给过他一些恩赐。

“哦，是你。”兰波抓住多米诺的翅膀根，把他拽到自己面前，按住他后颈的亚化细胞团，帮他镇定和恢复。

白楚年乘电梯到技术部，段扬就在自己办公室的门口靠着墙等着，表情有点紧张。一见白楚年从走廊口出来，他立刻迎了上去，抓住白楚年的手臂把他往自己办公室拽。

“你给我的那个培育基地的地址我看了，的确不好弄，说不定还真得去求那个小爬虫……”段扬压低声音说，“我一时还没完全搞定，现在只拿到一份录像。”

他从口袋里摸出一个U盘，交到白楚年手上："你应该看的，但也要考虑清楚，你真的要看吗？"

段扬的语气鲜少如此谨慎和紧张，白楚年淡淡地接过U盘："给我。"

他拿了东西后，一个人径直去了影像室。

这是一段培育基地留下的，关于兰波被打入拟态药剂后的手术操作影像记录。

黑暗封闭的影像室里，白楚年一个人坐在桌子后，沉默地面对着硕大的屏幕。

影像被段扬复原过，格外清晰。白楚年的视线完全集中在血腥的手术台上，大量的出血和数次缝合清楚地展现在视频中。兰波痛苦的惨叫声似乎穿透了手术室，在白楚年的脑海中凄厉地回荡。

视频是用许多不同时间段的手术记录剪辑成的，视频里的兰波从一开始的挣扎怒吼撕咬渐渐地失去了反抗的力气，平静地被固定在手术台上，冰冷地注视着那些在自己身体上游走的刀。

视频是按日期排列的，兰波的鱼尾逐渐变形分开，成了两条细长的人腿，但这引起了异常严重的出血，穿着防护服的研究员们从血泊中捡到一枚拳头大小、洁白莹润的珍珠，慌忙地放进托盘里送去检验。

兰波吃力地朝拿走珍珠的研究员伸出手，那是他少有的，极少显露出的哀求和挽留的神态。

但什么都没有因此改变。

那时候的兰波还处在被改造后的培育期，几乎不会说话，无法用语言表达痛苦，也没有现在的力量足以反抗研究员，只能无力地承受着这一切。

剪辑过的视频时长有一小时左右，直到放映结束，白楚年木讷地盯着已经白屏的画面，一动不动。

时间似乎在这个黑暗的小影像室中停止了，白楚年盯着放映结束的白屏直到外面夕阳西下，走廊里亮起了灯。

许久，白楚年笑了一声。

“很好。”

白楚年把U盘从电脑上拔下来，然后删除所有放映过的文件，又检查了一遍放映机器里的备份，确定没有留下痕迹后，把桌椅推回原位，若无其事地拉开门走出去。

门边的墙根底下伸出一只手，抓住了白楚年的裤腿。

兰波抱着蜷曲的鱼尾坐在地上，背靠墙壁，一只手抓住白楚年的脚腕：“在里面这么久，睡着了？”

“沉迷工作，忘了。你怎么不打我电话？”白楚年蹲下身把兰波拉起来，拍净他屁股上的灰尘，用袖口把鳞片蹭亮，“等多久了？”

“不知道，可能五六个小时，等你也没关系，等你睡醒，会出来。”

“嗯……辛苦了，天也晚了，去食堂买了饭回家吃吧。”

“扇贝，要两个。”

“食堂没有那么大的啦。”

“去海洋馆拿。”

“钱不够了……”

“那就下次吧。”

“别别别，我现在去海鲜市场看看有没有你喜欢吃的。”

两人离开后，技术部恢复了安静。段扬忧心忡忡地给白楚年发了个安慰消息之后，锁上办公室的门也准备下班了。

不料，在等电梯时他居然遇到了言逸会长。

会长平常极少上来，看样子已经在电梯间待了很久，手中的文件袋已经被指尖按出了一点凹陷。

段扬这几天帮着白楚年偷偷查培育基地的情况，见了会长更是心虚，敷衍地打了个招呼就想溜走。

“站住。”言逸淡淡开口。

段扬一下子定在电梯口，僵硬地退了回来：“会长……今天特训基地放假，我得回去给我弟打电话，就……不加班了……”

“把你查到的东西给我也发一份。”言逸说。

白楚年先把兰波送回家，然后自己去了一趟海鲜市场，挑了四个市面上最大的扇贝，花了四千多块钱，现在兜里比脸还干净。

餐桌上，兰波用伸长的尖爪扎着扇贝肉吃。白楚年慢慢走了神，视线落在兰波身上发呆。

“randi。”兰波歪头看他。

白楚年没回答，兰波叫了他好几声，他才醒转过来。

白楚年没什么胃口吃饭，胃里纠缠着犯恶心，忽然他站起来绕到兰波身后，弓身说道：“我们去把珍珠拿回来好不好啊？”

“珍珠一早就被送到研究所总部了，你进不去的。而且没有用了，你抱有侥幸心理也是没有用的，它死了。”

不知道兰波用如此平静的语气说出事实时心里是否也会刺痛。

但极度的悲痛并未显露出来，白楚年开玩笑般说：“那我们去培育基地看看故人，你觉得怎么样？”

他在兰波身后，所以兰波看不见他阴鸷的视线。

“randi,”兰波放下吃到一半的贝壳，回眸注视着他，“我已经看见你和你的人类朋友深厚的羁绊。你说过，你的寿命只有一百年，这一百年我想让你高兴、安全，和喜欢的人类在一起。这一百年对我来说也很短暂，我很珍惜你，一百年后我自然会复仇，这不漫长，我可以等。所以，现在我不会去的，你也不准去。”

“只是个培育基地而已嘛，又不是研究所总部，哪有那么危险……话说回来，我的寿命对你来说那么短吗？”白楚年失落地垂下发丝里的狮耳，“你会忘了我吗？那我怎么办呢？”

“我会把你的骸骨融化，接到我切过一段的肋骨上；把你的心脏封在水化钢里，拼到我凿下一块的心脏里；带你回加勒比海，把你的颅骨镶嵌在王座右边的扶手上。”兰波宁静地叙述着，仿佛只是在陈述未来的一个旅行计划而已，并且计划得井井有条。

“嗯……”白楚年说道，“不过放心，我不会死太早。”

第二天清晨兰波醒来时，白楚年大概是去上班了，在餐桌上留了一份早餐。

兰波叼起一块烤面包，爬回卧室，卧室旁边的武器库密室此时是锁着的。

以前，白楚年对他从不防备，武器库也只有两人都不在的时候才上锁，而且兰波对里面的东西一点都不感兴趣，从来不进去。

不过，小白的反常表现反而让兰波觉得怪怪的，他顺着天花板爬到密室墙的滑轨边，鱼尾从缝隙中伸了进去，找到独立电闸，放出一股强电流让电闸短路。

密码锁亮起绿灯，密室墙缓缓移开。

武器库里和以往没什么不同，桌面上摆着一些散乱的图纸，还有两个相框，其中一个相框里放的是小白被授予特工组金色自由鸟勋章时和言逸、陆上锦同框的照片，另一个是新摆上去的，是他们俩的自拍合影。

图纸看起来没什么异样，那些能看出建筑位置的图都被收起来了。兰波看不懂这些复杂的线条，绕到别处看了看。

桌上还有一个小的单页日历，过一天撕一页的那种，兰波顺手翻了翻，无意间发现有一页用红色的笔画了一个叉。

那笔迹很深，而且透到了下面的几页，留下的痕迹恶狠狠的，像怀着无比深重的仇恨画上去的。

被打叉的那一页是 6 月 24 日，距离现在还有二十多天。

日历上没备注，兰波也不知道他那天安排了什么特别的活动。

兰波把东西放回原位，锁上密室门，去客厅看电视了。

晚上，白楚年从 IOA 回来，直接从门廊进了浴室，洗了 20 分钟才出来，而且用了之前买的香味很浓的沐浴露。之前买到这瓶沐浴露的时候，白楚年还嫌弃它太香了。

白楚年洗完澡，拉开浴室门，头上搭着一条毛巾。

兰波就卷在门把手上，随着他开门，缓缓飘到了他面前，把他头上搭的毛巾吸面条似的吃了。

“……”白楚年后退一步，后脑勺撞在门框上，痛得直吸气，“你干吗呢？”

“听着你洗澡下饭。”

客厅的电视一直没关，一到时间就开始播报晚间新闻。

“观众朋友们，大家好，这里是《第一时间》。今天下午 4 点左右，红狸市 109 研究所下属培育基地发生严重实验事故，一位研究员由于操作失误，被困在焚化炉内，后被赶来的同事救下，但经抢救无效死亡……”

“啧啧，真可怜哟。”白楚年抬起头看向电视，面无表情地说。

兰波从培育基地的内部设施勉强辨认出来：“是我们待过的那个培育基地。”

“你做了什么吗？”兰波问。

“嗯？”白楚年从发间冒出的白绒狮耳动了动，“我不知道，我能做什么坏事？”

兰波怔怔地看着他，心脏仿佛中了一枪，一下子把新闻忘到了脑后。

第十九章

6 月 24 日

十几天过去，电视上播报有人意外丧生的新闻似乎莫名多了起来。警方也察觉到了什么，对此展开了调查，一切线索都证明他们的死是意外导致，没有任何他杀痕迹，只能排除他杀的可能。

不过，警署里也不乏经验丰富的老牌警官，他们经过排查发现，这些死者唯一的共同点是曾经在红狸市 109 研究所下属培育基地任职。最早离职的是一个蝾螈亚体，在三年前调离了培育基地，死前正在红狸市医院做产科医生。

由于缺少进一步的线索，警方的调查目前一筹莫展。虽然直觉上认知这件事有人在背后操纵，但依旧无从下手。如果真的是他杀，那么凶手的反侦察意识就有些恐怖了，能在短时间内利落地解决这么多人却不留下任何蛛丝马迹，不是一般的恐怖分子能够做到的。

一般来说，如果死者之间拥有明显的轨迹重合，就不可能是随机的恐怖行动，那么如果不是杀人狂的暴力游戏，就只可能是仇杀了。张警官开始从他们的朋友、家人入手，排查具有犯罪动机的嫌疑人。

国际警署的张警官张凌为此案特意来到蚜虫市与IOA寻求合作，与白楚年也见了一面。

张警官曾在白楚年入狱时审问过他。当时白楚年完全用话术玩弄他的测谎能力这件事还让张警官耿耿于怀，于是见白楚年时自然没什么好脸色，仍旧冷着一张方块脸。

白楚年靠在椅背上，双手搭在小腹前，两条腿交叠伸展开，神态自若地回答："既然不是恐怖分子，那我们特工组搜查科也爱莫能助了。张警官去联盟警署碰碰运气吧。"

张警官抬起那双小而锐利的眼睛审视白楚年，想从白楚年的肢体动作和眼神里读出些什么。但在审讯上，白楚年也同样是内行，他不可能露出任何对自己不利的神态。

来时，张警官已经与联盟警署取得联系，但那边的调查意向不太强烈，似乎在某种权力的暗示下，大家不约而同地打消了对这个案子的兴趣。现在，特工组搜查科和联盟警署之间不过是在互相踢皮球罢了。

而国际监狱，就更不可能指望他们能做些什么了。自从前典狱长李妄引咎辞职，新上任的典狱长是言逸和PBB总指挥官顾未一力推上来的，被重新洗牌后的国际监狱屁股歪得离谱。等下一次国际会议，恐怕言逸再拿什么提案出来，就是一面倒的支持了。

而这一切似乎都在言逸的一手推动下有条不紊地进行着。IOA建立之初，谁也没有料到一位看似温和安静的亚体会长竟然藏着这样的野心。

数位前研究员意外身亡这件事连着几天前被媒体毫无征兆曝光的伯纳制药工厂人体实验丑闻，在暗潮涌动下，研究所表面风平浪静，从股价上却还是能看出他们受了不小的影响。能至今还保持着对外合作稳定，完全仰仗于蜂鸟艾莲过硬的管理手段。

109 研究所总部办公室。

整个研究所内部装潢比较统一，大多是科技感很强的白色弧形设计，艾莲的办公室也沿用同样的简约风格。

一位面貌白皙、身材修长的少年从茶水间走出来，将磨完的咖啡送到办公桌后的红发女性亚体手边，机械地说了一句：“请用。”

艾莲的喜好一如既往地单调，除了设计的实验体，连生活秘书都要造成这种瘦削病态白的美少年外貌。

艾莲仰靠在人体工学椅里，披着西服外套，里面的白衬衫领口随意敞开着，一枚塑料感略强的水滴形项坠挂在铂金锁骨链上。这是她学生时代收到的情人节礼物，其间换过几次项链都没换掉上面便宜的坠子。

年龄没有在她的脸上留下皱纹，反而添了三分成熟的韵致，让她透出一股骨子里的凌厉美艳来。不过，这些天潮涌般出现的关于 109 研究所的丑闻让她有些疲倦，她看上去憔悴了不少。

流线型办公桌桌面忽然亮起柔和的光线，光线连接在桌面上投射下立体的电脑屏幕，AI 助手温声问道：“警官张凌发来加密邮件，是否立即读取？”

AI 的声音模拟的是个男性的嗓音，听起来有三十多岁，这倒和艾莲的喜好不大相合。

“读给我听。”艾莲捧着马克杯到桌前，手肘搭在桌面上。

AI 读道：“六位培育基地前研究员身亡一案怀疑是 IOA 会长暗中授意的。”

艾莲轻轻抹掉马克杯上的口红印，哼了一声："言逸可不会这么急躁……算了，先通知红狸市培育基地管理层，从现在开始进入封闭状态，加强安保检查，别放可疑的人进去。"

"到期的合同续约都做完了吗？"

AI 听到询问，快速做出了回答："我们的信誉受损，许多国家停止了预订实验体的合同，表示不再续约，其他的也在观望。药剂原料的来源出了一点小问题，红喉鸟组织无力再承担我们的订单，这个组织的核心成员都被人偶师尼克斯暗杀或者带走了。"

"废物。"艾莲揉了揉鼻梁，"先把药剂原料这边谈妥。"

"您有心仪的合作对象吗？"

"灵猩世家。"

这些天，毕揽星也一直留在 IOA，没回军事基地。白楚年一股脑派给他许多杂务，让他学着做。白楚年这个教官当得向来是有头没尾，任务扔下去就不管了，会不会做全靠自己，做不完还得挨他的骂。

萧驯现在还在病房养病，也帮不上他的忙。

前几天，白楚年都不在联盟待着，一直见不着人影，今天难得在办公室待了一会儿，却一回来就躺进椅子里打起瞌睡来。

毕揽星趴在他身边默默打报告，时不时瞥他一眼，毕揽星总觉得这些天楚哥憔悴了许多。会长并没有下达什么任务，楚哥最近在忙什么呢？

白楚年盖在身上的制服外套滑落到地上，毕揽星顺手捡起来，抖了抖再披回白楚年身上。

没想到还没碰到他，白楚年突然睁开眼睛，一把攥住毕揽星的脖子。毕揽星真切地看见了白楚年眼睛里一闪而逝的狠劲，愣住了。

白楚年也愣了愣，松开手，淡笑着用左手对着毕揽星的鼻尖比了个开枪的手势："叭，考验一下你的反应速度，不及格。这要是实战窃取任务，你就没了。"

毕揽星却没有松口气，他看得出来，刚刚白楚年的眼神明明就是凶狠的，带着杀意的。训练多年，毕揽星有这个直觉。

"楚哥，"毕揽星把掉在地上的制服外套递给他，"有什么我能帮你做的吗？"

"打报告。"白楚年伸了个懒腰，"终于有人能替我干这文化活了。"

"别的呢？"毕揽星看着他，"危险也没关系，我不会给你拖后腿的。"

白楚年扑哧一声笑了，趴在桌上托着下巴看他："我要是带你去做点坏事，你去不去？"

"去。"毕揽星脱口而出，忽然觉得不合适，犹疑着问，"不是，这事能有多坏？"

白楚年扬起手臂搭住他肩膀："逗你玩的，你还真信呢。赶紧把报告打完下班，等这一圈差不多忙完了，你就回军事基地继续交换训练去，免得小兔子成天打电话过来跟我叽叽喳喳的。"

白楚年当然不会带他们去做出格的事。但毕揽星一句不假思索的"去"，仿佛一种别样的安慰，让白楚年眉头重新舒展开，欣然下班回公寓。

兰波某天在工作时间给白楚年打电话时，偶然发现他并不在 IOA 联盟大厦，而是在外边，隐约能听见敲响的钟声。

仔细回忆，似乎只有在联盟警署附近建有一座钟楼。

说起联盟警署里的熟人，除了一些常常合作的警员，就只有被扣在看守所的撒旦了。

小白背着自己去见别的亚体，这让兰波有点不爽。不过，出于信任，兰波没有怀疑他。

除此之外，最近小白也常常会莫名其妙地发呆，冷冷地盯着墙上的月历或钟表，注视着一秒一秒向前走动的指针，一出神就是个把小时。这是他在策划什么事情时常有的状态，他会把行动细节在脑海里一遍一遍演练，考虑到一切突发情况，让行动完全处在自己的掌控之中。

起初，兰波也只以为他还在为那颗珍珠难过，在他发呆的时候，会过去释放安抚因子，揉揉他的头发。

所以，白楚年常常在凌晨 3 点之后悄悄溜出公寓这件事，直到 6 月 23 日，兰波才有所察觉。

这一天凌晨时分，天还没亮，兰波突然感到心脏震颤，猛地从沉睡中惊醒。

白楚年不在。

眼见着快 7 月了，一天天热了起来，窄街的人偶店却仍旧大门紧闭，一副门可罗雀的安静样子。

一位穿洛丽塔裙子的鬈发红帽小人偶从店后门进来，伏在人偶师耳边说了一段话，然后活灵活现地坐到沙发上，像客人一样乖巧地等着。

“终于烧成了一对，换上试试。”人偶师穿着皮质围裙工作服坐在桌前，手中拿着一枚已经封了透明层的玻璃眼球，魍魉沙漏小小地坐在人偶师腿上，紧张地抱着自己的沙漏。

人偶师把魍魉沙漏眼眶里已经因毒素坏死的眼球用刻刀剜出来，然后清理眼眶里面的碎块。

魑魉沙漏起初有些不安，他虽然是实验体，身体也像玻璃一样不会流血，但他是有痛觉的。被毒瞎眼睛时很痛，被打碎肩膀时也很痛，痛就会让他害怕，但他并不知道该怎么表达。

可人偶师的手很奇特，他用刀触碰甚至划开魑魉沙漏的身体时魑魉沙漏没有感觉。魑魉沙漏默默地微仰着头等着，一枚带着人偶师体温的玻璃眼球填进了眼眶中。

眼球嵌进来后，魑魉沙漏清晰地感觉到神经似乎在连接，自己的身体在接纳这一对新的眼睛。

魑魉沙漏呆呆地攥住人偶师挽起袖口的手臂，人偶师静静地等待着，拿出一把给娃娃梳头发的镏金卷发梳，梳着魑魉沙漏微卷的发丝。

“好少的头发。”人偶师笑了一声。

魑魉沙漏不知道什么叫“害羞”，木讷地举起沙漏挡住自己的脸。

人偶师拉开抽屉，挑了一些白色和灰色的发丝，用针梳梳理融合，调和成与魑魉沙漏相近的发色，然后用小发锥给魑魉沙漏一簇一簇地接到头上，再用剪刀和原来的头发发梢剪齐，用卷发棒烫出弯来，理了理。

人偶师的特殊伴生能力“造物之手”，可以为任何生物添补拆卸零件，无论是谁到了他手上，都会像人偶一样感觉不到疼痛，并且完美地接受人偶师安装上来的零件。摘取零件后，肢体关节截面自动变成球形关节。

眼球的神经连接完毕，魑魉沙漏眼前的景象渐渐清明起来，首先进入视线里的就是一张白人绅士脸，高耸的眉骨下嵌着一双眼角狭长的浅色眼睛。

“xie……谢……”魑魉沙漏还处在培育期，话说不利索。

人偶师托起他下巴，用布擦净他眼球上的指纹，然后从人偶衣橱里拿出一件剪裁合身的衣服给魍魉沙漏穿上。

一直无人造访的前台的沙发上忽然响起女亚体的嗓音。

奇生骨斜倚在为人偶准备的华丽沙发上，身上穿着人偶师缝制的长裙，长裙与她极长曳地的金绿蓝孔雀尾羽融为一体。

“你不如去当医生，人类会喜欢你的。”她看上去有些病弱，脸上浮着一层病态的白，眼睑微微泛着红，展开羽毛小扇遮住嘴唇咳嗽了两声。

这是由于培育时间未到就被迫脱离培养舱，给奇生骨的身体留下了不可逆的伤害。但她的样子就像得了肺结核，19 世纪欧洲诗人们口中最浪漫的疾病。

一些制作完成的精致人偶都穿着华丽的衣服，被摆放在沙发上等着定制人来取。但即使是工艺精妙的人偶脸，与奇生骨相比也黯然失色。

听见奇生骨说话，人偶师笑了一声：“你觉得人类配拥有医生吗？”

尼克斯年轻时从最优秀的医科大学毕业成为见习医生，直到他接手了一位在建筑工地意外被钢筋截断小腿的工人。工人小腿被迫截肢，但没钱使用假肢。如果他再也站不起来去工作，他的妻子、孩子都会饿死。他私下哭着求尼克斯给他想想办法，尼克斯只好给他安装上了一条球形关节腿。其实，这对尼克斯来说只是举手之劳。

同期的另一位帮他为病人做检查的见习医生举报了他，称尼克斯私自手术，并且他安装的肢体造成了工人严重的坏死，引起并发症最终死亡。

只有尼克斯自己知道，造物之手是他的伴生能力，是不可能出现排异反应的。同事和那位工人之间达成了什么协议，他心里很清楚。

最终，尼克斯被医院辞退，入狱，并赔偿了工人家属一笔使他负债累累的高昂的处罚金，那位举报他的见习医生也如愿成为唯一被录用转正的住院医生。尼克斯在监狱里认识了几位红喉鸟成员，从此放弃医生职业。

奇生骨摇摇小绒扇，表示赞同。

店门忽然被无礼地推开，厄里斯扛着短管霰弹枪走进来。

“你去哪儿了？”人偶师问，“说了很多次，不要拿枪从正门回来，这些人偶在搬家的时候太容易被碰坏了。”

“去剧院看芭蕾舞。放心，没人看见我。”厄里斯一眼看见坐在人偶师大腿上的魍魉沙漏，兴高采烈的表情一下子灰暗下来，上去就是一脚，“你给我下去，坐哪儿呢？你配吗？”

魍魉沙漏被他一脚踹下去，在地上滚了几圈，悄悄缩到沙漏后边抱腿蹲着不出声了。

厄里斯心情不好，顺手拿枪管挑起奇生骨的裙摆，有点好奇。

“厄里斯，女性的裙底不能看。”人偶师轻轻敲了敲桌面。

“好，好，好。”厄里斯长腿一跨坐到桌上，脚踩在人偶师大腿上，“魍魉沙漏有新眼睛，那母孔雀有新裙子，我呢？”

“你有新任务。”

…………

“这些天，故事人偶给我讲了一个有趣的秘密。神使的朋友，也就是电光幽灵，在已经被研究所挑中的情况下被红狸市培育基地注射了拟态药剂。他们怕研究所问责，硬着头皮反复把珍珠缝合进电光幽灵体内，结果造成了更大的伤害。电光幽灵被运到研究所的时候，因为伤势过重卷成了一个球。不得已之下，研究员决定砍掉他的尾尖，强行唤醒他……呵呵，神使看来已经知道真相了。”

“窃听人偶也带回了消息。”人偶师看了眼沙发上坐着的红帽洛丽塔娃娃，“神使在策划报复红狸市培育基地，6 月 24 日，也就是明天，会有所行动。”

“要我做什么？阻止他？”厄里斯不以为意。

“你去红狸市等他，记住，要让人们都知道，这件事是白楚年做的。”

尼克斯从抽屉里拿出另一只上了封层的眼球和一只雕刻过的耳朵：“这是给你的。你看见的东西，我这边会自动录下来，耳朵可以听到我说话。”

“嗯……？”厄里斯换上新眼球后，立刻拉开裤子看了一眼自己下面，然后抬头对着人偶师吐出文了黑线的舌头笑。

“快去。今天已经是 23 日了。”人偶师无奈道。

“哼，去就去。”厄里斯扛起霰弹枪往正门走，被人偶师叫住后，往后门去了。

等他到达红狸市，已经是 23 日深夜 11 点。

接到上级命令的红狸市培育基地所有出入口都紧闭着，厄里斯在周围转了几圈，的确没有什么能钻的空子。

他打了个响指，J1 亚化能力“噩运降临”悄然启动。

培育基地地下车库的电梯保险门突然短路，厄里斯大摇大摆走了进去，找了个视野还不错的观察台，往椅子上一坐，跷起腿。

观察台属于培育基地内部的外围建筑，一般领导来视察会从这里象征性地走一圈。观察台与培育基地的核心区域是分隔开的，所以基本上没有几个安保人员会守在这儿。

唯一一个值班的保安走上来时，与坐在椅子上的厄里斯打了个照面，惊诧地还未开口，就被厄里斯迎面一枪结果掉。

“你挡着我了，老头子。”

从观察台的玻璃外可以看见一些充满淡黄培养液的培养舱，里面悬浮着姿态各异的未成熟实验体，但都已经初见雏形，而且面貌漂亮。看来是特意挑选出来，放在观察台给领导看的。

里面穿着制服的研究员来来往往，例行给培养舱里的实验体注射药品，注射后的实验体在培养液中无声地抽搐挣扎。

几个研究员聚在其中一个实验体的培养舱边，导师给实习生演示实验体的再生能力，操纵机器切断了实验体的一根手指，实验体在培养液里疯狂乱撞，手指慢慢再生。

里面有个女性实验体，厄里斯遮住眼睛，因为人偶师说不能随便看女人的身体。

气氛平静又无聊，根本不像会发生什么的样子。

“嘁，小白猫虚张声势而已，我不信他真会来，他骗人的次数还少吗？”厄里斯厌烦至极地看了眼人偶师给他绑在腕上的表，深夜11点16分了。

耳朵里传来人偶师的嗓音：“不要大意。”

厄里斯惊了惊，四处望望，想起来这只耳朵里面有收听装置，可以听见人偶师说话。

观察台上视野有限，很快厄里斯就打起瞌睡来。

深夜11点59分，手表轻微震动，叫醒了厄里斯。

厄里斯醒过来，揉了揉眼睛，抓抓头发，顺便看了眼表。

随着秒针指向12，此时已经是6月24日0点。

“这不什么都没发生吗？”厄里斯觉得无聊透了。

突然，灯灭了，灯火通明的培育基地一下子陷入了黑暗中。科研性质的建筑电路的安排方式不一样，基本上不会出现大面积停电的情况。

研究员们一下子吵闹起来，主管维护了一下秩序，给电路检修员打电话叫他赶快维修，许多手术还在进行，实验体培养舱和观察箱也都需要电力维持。

主管边打电话边去开启了应急电源，每个区域的应急灯亮了起来，这才让研究员们安静下来。

视野里终于有了点光亮，厄里斯好奇地趴到玻璃上看里面究竟发生了什么。

“主管在打电话……他拨不出去，看样子手机没有信号。”厄里斯向人偶师描述着现在的情况，“嘻嘻，消息也发不出去，没有网络呢。”

一阵滑轨的声音从左边传出来，厄里斯的视线被吸引过去，发现声音是从电梯间发出来的。由于有应急电源的存在，电梯数字没有熄灭，而是以一个恐怖的速度在下降，突然坠到了最底下一层，发出一声震耳欲聋的巨响。

血慢慢从电梯之间的缝隙中淌了出来。

“wow！（哇！)”厄里斯睁大眼睛，愣了半晌，兴奋地直跺脚，“他真的来了！”

电梯坠地的巨响让人们骤然安静了几秒，然后开始窃窃私语，胆子大的伸头向外看。但由于只有应急照明灯的光亮，视野能见度很有限，人们纷纷看向主管。主管只好从应急柜里拿出手电筒，循着声音往电梯间去看看情况。

不过短短几十秒的时间，从基地的另一个角落也发出了同样的一声巨响。巨响一个接一个，十几声巨物坠地的声响震得人们抱着头尖叫起来。

厄里斯趴在观察台玻璃上兴奋地向下看：“尼克斯，又坠了一个电梯。哈哈哈哈哈，又坠了一个！”

人偶师沉静的声音在耳边响起：“现在是60秒整。所有电梯都坠毁了，培育基地的出入口被封死了。白楚年是想玩个大的吗？厄里斯，下去看看。”

“OK！”厄里斯朝玻璃轰了两发霰弹，用手肘扫掉玻璃碎块，从30米的高台纵身一跃，手腕间的诅咒金线缠绕在立架和管道上做缓冲，使他顺利滑落到地上。

由于电梯坠落发出的密集巨响的掩饰，安保人员都循声跑了过去，研究员们已经陷入了混乱，里面混进两声枪响也没人顾得上辨认了。

厄里斯想找到刚刚那位拿手电筒去电梯间查看情况的主管，不过他打碎玻璃跳下来是需要时间的。等他重新把注意力放在电梯间的时候，淌出血液的紧闭着门的电梯前只留下了一个还亮着光的手电筒和一只皮鞋。

“啊，什么时候……”厄里斯四处望望，没有主管的影子，“尼克斯，跟丢了……你看到他去哪儿了吗？”

人偶师无奈道：“追击目标时不要东张西望。”

“哦，那现在怎么办？”厄里斯无聊地抛着手中的霰弹，甩开枪管，凌空接住落下的霰弹，再甩上枪管装填完毕。

“这大概只是一个开始。”人偶师说，“你去找一件衣服，先混进人群里，看看白楚年想干什么。”

建筑内的人们都在吵闹地往外逃，但电梯已经坠毁了，楼梯间的安全门全部锁死，人们用力拍门，用灭火器砸门，对着电脑AI求救，但都无济于事。

“好。”厄里斯用诅咒金线强行拉开电梯门，踩过坠亡的研究员尸体，随便揪了一件沾血的白色制服，顺着电梯内部的钢丝绳攀到人多的一层，掰开门缝挤出去。

结果，他正与人群挤了个照面，电梯门一开，一直拼命往门里挤的两个人被后边拥过来的人给推了进去。

“这是干吗呢？”厄里斯是靠诅咒金线爬上来的，电梯门里根本就没有电梯，刹那间就掉下去两个人，尖叫着一路摔到了底。

但这并不能让陷入疯狂的人们停住脚步，把电梯间挤了个水泄不通。有人坠亡之后，前面的人纷纷大声喊：“里面没有电梯！不要推了！”

但后边的人充耳不闻往前猛挤，靠前的人一个一个被挤了下去，直到十几个人都坠落下去，呼喊“停下”的人越来越多，这疯狂的求生队伍才渐渐冷静下来。

厄里斯趁着混乱退到一边，袖手看热闹：“这可不是我弄的，是他们自己跳的。”

人偶师笑道：“意料之中。这就是人类，最喜欢用共情标榜自己的动物。”

这时，所有的灯忽然都亮了起来。

人们纷纷遮住眼睛缓解由暗到亮的不适感。厄里斯没有受到影响，抱着枪东张西望。

安装在每个实验区域的扬声器发出刺啦的声响，接着一个青年的嗓音出现在培育基地各个角落。

“咳咳，请大家回到自己的实验区域坐好，每个实验区都有屏幕，你们可以看到我……和你们的主管。”

厄里斯立刻认出，这是白楚年的声音。

人偶师想了想：“能使用扬声器的话，他很可能在控制中心。”

“去找他？”厄里斯被混乱跑动的人群撞了一下，不耐烦地问。

“不，绝不能与他碰面。你跟上人群。”

厄里斯随着人流被挤到左边，又被挤到右边，终于看见实验区的屏幕缓缓降了下来。厄里斯费劲地挤了进去，现在没几个人还愿意在实验区待着了，实验区反而空空荡荡的，很宽敞。

屏幕亮了起来，上面看起来是一个房间，只有一张弧形办公桌上亮着一盏台灯，其他地方都是黑的。

一个身材高挑的青年亚体缓缓走来，拉开椅子坐在桌前，他的颈上戴着纯黑的晶石项圈，手臂上爬满蓝色的花纹，雪白的发梢微卷地贴着脖颈，唇角翘着，时不时露出虎牙尖。

白楚年按住扬声器的开关说：“亲爱的朋友们，游戏要开始了，请尽快回到自己的座位上坐好。你们只有20秒的时间，从现在开始计数。”

他打了个响指，靠近观察台的几个培养舱亮起了绿灯，其中一个培育时间已满的实验体抽动了一下身体。他的培养舱中培养液水位迅速下降，目测只有20秒就会降到零。研究员们心里非常清楚，培养液降到零之后，舱门就会打开，实验体会被放出来。

这是一只培育期蜈蚣实验体，培育方向是毒。

有人试着去停止培养舱开启，但无济于事，培养舱现在完全不受他们控制了。

人们尖叫着往实验区跑，将防弹玻璃门锁死，终于渐渐地安静下来，一个研究员颤抖地说了一句：“是9100的声音，是神使。”

此话一出，有几个反应快的研究员当场脸色就变了，余下的研究员们也回忆起了这个代号。神使是他们经手过的最令人意外也最令人惋惜的一个实验体，从白狮胚胎培育到幼年体，最终自然进入全拟态状态。如果不是在总部选拔实验体时与电光幽灵对抗落败导致濒死被放弃，此时也必然是研究所手中价码最高的一个杰作了。

这座培育基地里，没有人不认识神使。

人们惊魂未定地盯着大屏幕，镜头切换了一下，发现同时与白楚年围坐在弧形长桌周围的还有十位穿主管制服的研究员，他们双手被死死铐在桌面上，惊恐流泪的眼睛被放大到屏幕上。

人们都坐定之后，蜈蚣实验体的培养舱开启了。他撞开舱门，在实验区之间缓缓游走，走过的地面被腐蚀出了一道烧灼的紫色痕迹，嗞嗞冒着毒烟。

此时，所有实验区都被封死，实验体一时进不来，但里面的研究员也出不去。

厄里斯挪到门边试了试，防弹玻璃门再也打不开了。

白楚年不紧不慢地讲解起了游戏规则，双手轻搭在桌面上，拿着一副扑克牌。

“我们来摸牌，比我数字大的算赢，比我小的算输，赢家可以朝我开一枪，你们是研究员，也许知道实验体的要害在哪儿吧。”白楚年掏出一把左轮手枪，当着大家的面向里面填了三枚子弹，然后合上弹匣，转乱次序，撂在桌面上，“而输家就得来我这儿做个选择，选自己喜欢的惩罚。”

“当然了，人太多游戏就玩不成了，所以，我请了每个区域的主管过来替大家抽牌，一共十位主管，分别代表十个区域，很公平吧。”

白楚年淡笑着说完规则，将扑克牌洗了洗递给第一位主管："先生，您先来吧，洗过再抽。你们对我应该很熟悉了，我没有透视能力，规则是很公平的。"

第一位主管名叫陈旺，战战兢兢地接过扑克牌，手已经被冷汗浸湿。

他升职前是负责检验神使幼年过渡期情况的，当时的神使还没有代号和编号，还很幼小，刚睁眼没几天，他放了几只白鼠进培养箱试探白楚年的反应。结果，白楚年被几只大老鼠吓得在培养箱里乱窜乱叫。几个小时过去，没进化成人的白楚年的耳朵和手爪、脚爪都被老鼠咬得血肉模糊。他把伤重的白楚年扔还给老培育员白廷森，让他治好了再送来，还啐了一口，说老培育员把好好一个胚胎养废了。

也正因如此，起初研究员们都不太看好白楚年后续的发展。

主管认命般地低下头，哆嗦着从整摞扑克牌里摸出一张，白楚年也摸了一张，两人同时翻开牌面，白楚年是一张草花 3，而陈旺主管是一张红桃 Q。

"嗬，开门红，您真是好运气。"白楚年将桌面上的左轮手枪推给他，"来吧。"

陈主管不敢去摸枪，瑟缩着不敢看白楚年。

白楚年起身绕到他身后，将左轮手枪放在他手上，帮他把食指放在扳机上，然后把着他的手。

"您看打哪儿？"白楚年亲昵地搂着陈主管，"哟，不敢？我寻思着您敢摸老鼠呢，枪比那玩意容易玩多了。我教您。"

白楚年握着陈主管的手，教他用枪口挑起自己脖子上的项圈，对着气管扣下扳机。

陈主管惊惧地闭上眼睛。

但枪没响，这次左轮手枪枪膛上并未转到有子弹的那一个位置。

“您看这事闹的，我也好运气。”白楚年将左轮手枪弹匣再次拨乱放在桌面上，将扑克牌推给第二位主管，微笑了一下。

第二位杰森主管，咬牙接过了扑克牌。

他曾经将白楚年放入射手模拟训练箱，操纵机枪测试白楚年的躲避技巧和敏捷度。这种训练，每个小时中间会有10分钟的间歇给实验体喘息。但在白楚年倒地休息时，没到时间的情况下，杰森就重新开启了机枪，导致白楚年被重机枪子弹一枪爆头，在援护区重新拼合了颅骨，住了三天才自愈结束。

“他玩真的呢。”厄里斯低低骂了一句，无意间与屏幕中白楚年深蓝的瞳孔对视。

“这家伙……”

厄里斯轻哼了一声，虽然防弹玻璃困不住他，外面那个爬来爬去的蜈蚣实验体也还不够让他正眼看，但白楚年眼睛里那股子玩弄一切的劲让他不舒服，就像一只抓住老鼠的猫，不急着杀死，而是玩到他们惊惧万分、肝胆俱裂才下口。

第二十章

我心忠诚

白楚年绕到第二位杰森主管身边，手肘搭在桌面上，悠闲地趴着等他洗牌。

在这期间，白楚年遮掩在发丝里的狮耳轻轻动了动，他听到轻微的咔声，不动声色地用余光扫了周围人一圈，与坐在第四位的列莱尼主管淡笑着对视了一眼。

杰森主管脸色铁青地从扑克牌里抽出一张，翻开甩在桌面上，黑桃 8。

白楚年不紧不慢地用食指从整摞牌的最上方拨了一张，扣在桌上。

“有点激动。”白楚年轻轻用指甲把那张牌掀起一个角。杰森主管屏住呼吸，死死盯着那张牌。

“等等。”白楚年又把牌扣回桌面，手肘搭在杰森主管肩头，弯腰问他，“这样吧，我们先来看看输了的惩罚怎么样？”

杰森主管是个火急火燎的性子，白楚年了解他，反而更不紧不慢起来。

白楚年从兜里摸出打火机，将杰森主管抽出来的那张黑桃 8 点燃。扑克牌遇到火焰的一瞬间，背面的花纹消失，显露出几行文字来。

“嗯……这张牌有两个选择：第一，用左轮手枪对自己的头开一枪；第二，去打开 A 实验区的防弹玻璃门。”

实验区被白楚年划分成了十个区域，分别标号 A 到 J。现在，研究员们被分别锁在了十个实验区中，最底层和第二层的研究员们与外边的蜈蚣实验体仅一门之隔。

杰森主管额头渗出冷汗，白楚年这才慢慢掀开自己抽的牌，红桃 9。

看见白楚年牌面上的数字，杰森主管认命般地闭上眼睛。

“不好意思，先生，你得做个选择了。”白楚年将左轮手枪推给杰森，“我觉得还是开一枪好些。毕竟，这一枪也不一定真会响。可要是开了那扇门，你的同僚们就得葬身蜈蚣之口了。”

杰森重重握住白楚年递来的左轮手枪，食指搭在扳机上，枪管对着自己的头，咬牙犹豫，从脖子开始涨红了，两条大腿不可遏制地哆嗦。

白楚年插兜站在他身边，等着他动手。

杰森突然目露凶光，掉转枪口对准了白楚年，毫不迟疑地扣下扳机。

只有一声空响，白楚年并未受伤。

白楚年摊摊手：“可惜了，这一枪对着自己不就没事了吗？打我可不算。继续吧，先生。”

杰森主管突然狂笑起来：“哈哈哈哈哈，这把枪根本就不会发射子弹，你永远不会输，哈哈哈哈，我不会上你的当！”

他将手枪转向自己，无比自信地扣下扳机。

砰的一声，枪响了。

围坐在桌子周围的其余九位研究员猛地惊了惊，再睁开眼睛时，杰森还坐在桌前，但血已喷溅在墙上和左右两旁的几个研究员身上。

他们尖叫起来，在椅子上胡乱挣扎痛吼。

“兰波曾经对我说，人会为高傲和自大付出代价。希望你们不要低估我的诚信。”白楚年从血泊中捡回左轮手枪，抓起杰森主管的衣摆将上面的血迹擦干净，轻笑道，“我说过，这是个公平的游戏。不过，他有一点说得很对。”

白楚年朝天花板开了一枪，一声枪响让所有人噤若寒蝉，房间里顿时鸦雀无声。

“我永远不会输。”白楚年将枪放回桌面，把扑克牌推给第三位主管珍妮。

珍妮的眼眶和鼻子都红着，不断抽泣。白楚年拿出一包面巾纸，帮她擦了擦眼泪和鼻尖：“别哭了，我就带了一包纸，得给九个人擦呢。我看你也不像个笨手笨脚的人，为什么端个盘子也能手滑呢？”

在段扬给的那段影像里，将珍珠放到无菌盘里从兰波身边端走的就是她。视频里将情况拍得很真切，珍妮急忙托着无菌盘离开实验室，兰波哀求地握住她的手。她在甩开兰波的手时托盘倾斜，珍珠滑落出去掉在地上。几个研究员手忙脚乱地为珍珠重新消毒，从没想过那里面会深藏着一个生命。白楚年认定珍珠的生命消亡在此刻，谁也没法反驳。

珍妮抽牌抽到了方片 7，白楚年则翻开了一张草花 K。

看见翻牌结果的一刹那，珍妮号啕大哭，颤巍巍地去摸桌上的左轮手枪。

白楚年忽然按住她的手：“谁说你的惩罚是这个了。”

他从地上拿起一只白炽灯泡，放在珍妮面前用指尖当轴转了一圈：“给我把它吃下去……或者，打开 A 实验区的防弹玻璃门。”

灯泡这种东西塞进口腔是无法轻易拿出来的，除非在口中破碎，掉落的碎块会滑过食道进入胃里。

“你有 10 秒钟考虑。”白楚年看了眼墙上的电子钟，“吃不下去，我可以帮你。10、9、8……”

倒数到 0，白楚年嘴角一抽：“硬拖是吗？”他拿起灯泡，掰开珍妮的下颌。

“开门！我……我选开门……”珍妮痛苦地趴在桌上，惊惧万分地看着白楚年重新放回桌面上的灯泡。

“是吗？ A 区可有不少人呢。”白楚年对着扬声器笑道，“A 区的朋友们，珍妮主管决定放弃你们来换取自己的生命。不要怪她，因为坐在这里，你们也会做同样的选择。”

厄里斯从屏幕里看着白楚年的复仇游戏慢慢进行着，不由得抬头看了一眼自己所在的区域，自己所在的实验区是 F 区，和 A 区不在同一层，但能通过屏幕和玻璃幕墙看见下一层的情况。

研究员们不敢出声，突然听见嘀嘀的开门声。厄里斯抱着枪循声望过去，A 实验区的防弹玻璃门缓缓开启，里面的研究员有的瑟缩在墙角不敢动，有的则冒险拿着灭火器或者其他能找到的备用控制器冲了出来，最多的一拨人在争夺一管荧光紫色药剂。

“他们在干什么？”厄里斯问。

人偶师回答：“SH 屏蔽药剂，注射以后半个小时内，实验体感知不到他们的气息。A 实验区基本不会面对有杀伤力的实验体，所以没配备针对实验体的杀伤型武器，只有一些备用的 SH 屏蔽药剂。”

厄里斯挠了挠脸：“可是，我还是能看见他们啊，皇帝的新药剂？”

“这种屏蔽药剂只对培育期实验体有效，成熟期实验体的感知力就不再仅仅依靠嗅觉和热量了。”

游走在实验区之间的蜈蚣实验体感知到了食物的气息，立刻拖着一股腐蚀地砖的毒烟朝打开了防弹玻璃门的实验区爬了过去，一口咬住跑在最前面的一个研究员。研究员瞬间化为冒烟的脓血，淌进了蜈蚣实验体口中。

“有点意思。”厄里斯踮脚往下看热闹，手也有些痒痒起来，“我能加入他吗？我觉得很好玩。”

人偶师说：“不准去，今天绝不能与白楚年碰面。蹲下来，别面对摄像头。”

“嘁，真没劲。”

与 A 区相邻的 C 区实验区里，几个研究员趁着蜈蚣实验体的注意力被吸引，开始用消防斧猛击玻璃门的逃生点。重击了几下之后，玻璃门爆碎，里面的研究员一窝蜂拥了出来，朝逃生出口跑去。

白楚年在监控中看着这一切，支着头，懒懒地按下了控制面板上的一个按钮。

按钮按下后，靠近 C 实验区的一个培养舱开始倒计时。

已经被恐惧淹没的人们堵在逃生出口，用消防斧重重地砸门，而 20 秒倒计时很快流逝，盛装 2316 号培育期实验体“开膛手杰克”的培养舱宣布开启。

2316 号是只螳螂实验体，首位 2 代表虫型亚化细胞团，中位 3 代表稀有的双手刀形拟态，末位 16 代表格斗型能力。

螳螂实验体双手皆形似螳螂的双利刃，飞速向聚集在逃生门的研究员们扑了过去。

拥有代号的实验体一般都是档案递交给109研究所总部审核通过的优秀实验体，培养完毕就会发送给总部研究员挑选，实力可想而知。

白楚年手边的控制面板上粘贴着一枚破译芯片，仔细看就能发现芯片上方刻有一个黑色蠕虫图案。培育基地虽然仅仅是109研究所的一个下属机构，但其安全防护系统依然严密，这时候，爬虫和段扬的帮助就显得格外重要。

珍妮主管趴在桌上泣不成声，白楚年心满意足地离开控制台，走向第四位列莱尼主管。

他洗完牌，推给列莱尼。列莱尼冷冷地瞥了他一眼，突然翻手扣在白楚年递牌的手腕上。列莱尼掌心藏着一枚从控制器上拆卸下来的小玻璃针，里面盛装着一管蓝色的In感染药剂。

事态反转就发生在电光石火之间，一管感染药剂被身材高大强壮的列莱尼主管狠狠压进了白楚年的手腕里。

In感染药剂可以在10分钟内毒杀实验体。

混合着氢氰酸的蓝素病毒瞬间爬进白楚年的血管中，蓝色药液顺着血管漫延。白楚年的笑容凝固在脸上，惊诧地瞪大眼睛紧紧盯着他，扶着桌面缓缓倒了下去。

“哼，区区实验产物而已，还想取代人类吗？”列莱尼主管用尽全力挣脱将自己双手禁锢在桌面上的手铐，一把抢过桌面上的左轮手枪，将子弹调到上膛位置，朝白楚年脖颈崩了一枪，血花飞溅。

列莱尼主管快步跑到控制台前，试图启动两个被放出来的实验体后颈的控制器，但控制台不听使唤，他根本无法操纵。他又试着向总部求救，但整个培育基地与外界的联络都被切断了，信号发不出去。

列莱尼主管努力让自己冷静下来，看了一眼疯狂向他求救的几个同事。他没有钥匙，也解不开他们的手铐，只好拔腿奔向门口。

但他刚触摸到门把手时，忽然感到指尖被一根尖锐的针扎了一下，条件反射地缩回手，指尖被扎破流血，伤口沾染了一些残留的蓝色药剂。

氢氰酸中毒的症状很快显现在列莱尼主管身上，他痛苦地抓住自己的脖子，扶着门一寸一寸地跪到地上。

他感到呼吸困难，却有一个声音像幻觉似的在他耳边笑了一声。

白楚年不知什么时候已经蹲在他身边，手里摆弄着从脖颈里抠出来的弹头，脖颈上的伤口缓缓愈合，从手腕开始漫延的蓝色毒素也渐渐淡了，直到消失。

像被净化了。虽然净化速度比兰波慢上许多。

“我没想取代任何人，我是来教你们做人的。”白楚年低头替列莱尼主管合上暴突的眼睛，雪白的发梢掠过他僵硬的脸，“下辈子注意点。”

厄里斯在屏幕里目睹了全程，人偶师轻声说：“差不多了，找机会离开吧。”

一个不经意的回头，厄里斯又一次与屏幕中的白楚年视线相接。

“……尼克斯……？”厄里斯喃喃道。

“嗯？”

“我觉得他……看见我了。”

“怎么可能，我们在监控死角。”

“不知道，大概是我想多了。”厄里斯将藏在研究员宽大制服里的霰弹枪上膛，“兰波又不在，我怕他？我要上去找他打一架。”

“听话，找机会离开。我们已经录到了需要的视频，只要把你眼球录下来的影像散播出去，IOA 就会为了平息平民恐惧而制裁他，或者白楚年自行脱离 IOA 来逃避惩罚。不管是哪一种可能，都对我们有利无害。”

“哼。”厄里斯收起枪，“好吧。现在就冲出去太明显了，他就算没看见我，到时候也看见了。”

“等他的惩罚施加到 F 实验区的时候，你趁着骚乱溜出去。”人偶师说，“你往人群里再靠一靠，不要脱离监控死角。”

控制室内此时充盈着血腥味和火药味，还有一些汗味、刺鼻的气味混合成一股令人作呕的气息，而白楚年还一身洁净地在余下八位幸存研究员中间插兜徘徊。

从监控屏幕中，每位主管都能看见自己所代表的区域情况。此时，A 实验区所有研究员已经全部死于蜈蚣实验体的毒雾中，而 C 实验区的研究员全部死于螳螂实验体的双手刀刃之中。

白楚年也注视着屏幕中的情况，各实验区研究员又掀起了一波骚乱，抢夺起自己实验区内的救援物资来。

D 实验区由于时常要与失控实验体接触，里面存放了许多杀伤型武器，有 In 感染控制器、In 感染药剂、SH 屏蔽药剂，以及三枚液氮网压缩弹。

但这些东西数量有限，只够一半人使用。起初，他们在有秩序地发放这些自救物资。但由于排在队尾的几个人打破了秩序，开始带头抢夺物资之后，整个 D 实验区就爆发了大骚乱，有人用 In 感染药剂的针头用力扎身边的人。

实验区中的幸存者越来越少。白楚年趴在监控屏幕前，指尖挂着左轮手枪轻轻转动，乐在其中地看着屏幕里的人们相互厮杀，D 实验区的防弹玻璃门逐渐被血迹遮挡得斑斑驳驳。

“嗯，中场休息结束，大家精神都恢复好了吗？”白楚年终于起身，向左轮手枪中重新装入三枚子弹，把枪放回桌面，然后拉牌洗牌，将扑克牌推向第五位村上主管。

“村上先生，”白楚年弯腰贴近他，“来吧，别紧张。”

村上及之低下头用袖口蹭了蹭额头的汗，他的胖手被手铐固定后就没有什么活动空间了，不像其他人还能伸出手去抽牌，他只能艰难地把手指尖伸过去摸。

牌就放在离他五六厘米的地方，白楚年耐心地看着他：“怎么回事呢？怎么够不到呢？我帮你一下。”

然而，他并没有将扑克牌推近，而是握住村上主管的胖手用力拉向扑克牌。

他的手腕被锋利的手铐撕开一圈皮肉，痛苦号叫着摸出了一张草花 5。

“不用客气，毕竟您也这样帮过我。”白楚年翻开一张黑桃 10，轻轻撂在桌上，“您也有两个选择。”

白楚年抬手指向房间内紧闭的一扇门：“第一，走进那扇门里，待上一分钟再出来。运气好的话，门后面就是自由……运气不好的话，可就不一定了。

“第二，选择开启 D 实验区的开关。”

村上主管盯着那扇看似平平无奇的门，门后是未知的恐惧。此时，他已经到了精神濒临崩溃的地步，根本不敢再去尝试。

村上主管犹豫着，选择了按下 D 实验区的开关。

白楚年用扬声器告知所有人这个结果。

此时，D 实验区的厮杀已经结束，幸存者们手中拿着从同伴手中争夺来的防身武器，紧张又自信地注视着与他们一门之隔的两个危险实验体。他们手中有不少能制服实验体的武器，如果仅仅面对两个培育期实验体，胜算还是很大的。

但开关按下后，他们所在的 D 实验区防弹玻璃门并未开启。

人们都在纳闷，纷纷尝试着用力掰玻璃门。

渐渐地，房间的温度高了起来，人们闻到了一股焦煳的气味。

靠近散流器的研究员突然大喊："风管在向房间里注入热空气！"

一时间，实验区内所有风管都开始向封闭空间注入炽热的几乎燃烧的空气，伴着焦臭的浓烟，封闭实验区内的温度飞速上升，很快就突破了报警器的温度限制。但消防系统并未启动，而是完全瘫痪了。

人们感到呼吸道内灼烧的剧痛越发强烈，他们向玻璃喷射液氮网压缩弹，三枚液氮网压缩弹全部在玻璃上炸开，一股冷气出现。不过，房间内的温度仅仅短暂地回降了一些，又开始迅速升高。

终于，D 实验区内所有人全部倒下，而玻璃也终于因为液氮骤冷和空气骤热而炸裂开来，一股浓烟和熟肉的焦臭味涌了出来。

白楚年拍了拍村上主管的头，惋惜地笑道："是你杀了他们。"

游戏继续进行着，第六位朱红枫主管选择了走进那扇未知的门，白楚年为他拉开门，门里一片漆黑。朱主管走进去后，门自动锁死。

人们紧张地注视着那扇门，突然，朱主管在里面发疯似的开始砸门。但白楚年若无其事地看着表，一分钟到了，门里也没了动静。

"好了。"白楚年走到门边，拨开门上被盖住的门牌，上面写着三个字"焚化炉”。

还活着的几位主管痛苦地闭上眼睛。

一轮游戏结束，十位主管只剩下六位还活着，而监控中也仅有三个实验区里的研究员还活着。

“恭喜各位通过了第一局游戏，第二局的规则大家就很熟悉了。”白楚年缓缓为左轮手枪装满子弹，再从抽屉里拿出一把匕首一起放在桌子的正中间。

“谁活下来，谁就自由了。就像实验体在生态箱里争夺出去的名额那样。”白楚年特意看了一眼苗泰贤主管和艾勒主管，他们是一对情侣。

“只有一个名额。”白楚年拿走了粘贴在控制面板上的芯片，用布垫着门把手离开，回头道，“祝你们好运，等会儿我再来看望你们。”

白楚年关上门，门上锁的一瞬，六位主管的手铐同时打开。

几个人面面相觑了几秒，突然同时扑向桌面上的枪和匕首。不知道是否白楚年有意而为之，两种武器分别距离那对情侣最近，最先抢到武器的就是他们俩。

当控制室内的复仇游戏进行得如火如荼之时，厄里斯已经趁着F实验区的混乱跑了。

他用诅咒金线悬挂着身体，从来时在观察台玻璃上打穿的孔洞跑了出去。外面平静如初，谁也不会料到里面正发生着多么恐怖的事。

“帝鳄已经在直升机里等你了。”人偶师指引着厄里斯按预定的撤离路线离开，“刚刚你翻出观察台时，碰掉了一块玻璃。”

厄里斯在林立的高楼顶端利用诅咒金线当作绳索荡过障碍，冷哼道：

"那又怎样！"

"白楚年的固有能力是猫行无声和多频聆听，别被他抓住。"

厄里斯从一座高楼楼顶纵身跳下，手中的诅咒金线缠住大厦顶端的避雷针，撑着身体荡上下一座高楼顶端。

这时候已经是凌晨 3 点了，红狸市高耸的大厦都还灯光闪烁，地面上车流稀疏，霓虹灯的颜色让每一栋楼都五彩缤纷。

脚刚落地，厄里斯就看见对面大厦顶端天台栏杆上蹲着一个影子。

影子站了起来，像猫似的稳稳站立在细窄的栏杆上。

突然，那影子动了，毫无绳索借力地纵身一跃，在窗棂上轻盈一踩，身体又向上弹射出十几米，时而手脚并用在高楼之间跳跃。

厄里斯的目光渐渐追不上那道迅疾的影子，只感到背后一股冷风袭来，与生俱来的战斗直觉使他朝另一个方向躲避开。

当他稳定心神将视线投去，看见落地的黑影缓缓站了起来，收回了背后一条雪白的、用来保持平衡的尾巴。

白楚年站在风中，与他之间相隔不过 10 米。

"来都来了，不留下玩会儿？"白楚年问。

"啊，好啊好啊。"厄里斯说。

人偶师叫住他："别与他纠缠。"

"哦。"厄里斯只好改口，"不好不好，今天没时间。"

白楚年微微皱眉，向厄里斯一步步靠近："为什么？"

厄里斯一眼看见了他脖颈上的黑晶石项圈，在白楚年指尖险些接触到自己的一瞬立刻退开。

但即使并未真正接触到，一股带有白兰地亚化因子的气味还是冲击到了他的手臂，一层玻璃质飞速吞噬着厄里斯的手臂和肋骨。

“这是……泯灭？”厄里斯不敢确定，但白楚年现在的状态显然已经杀红了眼。

人偶师说：“我把神圣发条放在你上衣口袋里了，尽快脱身。”

厄里斯果然从兜里摸出一枚银色方口钥匙，将其插在自己后颈快速扭动了数圈。

与此同时，白楚年附加了骨骼钢化的一拳重击在厄里斯小腹上。好在发条插得及时，厄里斯全身得到驱使物的强化，硬生生抵消了这一击，两人被相互的冲击分开来。

“没有兰波的控制，白楚年也不敢过于放开使用能力。别怕，他不敢摘下项圈。”人偶师冷静地指挥着，“这太奇怪了，他的 M2 亚化能力‘泯灭’应该只有接触才能生效，这一次的泯灭怎么看都要比之前他所展现的水平强得多。”

短暂的几回交手，白楚年忽然盯上了厄里斯的眼睛。

猫科亚化细胞团的固有能力使他能听到更高或者更低频段的噪声。就在与厄里斯擦肩而过的零点几秒内，白楚年敏锐地捕捉到了零星的一点电子噪声。

而这一点电子噪声似乎来源于厄里斯的右眼球。

白楚年注视着厄里斯的眼睛，忽然笑起来：“什么，你是狗仔队的吗？原来藏在这儿。”

他摊开左手，脖颈上的项圈被他控制融化，分出了一小段，在掌心里锻造成一把晶石匕首，而脖颈上的项圈只是变窄了一些。

“你录到什么了呢？我可从没动手杀过任何一个人。他们死于同类和他们引以为傲的科技。”白楚年猛地扑了上去，与厄里斯纠缠在一起，压在他身上，双手握着匕首朝厄里斯的右眼眼眶刺了下去。

厄里斯接住了他的双手，拼命与他搏斗，刀刃偏离滑脱了手，一刀刺碎了厄里斯的耳朵，与人偶师的联络立刻断开来。

白楚年掉转方向，再一次朝厄里斯的眼睛猛扎下去，在匕首即将没入眼眶，甚至洞穿厄里斯头颅的前一秒，白楚年的动作突然停住，双手就像戴上了铐子一样怎么都无法再刺下一分。

他的身体就像被控制了，双手不听使唤地合十，做出祈祷的动作，身体也从厄里斯身上被一股力量掀了下去，跪在了地上。

“去死吧你。”厄里斯一见机会出现，立刻启用 A3 亚化能力“如临深渊”。

白楚年所在的黑夜阴影被圈了起来，地面一寸一寸被吞噬。再过一会儿，白楚年就会坠进深不见底的巨坑之中。

但巨坑也同时停止了下陷，厄里斯疑惑地看向自己的手，能力就像熄火了似的，怎么也放不出来。

远处的黑暗中，缓缓睁开了一双金色的眼睛，瞳仁细细地竖着。

黑豹走了出来，将白楚年和厄里斯分开，但并未停止 J1 亚化能力“堕落皈依”和 A3 亚化能力“魔附耳说”。

这两种能力，一个是针对动作的禁用，一个是针对能力的禁用，魔使的主能力就是沉默。

白楚年被迫双手合十动不了，只能从已经陷进地面的浅坑里仰起头：“喂，你到底帮哪边的？”

厄里斯尝试了几次都无法再使用如临深渊，挑衅地看向黑豹，微扬下巴："多管闲事。"

黑豹一言不发。

"厄里斯用右眼偷拍我，"白楚年仰头告状，"只要他把眼球交出来，我就走。"

黑豹冷漠地看向厄里斯："给他。"

厄里斯捂住眼睛："凭什么？尼克斯送给我的，我不给。"

黑豹又转向白楚年："谈崩了，换个条件。"

"中立就算投敌，你给我退远点。"白楚年眼睛闪动一丝蓝光，脖颈上的项圈再次融化，锻造成了能够限制能力外溢的猛兽口笼，锁住了白楚年口中伸长的利齿。

区区J1亚化能力而已，根本控制不了白楚年多久，一股浓郁的亚化因子伴着涌动的力量猛然冲开了黑豹对他的限制。白楚年从深坑中一跃而起，晶石匕首在黑豹面前划过一道闪电蓝光，黑豹闪身退开。白楚年又立即回转身体，将尚未解除限制的厄里斯一腿横扫。

厄里斯被附加钢化的一腿狠狠扫了出去，后背重重地撞在天台护栏上。再抬头时，白楚年握着匕首冲过来，他翻身躲开，白楚年居然预判了他的轨迹，反手一刀朝厄里斯气管刺进去。

原本志在必得的一刀却又一次被黑豹拦下来，白楚年就连他一块儿砍。

黑豹格挡的手臂被刺了一刀，由于匕首的材质是驱使物死海心岩，伤口久久无法愈合。厄里斯趁机将后颈的神圣发条拧动数圈，然后拔了下来，银色发条则在手中重新变形成了一把银色剪刀，他将锋利的剪刃抛向白楚年。白楚年深知驱使物锻造的武器杀伤力有多大，立刻躲开。

银色剪刀飞旋到一半，被诅咒金线扯住，拉回到厄里斯手中，挂在他指尖旋转："哼，躲什么？"

三人分开了一段距离。

眼前忽然闪现白光，天空倏地亮了一瞬又变得漆黑。接着，就是使大地都为之震动的雷声，乌云迅速席卷了天空，密集的雨点毫无征兆地砸了下来。

白楚年循着乌云来向望过去，六轮太阳在培育基地上空时隐时现，使天空时而黑暗，时而恍如白昼。

刹那间，一道蓝色闪电直下云霄，掠过避雷系统直接劈中了培育基地的穹顶，整个培育基地顿时成了一座在暴雨中燃烧的蓝色火球。

闪电的高温可想而知，培育基地的铜墙铁壁也在无尽的闪电中燃烧、熔化，然后变成灰烬。

黑豹首先辨认出来，这是人鱼曾经显露过的 A3 亚化能力"幻日光路"，一种可以任意控制极端天气的强大能力。

白楚年垂着双手，头发已经被雨水浇得贴在脸颊上，狮耳也被打湿了，白绒毛一簇一簇地粘在一起，显得凌乱又狼狈。

瓢泼大雨中，一条蓝光闪烁的人鱼顺着大厦爬了上来。

"呃。"白楚年把死海心岩锻造的匕首背到身后藏起来。

兰波爬到白楚年身边："孩子，故事是幸存者书写的。我会让这件事变成意外。"他微抬眼皮，在白楚年看不见的地方用睥睨的眼神扫了厄里斯和黑豹一眼。

厄里斯的身体一下子僵住了。

黑豹默默退了一步。

白楚年依旧垂着手，很乖地抖了抖耳朵："是啊，是个意外。大家都会相信的。”

此时的蚜虫市海岸，历年6月24日0点要举办欢渔节。不过，这一次因为海域污染，欢渔节的规模小了许多。

在节日上做义工的白楚年正在音乐和鼓点声中接受记者采访，他穿着节日庆典的夏威夷风短袖短裤，脖子上还挂着花环。

“嗯，是的，109研究所的潜艇实验室泄漏很严重。不过，好在IOA采取措施及时。大家放心，我们IOA一定会处理好这次的事故，以绝后患。”

电视台都在实况转播欢渔节的情况，就算没去现场的人们也在家看电视。白楚年接受完采访，就带着小孩子们玩了起来，带他们做游戏，用手在头上比画成猫猫耳朵：“世界上最美丽的生物是什么？”

小孩子们大声回答：“美人鱼！”

白楚年又问：“美人鱼里最好看的是……？”

小孩子们笑起来：“兰波！”

白楚年始终出现在欢渔节各种节目录像的镜头里。差不多到了凌晨3点，他悄然离开了人群，面无表情地拐进了黑暗的小路中。

一条变色龙尾巴从他的花短裤的裤腿里掉了出来。

兰波扶着肩膀，上下看了看白楚年：“受伤了？”

白楚年摇头：“培育基地里的研究员级别都不高。”

兰波顺着他的手臂摸下去，没有摸到伤口，但摸到了白楚年攥在左手里的死海心岩匕首，便皱眉夺过来，凝固成死海心岩原本的样子。

白楚年自知理亏，此时耷拉着耳朵，不敢多说了。

“回家。”兰波用力攥了攥他的手，“跟我回去。”

“那个……我怀疑厄里斯录像。”

“哦？”兰波回眸扫视正要趁机溜走的厄里斯，“录像？”

“他的右眼球有电子噪声。”白楚年说。

厄里斯趁他们注意力不在自己身上，已经放出诅咒金线缠绕到对面大楼，正要翻越栏杆离开时，突然被提到了名字。

一道蓝色闪电从白楚年身边消失，又在厄里斯身后现身。

“拿来。”兰波从背后搭上厄里斯的肩膀，一把将他从栏杆上掀翻下来，手臂从背后卡住厄里斯的脖子，右手不由分说抠进他的右眼眶中，伸长的尖细的黑蓝色指甲抠进眼眶里将眼球挖了出来。整个过程没有一丝犹豫，狠辣且猝不及防。

厄里斯痛叫了一声，捂着空洞的眼眶从高楼顶上翻了下去。

目睹这一切的黑豹微微张了张嘴，尽管他这次来的目的是制止神使和咒使的争斗，但神使的驱使者也在场的情况下，局面就不是他所能控制的了。

不过没关系，只要盯紧他们之间没有任何一个提前消亡，就算完成任务。

兰波把夺过来的眼球扔给白楚年，转身随着厄里斯一起从高楼上跳了下去。

“不公平，我不跟你们玩了！堂堂神使居然求人鱼出手，我看不起你！”厄里斯早已与兰波交过手，知道这人鱼的厉害。在漫天暴雨中，他绝不是人鱼的对手。于是，他攀着诅咒金线在高楼之间飞速游荡，朝着接应的直升机逃了过去。与白楚年缠斗了这么久，他的体力已经消耗殆尽，也不可能有抗衡兰波的机会了。

但就在经过转角时，一道闪电凌空劈下。接着，厄里斯感到后颈一痛，像被什么锋利的东西咬住了，再往后身体就失去了控制。

兰波叼住了他的脖颈，顺着大楼光滑的壁面向上爬。厄里斯被他叼着，一路上被窗棂撞得头昏脑涨。

兰波没有带他回到原地，而是径直爬向了被闪电劈中，正在暴雨中燃烧的培育基地，到了那面被他打穿的玻璃，一仰头把厄里斯扔了进去，还连着他那把霰弹枪。

“把现场都处理干净。”兰波在破碎的玻璃前俯视他。

“你……要我……给白楚年擦屁股？”厄里斯摔了下去，坐在地上仰着头，简直不敢相信自己的耳朵，“刚刚站那儿的黑豹是魔使，你怎么不扯他来？”

兰波朝他伸出手，雨水在兰波手中汇集成一把水化钢透明步枪指着厄里斯：“做，或者死。”

厄里斯挣扎了半天，还是举起霰弹枪，朝向还想向外逃的研究员……

白楚年也已经落在了培育基地观察台，他用脚钩着横梁倒吊下来，手里拿着厄里斯的摄像眼球，瞳仁的方向对准厄里斯：“兄弟，笑一个。”

“凭什么？尼克斯，你听见没？他们……他们……你来救我啊。”厄里斯长这么大还没受过这种委屈，但耳朵里的联络器已经被白楚年切碎，他现在联络不上人偶师。

拥有驱使关系的亚化细胞团就是如此，两人同在一处时，实力令人不敢正面相抗。

凌晨 4 点，培育基地化为灰烬。红狸市的警车姗姗来迟，包围了这片废墟。

红狸市与蚜虫市距离遥远，兰波拖着白楚年回到公寓时，已经快下午了。

进了家门，白楚年才松了口气，嗅着房间里熟悉温暖的气味，浑身都松懈下来。

他的衣服都被雨浇透了，湿漉漉地贴在身上，想进洗手间冲个澡，结果，手刚搭在门把手上，就被细鱼尾卷住了。

白楚年悄悄打量兰波的表情，那表情真是阴郁到要吃小孩的地步。兰波的眼睛半眯着，细成一条竖线的蓝色瞳仁严厉地凝视着他。

“对不起，我知道错了。”白楚年挠了挠脸颊。

“错了？”兰波冷声问他。

“嗯，我不该拿你的东西去做你不让做的事。”白楚年蹲下身子，乖乖地仰头看他，抖了抖毛绒耳朵。

“你想这样混过去吗？”兰波一把抓住他的项圈，力气大得惊人，把他提到面前，“把衣服脱了。”

“嗯，要睡觉吗？我去洗个澡。”白楚年知道兰波嘴硬心软，只要自己多撒撒娇，他怎么都生不起气来的。

当他的手刚触摸到门把手时，被一股电流啪地打开了手。

“睡觉？”兰波坐到沙发上，尾巴尖拍了拍地面，“在这里，脱衣服。”

白楚年手被电火花打痛了，才意识到问题的严重性。

兰波好像是真生气了。

“别啊……不用这样吧。”白楚年凑到兰波身边，兰波突然凌厉地瞥了他一眼：“去脱！”

白楚年咬了咬嘴唇，慢慢解开扣子。

“跪下，手扶茶几。”

白楚年犹豫了一下，两条腿跪下，双手搭在茶几上。

兰波手中留下的那半块死海心岩在他掌心缓缓伸长，形成一把黑色的长戒尺。他掂了掂重量，扬手抽在白楚年的背上。

死海心岩很坚固，但它是没有任何韧性的，并且它对实验体的伤害相当于普通武器对人类的伤害，伤口不会立即愈合。

房间里响起了重重的一声闷响，白楚年闷哼一声，猝不及防地往前扑了一段距离，要不是他双手撑着茶几，怕是直接趴在地上了。

这一下下手的确狠，一道长条状的白痕落在了白楚年的背上，肉眼可见地变红了，然后缓缓渗出了一些血珠。

“我说过，我会惩罚你。”兰波注视着他隐忍着不叫出声的痛苦表情，“让你为所欲为，你觉得你该挨几下？”

白楚年轻声回答：“我没和你商量就行动是我的错，但那些研究员该死。你要是为了这个打我，随便你。”

又一戒尺抽在了他大腿侧，血珠从印子里渗出来，白楚年身体微不可见地抖了抖，但仍旧一脸不服气。

兰波很多年没被真的气到了，他也冷静了一会儿，低头道：“你以为你做得很完美吗？如果厄里斯得手，全世界的人都会针对你。当然了，我不怕，你敢说你也不怕吗？”

“不会的，我有把握。”白楚年仰起脸，“撒旦替我预测了这件事发展的所有可能性，无论谁来阻止我，都是没用的。”

兰波略微抬起眼皮：“占卜不同的未来……那至少要A3级才能做到。”

“有我在，他就可以。”白楚年咬着牙勉强笑笑，“无象潜行者在蚜虫市欢渔节为我做不在场证明，爬虫和段扬给我做入侵复制芯片，拿走芯片会销毁留在那里的一切资料，谁都不会知道这是我做的。”

“疯了。”兰波用力甩下一戒尺，“这些天你魂不守舍不知道在想什么，让我睡熟然后半夜溜出去。你欺骗我，我很失望。”

“还给我。”兰波抓住白楚年脖颈上的晶石项圈，项圈在触碰到他指尖时融化回了死海心岩形态，他收回到自己手中，“因为给了你这个，你才会随便乱来。”

白楚年抓住他手腕，不让他收回，眼睛睁得很大：“别，这个别拿走。”

兰波甩开他的手，扬起晶石戒尺抽在白楚年手上，又接连几下在白楚年身上抽出血印。白楚年失落地低下头，咬牙撑着桌面挺着，浑身渗出了一层冷汗，睫毛湿漉漉的。

“你不疼吗？”白楚年低着头，水珠挂在他鼻尖上，颤声低语，“我出生在培育基地，他们怎么折磨我训练我，我都可以不在乎。但他们那么对待你就是不行，就是该死。就算会长知道了要解雇我，我也要弄死他们。你不疼我会疼，我睡不着也吃不下，我接受不了。还有白色小鱼，没有了，他们还把它粗鲁地摔在地上，拍 CT 影像（计算机层析成像）。”

兰波浅浅地呼吸了几口气，停了手。

白楚年抬头看他，眼神清澈得不含杂质：“你打我，你痛不痛？”

“去洗干净。”兰波转过身背对他。

白楚年艰难地爬起来，扶着墙一瘸一拐地进了浴室。

兰波抹掉眼角渗出来的珍珠质颗粒，揉了揉自己的皮肉，爬到卧室床上，侧躺着装睡。这次他没睡在鱼缸里。

过了一会儿，白楚年洗完澡回来，悄悄走到床边，见兰波已经睡着了。

这么多天白楚年都没睡过一个安稳觉，身体早就疲惫得不堪重负了，心里的一块大石头落地，他昏沉沉地失去了知觉。

兰波微微睁开眼睛。

他从枕头下拿出自己的手机，慢吞吞地按键，找到照相功能，不太熟练地给昏睡的白楚年拍了一张照片。

死海心岩对实验体造成的伤害是不能快速自愈的，此时的白楚年身上一道一道都是戒尺留下的伤痕，看上去非常严重。

兰波慢慢地点开号码，找到言逸的名字，有点笨拙地伸着一根食指一个字母一个字母地按，编辑了一句话："揍过了。骨子头，断了三个。"

然后，把照片发了过去。

同天早上，言逸也没有上班，在家里一直守着电脑盯紧新闻头条。直到第一条关于红狸市培育基地烧毁的新闻出现，言逸立刻点了进去，快速浏览了一遍。看到专家称凌晨出现的千年一遇的极端天气雷暴是培育基地炸毁的根本原因，言逸的肩膀舒展了一下，交代技术部盯一下媒体报道，然后合上了电脑。

陆上锦难得休假，靠在沙发里看电视新闻，各个新闻台也都在报道红狸市的大事件。

"啧，"陆上锦喝了口水，"这小子，一声不吭倒是跑去干大事了。当初，我把他抱回来的时候，你非说这是个特工料子。看看，跟咱们兔球一样能惹事，他有这缜密头脑要一早跟着我去学经营公司多好，天赋都浪费了。"

"跟着你去学名利场上虚与委蛇、笑里藏刀吗？他也的确有点沾染上你的脾性了。"言逸倒了杯牛奶，坐到陆上锦身边。陆上锦说道："这话说得好损，我居然挺爱听。"

“不过，的确，兰波的经历对那孩子来说很难接受。想来小白也出身于培育基地，可能受的苦不比兰波少吧。可他这次毕竟违规得离谱，你打算怎么处置？”

“我还在考虑。”言逸注视着新闻里废墟烧毁后倒塌的画面，“但这件事总要有人做，即使不是他，也会是秘密特工。红狸培育基地是研究所下属培育基地的核心，它在一天，研究所就不会被撼动。只是小白的手段太残忍了些，必须磨磨心性，我才放心。”

陆上锦冷笑了一声：“我这边进行得很顺利，研究所的货一时半会儿应该出不去了，实验体对资源的消耗极大，减产是必然的事，他们迟早会开始抛售的。加上红狸培育基地全军覆没，雪上加霜，蚕食要比鲸吞更难受，艾莲应该已经体会到了。”

下午，言逸去浴室泡澡。陆上锦给陆言打电话，几次转接才联络上，好些天没见着了，总是想得慌。

言逸放在桌上的手机响了一声，陆上锦边打电话边顺便过去看了一眼，发现发件人居然是兰波。

“什么断了三个？”陆上锦点开图片看了看。

照片挺暗的，小白趴在床上昏睡着，脸上身上都是红得渗血的伤，既不是擦伤又不是枪伤，好家伙，就是让兰波给抽了一顿。

“我说言言，”陆上锦一把拿起手机往浴室去，“看看，你儿子让条鱼给揍了。”

言逸探出半个身子看了一眼，皱了皱眉。

傍晚，屋外下起暴雨，隔着玻璃窗发出噗噗的响动。虽然窗帘只挂了一半，但窗外没什么阳光，卧室中一片昏暗。

白楚年睡得很熟。

兰波撩起白楚年搭在脖颈的发梢，发现他脖颈留下了一圈比其他部位肤色稍深的痕迹。照理说，死海心岩项圈勒得不紧，不应该勒到磨伤皮肤的程度，那么唯一的可能就是从某个时间点开始，白楚年需要项圈限制能量外溢的次数变多了。

在发现白楚年半夜离开公寓后，紧接着兰波就接到了言逸的电话，要兰波连夜到总部与他会面商谈。

言逸把电脑转向他，从头开始播放了一个视频。视频是静音播放的，也模糊处理过，给兰波留了足够的体面。不过，兰波作为当事人，瞥一眼就知道视频录的是什么内容。

言逸说，白楚年看过这个录像了，在 6 月初。不过，段扬也只交代了这些。白楚年很聪明，他把行动划分成了碎片，与他合作的同伴都不清楚他的计划，段扬甚至都说不出白楚年打算在哪天动手。

如果不是兰波到卧室里的密室武器库转了一圈，无意间发现了被白楚年标过日期的日历，白楚年或许真的会骗过所有人的眼睛，没人能断定这事是他做的，因为毫无证据。

言逸原本是打算派秘密特工把白楚年截回来的，但言逸也知道白楚年如果真的缜密地部署了一整个计划，那么谁都无法阻止他。如果白楚年与 IOA 秘密特工起了冲突，到时候就算他再想保住小白也是不可能的了。

因此，言逸将一切利害关系讲给兰波听，让他去把小白带回来最合适不过。

兰波垂眸端详着亚体毫无防备的睡脸，脸上留下的戒尺伤还有点肿。

这张脸，他细细打量过很多次了。白楚年小时候鼻梁还没有这么高，他经常捏一捏就高了，以及那双上挑的猫眼是他最喜欢的，看上去不易驯服，但引人驯服。

亚体喜欢黏着他，让兰波对他有点误解，因为信徒对他表达崇拜时都有所求。

在海里鱼类求他赐予繁衍和生存，同族请求赐予健康和美貌，人类请求降雨丰收，水手希望规避海祸。

“你想得到什么呢？”兰波低头挨近他。

不一会儿，他从床上坐起来，低头打量自己的尾巴。

鱼尾上覆盖的鳞片成千上万，他从出生起还从未逐片检查过。但历代塞壬都有那么一片与众不同的鳞，塞壬不出意外的话是永生不死的。新的塞壬诞生时，上一位将隐退进深海不再出现，只在人鱼岛留下一片鳞，纪念自己曾经引领过这个族群。

细长的手指顺着鳞片摩挲，指尖摸过的鳞片像被点亮似的一片片亮起蓝光。指尖移过后，光亮又缓缓熄灭。但有一片鳞突兀地亮着，其他的都暗淡了，它还在闪烁，像永不熄灭似的。

“哦，真的有。”兰波把指甲贴进鳞片缝隙中，将它翘起来，完完整整地沿着与肉连接的边缘向下拽。平常他做事都挺潦草挺糙的，这次难得细心一回。

不过，这片鳞生长得格外结实，兰波试了几次都没拔下来。于是，他两只手一起捏住鳞片边缘，猛地一薅。

鳞片是下来了，不过兰波整条鱼重心往后仰过去，把本就睡在床边的白楚年一骨碌撞到了地板上。

太痛了，兰波咬住嘴唇不出声，用手指按住流血的鱼尾缓解疼痛，一时没顾上白楚年，好一会儿疼痛才减弱。

他是背对着床沿的，舒了一口气才回头看看，白楚年不在床上，蹲在床边从床沿露出一双眼睛偷瞄他，毛绒耳朵犯了错般地贴在头上。

在白楚年的视角看来，是自己睡着以后，兰波越想越生气，终于忍无可忍又起来揍了他一顿。

兰波："你在干什么？"

白楚年小声说道："我哪敢说话。"

"给。"兰波递来一片鳞，伸到白楚年面前。

但白楚年先看到的是兰波掉鳞的尾巴，于是他站起来，爬上床摸了摸微肿的边缘："都秃了，你拔它干什么呢？"他从嘴里蘸了点口水，抹到兰波稍微还有点渗血的伤口上。

"你站起来。"兰波抓住他的手臂，让他退到床下，站在自己面前。

白楚年把手背到身后，每次不管兰波要对自己做什么，他是从不反抗的。

"别动。"兰波扶着他，拇指按在薄薄的曲张出青色血管的下腹，找了一个合适的位置，将鳞片末端插进他皮肤里。

白楚年嘶嘶地吸凉气，但兰波没有停手，将鳞片向内推，直到鳞片完全没入皮肤下方，然后伤口愈合，将鳞片包覆在了里面。

隔着皮肤抚摸，还能感觉到一块鳞片形状的异物。动的时候，鳞片会摩擦到里面的肌肉，但神奇的是，不会使他发炎，身上的伤口反而隐隐有愈合的倾向。

兰波轻声说："难怪你不舍得离开陆地。"

“我好像一棵你装饰的圣诞树。”白楚年低头打量自己全身。不过，人鱼的确有装饰东西的习惯，他们将漂亮的海螺和蝶贝吸附在喜欢的东西上，在墙壁上镶嵌宝石，人鱼总会把喜欢的东西打扮得很精致，然后互相攀比。

“但我还是想要那个项圈。”白楚年坐到床上，“还给我吧。我知道错了。”

兰波抿住唇，沉默下来。

白楚年失落地看着他。

过了一会儿，白楚年从床上爬起来，从衣柜里拣出一件衣服套上。

“我去跟会长认错，当面道歉，他开除我也是应该的。”任谁撒了这么个弥天大谎，都会心虚的。早在数日前，段扬就偷偷告诉他事情已经暴露了，会长已经掌握了来龙去脉。但白楚年还是毅然决然地做了，他早就做好了放弃一切的心理准备，虽然痛苦。

如果会长派人来抓他，他反而心里还能放下些。但他的确没想到，兰波是只身到红狸市找他的。说明会长的态度并不决绝，反而让白楚年更加愧疚万分。

白楚年往门外走去，忽然被兰波叫住。

兰波一扬手，将死海心岩抛给他。

白楚年接住岩石块，怔怔地看向兰波。

“虽然你不对，但第一次有人这样维护我，我好像得到治疗了。”兰波注视着他，若有若无地弯了弯眼睛，“谢谢。”

白楚年没想到兰波肯与他一起登门认错，他站在会长别墅门外，手指在门铃上徘徊了一会儿，兰波直接上手摁响了门铃。

门卫用对讲机问他们是谁，兰波回答说：“你管不着。”肯摁门铃走正门已经是兰波对言逸表现出的最大的尊重。

过了一会儿，门开了。兰波鱼尾卷着大门栅栏，轻轻推了推白楚年。

白楚年闭了闭眼睛，硬着头皮走了进去。兰波安静地跟在他身侧，顺着墙壁爬过去。

是言逸开的门，白楚年停在门外，微微低下头，诚恳道：“会长。”

言逸看了他俩一眼：“有人吗？”

白楚年怔了怔，立马摇头：“来时特意注意过，没有人发觉。”

“嗯。”

锦叔也在会客室里，虽然脸上还勉强保持着绅士风度，但眼神已经在非常不满意地审视兰波。兰波也不怵，回敬了一个“我光临府上，你应该感到蓬荜生辉”的目光。

他们没在这里坐太久，言逸也没留他们，只问了一些急需了解的情况，就让他们尽快离开。

离开前，言逸给了白楚年一张任务书，交代道：“擅自行动，处罚是少不了的。但记住，24号你就在蚜虫市海滨欢渔节做义工，从没去过别处。”

白楚年声音有些哽咽：“是。”

这时候，兰波已经走了出去。白楚年转身出门，听见言逸在身后轻声说：“你身后有IOA，你怕什么？”

白楚年忘记自己是怎么走出会长家的，脚步似乎都有些飘忽了。他已经走出很远，突然想起什么似的跌跌撞撞跑回来，躲在墙角阴影中，面向会长家，抬起右手掌心向上贴于左胸，致以特工组敬礼，象征手中无武器，我心忠诚。

后记（一）

PBB 军事基地交换训练营首月成绩单公布，陆言拿到格斗第一的徽章，蹦蹦跳跳一路回去，第一个想去隔壁班给揽星看看，走到半路忽然想起来揽星不在这儿。

“嗯，萧萧也不在，连韩医生都不在。”陆言无聊地耷拉下耳朵，忽然精神一振，一溜烟跑到少校的休息室去，咚咚敲门问：“小夏叔叔，我爸爸给我打电话了吗？”

无象潜行者刚好在里面，低着头站在夏少校面前，脸蛋红红的，一副认错的表情。

夏镜天正坐在沙发里向无象潜行者问话，无象潜行者小声把自己模仿成白楚年的面貌在欢渔节上给他做不在场证明的事一一交代了。

“咦，小虫回来了，揽星呢？”陆言扒着门问。

夏镜天注意到他：“兔球，我现在有点忙。你爸爸给你打电话来着，你去联络室给他回过去。”

“好！”陆言又揣着自己的奖章风风火火地跑到联络室。

陆上锦的电话刚好又打过来，陆言一接起来就高兴地说：“你们俩都在家吗？我这次考试又拿第一了。”

“真厉害，不愧是我的兔球，亲一口。”

“我很快就能去总部工作了吧？”陆言反坐在椅子里，趴在椅背上，前后跷椅子腿，“我准备好了。”

“IOA 可不是人待的地方，听爸爸的，过来继承家产。爸爸给你把新品牌打理好了，皮毛相关的，你先定个小目标，赚个五块钱。”

陆言一脸不高兴，但陆上锦那边突然没了声音，然后陆言就听见一阵脚步声，陆上锦在对言逸说：“看看，你儿子让条鱼给揍了。”

陆言拿着电话愣住。

你儿子你儿子你儿子你儿子儿子儿子儿子儿子……

后记（二）

毕揽星在白楚年的办公室里面对着笔记本电脑噼噼啪啪打报告：“在联盟干警和我特工组的共同努力下，终于查明了泄漏潜艇的全部细节，清除了海滨泄漏的药剂，使欢渔节能够如期举行……”

总结报告一般是特工组组长苍小耳的活，但苍小耳推给了副组长，副组长推给了秘书，副组长秘书推给了搜查科，搜查科理事又推给了搜查科长白楚年，最终白楚年推给了毕揽星，毕揽星一个头两个大。

手边的电话又响了，毕揽星连忙接起来：“你好，特工组搜查科。”

“揽星，”电话里陆言的声音有点委屈，“我爸爸背着我有新球了，我早就怀疑了，三年前我爸爸就把他带回家了，虽然没说过话，但我其实发现过一次，我爸爸还给他买车，给他零花钱……”

毕揽星一听是陆言，就耐下心来哄慰：“别哭，你说谁呢？”

好巧不巧，这时候手机也响了起来，是白楚年打来的，他正在红狸市培育基地现场，背景音十分嘈杂：“揽星，你把我说的这几个实验体的资料发给我，快点，着急要。”

“哦，知道了，马上发。”毕揽星连忙用爬虫给的手表搜索白楚年读的实验体代号，有的实验体没有代号，只能按外形和编号来检索，过程是很烦琐的，又不能出任何差错。

陆言不知道他在工作，只觉得揽星说了两句就不出声了，态度敷衍得厉害，于是更委屈了：“揽星，我爸爸是不是觉得我太没用了，难道他其实嫌我是个弱亚体吗？我上幼儿园的时候，在元宵节手工课上做了一个泥塑大元宵放在他床上，结果，爸爸以为那是个小游隼蛋，难道他其实想要个强亚体？”

毕揽星手指飞快地敲键盘，把白楚年要的实验体资料挨个发过去，从肋骨上生长出来一根藤蔓卷住电话放在耳边安慰：“怎么会呢？阿言，你先等我一分钟。”

理事这时候发消息过来，催他快点把总结报告交上去，说组长等着要呢。毕揽星膝盖上生出一簇藤蔓，爬到激光打印机前开机塞纸，然后把印好的文件拿回桌上。

白楚年电话那边越来越嘈杂，甚至响起了枪声，白楚年催促道：“快点，不行就先发前十个。”

“好，已经下载到第九个了。”毕揽星头上冒出一根藤蔓，尖端的茎叶在手表上像手指一样按动，以寻找白楚年要的资料。

办公室的门突然被敲响了，检验科的旅鸽探头进来问：“小毕，我们这边活干完了，搜查科什么时候把血样送来？时间久的话，我先把机器关了。”

毕揽星扶住嗡嗡响的脑袋：“不要吵了！”

旅鸽一怔，悄悄把头缩了回去。

电话里安静了几秒，陆言吸了吸鼻子：“我没有吵你啊，爸爸更喜欢楚哥就算了，连你也吼我。”

电话挂断，世界突然安静。

白楚年：“……啊，他刚才是在说我吗？”

半个小时后，韩医生轻轻推开办公室的门，里面已经被生长到天花板的箭毒木藤蔓塞满了。毕揽星脸扣在桌上，头顶的藤蔓叶子蔫巴了。

韩医生从兜里拿出一次性注射器，撕开，吸了一些复合肥稀释液，给毕揽星打进去，拍拍他肩膀："加油，等会儿记得去检验科把血样结果拿回来。"

后记（三）

红狸市培育基地废墟现场，联盟警员和国际警员正紧张地回收废墟内的实验体。由于培养舱的保护，这些未到培育时间的实验体们没有受到伤害。

这些幸存的实验体实际上应该由109研究所自行回收，然后分派给其他培育基地接管。但在这之前需要一个检验流程，由联盟医学会检验所有实验体是否感染In感染药剂，是否会给市民带来不良影响，因此，暂时被扣留下来，检验结果出来再交还实验体。

白楚年就在废墟现场，以IOA特工组搜查科的名义帮助警员们回收实验体。有他在，回收工作非常顺利。看样子，今天能早下班了，警员们都很感激他。

接收到毕揽星发来的实验体详细资料之后，白楚年想了想，让警员们分成三组，带着相应的捕捉装备向废墟深处行进。

个别实验体的培养舱被损毁，或者培育时间清零导致培养舱门打开，废墟里至少有八个能自由活动的实验体，培育期的和成熟期的都有，好在攻击力都不强，有兰波在身边辅助，抓捕工作没遇到什么困难。

他们带着临时运输实验体的钢化生物皿走出废墟时，一辆宝马停在封锁线外，从车上下来一个穿着西装的女亚体，她戴着墨镜，面对记者轻轻拨了一下红发，优雅又有些不耐烦。

那是艾莲的车。出了这么大的事，作为109研究所现在的经营者，艾莲的确得出面看看。

一群身形健硕的保镖簇拥着她，艾莲面对着媒体的镜头表示出冷静的悲愤，并特意说了一句：“这件事的缘由，我会追查到底。”

白楚年指挥着警员搬运生物皿，远远地看着从车上下来的蜂鸟艾莲，和身边的兰波窃窃私语。

“你看她带的几个保镖，里面那个最高大的足有两米六、皮肤是青色的、眼睛还凸出来、看上去没什么智商的实验体，编号 436，代号伽刚特尔，A3 级病毒型僵尸实验体，主能力是召唤，是艾莲身边两个超高阶实验体保镖之一。”

兰波不屑道：“蠢，丑。”

“倒是……不是美少年了，设计师应该另有其人。在伯纳制药工厂遇见的帝鳄和他外形很像，身材魁梧，可能出自同一位实验体设计师之手。”

他们发现，有一个男性亚体是跟艾莲从同一辆车上下来的，三十岁上下，身上穿着研究员的白色制服，浅蓝灰色的发丝稍长，用皮筋松垮地绑着，看上去脾气很好的样子，一直眯着眼睛淡笑着面对镜头，随后他避开记者询问，不嫌脏污地爬到废墟边上检查已经失效的培养舱。

“是他。”白楚年轻声说。

这是直觉，以对研究员的了解做基础而产生的判断。

“算了，我们去打个招呼再走。”白楚年迎着艾莲走过去，从土堆里翻出一个断腿小马扎，放在艾莲面前，“阿姨穿高跟鞋走累了吧，您快坐。”

一下子，记者们的镜头都转了过去。

艾莲脸色发绿，冷笑着瞥了白楚年一眼：“小鬼，走着瞧。”

后记（四）

白楚年骑摩托带兰波回家，兰波戴着头盔侧坐在后座。

忽然兰波发现白楚年时不时就要蹭一下。

兰波侧目观察他：“哪里痒？”

“你埋在我胯骨附近的鳞片是做什么用的？”白楚年耳朵尖稍微有点红，“虽然不疼，但我动的时候它总是碰我。”

“塞壬退位时留下唯一的鳞片守护子民。”兰波回答，“不知道有没有用，大概是瞎说的，只是个装饰品。”

后记（五）

距离白楚年将待检测实验体从红狸市运回总部，已经过去了一段时间。

经过医学会专家们的研究，这些培养舱的作用相当于蛋壳，在孵化实验体。在护士们的精心照料下，培养舱内的实验体都达到了培育时间，可以离开培养舱，呼吸起新鲜空气。

除了蜈蚣和螳螂实验体，这里面基本上没有破坏性强的实验体。就算在研究所活下来，最终也会成为强大实验体的食物养料。医生们都很担忧他们的未来。

他们之中，培育期实验体居多，咿咿呀呀不大会说话，以至于医学会的病房区现在像个幼儿园。

韩行谦现在正忙于照料他们，为了观察到更多实验体的习性和行为养成。萧驯的身体已经完全康复，在回军事基地之前一直帮韩医生的忙。

现在，每个病房里都加了六个床位，萧驯每天要查四次房，确定这些刚从培养舱里出来的小家伙没有惹麻烦。

推开病房门，一个蒲公英实验体不小心打开窗户，风把她的头发吹秃了一半，正在伤心地哭，萧驯过去安慰她。

这个蒲公英实验体的能力是降落，只要从她头上拔下一根头发握在手里，不管从多高的地方跳下来都不会受伤。

萧驯正想办法哄她，隔壁床的刚玉实验体爬起来轻轻拽萧驯的衣服，可怜地看着他。

刚玉实验体的主能力是研磨，刚刚睡觉的时候磨牙把床单磨碎了。

正当萧驯束手无策时，一双黑亮的带有金属光泽的眼睛隔着门玻璃看着他。

金缕虫背着木乃伊走进来，木乃伊在他的操纵下从背上翻越下来，把蒲公英抱到腿上哄慰。金缕虫坐到病床上，用白蛛丝修补刚玉磨碎的床单。

棘手的情况解决了，萧驯抱着查房册站起来，走到金缕虫身边小声说："那个……谢谢。"

金缕虫对着他眨了眨黑亮的眼睛。

病房门被敲响，萧驯抬头望去，韩医生站在外面等他。

韩医生身上照旧穿着制服，但这件白大褂是新洗过的，没有任何污渍。

上个月，萧驯因为潜艇泄漏的感染药剂受伤，没想到，韩医生会从军事基地赶回来看望自己。

韩医生进来时风尘仆仆的，身上还穿着制服，好一会儿才脱下外套，简单给他做了个检查。

他脸上的担忧不是假的，萧驯看在眼里，原本觉得这点伤不算什么，这么一来反而也有点眼眶泛酸。

韩医生忽然靠近，用额头的角触碰萧驯的眉心。

但萧驯不知道韩医生的伴生能力“圣兽徘徊”，以角触碰时能读取他的记忆和此时内心的想法。

韩行谦忍不住笑了一声：“制服很脏，你能等我去消毒柜拿件新的吗？”

说罢，果真就去拿了。萧驯愣了半天，反复回忆自己刚刚是不是把心里的想法说出来了。

韩医生穿着干净的工作服回来，将圆珠笔插在胸前口袋里。

“对了，楚哥刚刚来过，他提起灵猩世家猎选会，我想是不是需要我做些什么……”

萧驯话音未完，就被迎面走来的亚体打断道：

“别以为自己已经独当一面了，离得远的时候我救不了你。”

番外

劫机事件

特工组难得一起出行，此行目的地为 IOA 联盟南美分会，属于联盟内部的暂时性人员流动。

不过，特工们大多有任务在身，一部分特工独自前往南美，另一部分则在一座境外城市的临时机场碰头，乘坐客机，均便衣易容出行，掩人耳目，没有走漏任何风声。

白楚年把兰波安排在身边，趁着飞机还没起飞，回头跟同事们说笑。

谈笑间，一行陌生乘客提着箱包上了飞机。

白楚年顿了一下，他的固有能力“多频聆听”听到了一阵信号刺啦声。

而分散坐在客机各个角落的猫科特工都不约而同地动了动耳朵。

“这趟旅行一定会很好玩。”小豹女指尖卷着自己的脏辫，耸了耸肩，从口袋里拿出泡泡糖，剥了糖纸扔进嘴里。

坐在前排的雪虎亚体举起化妆镜补妆，利用镜子的反射与白楚年交换了一个眼神：“有炸弹登机。”

段扬发来一段信息：“这六个人的信息已经查出来了，是前红喉鸟恐怖分子，去年被拜利明收揽，让他们组成敢死队，随机制造恐怖袭击灾难。之后，拜利明会借此给IOA制造污点。六人的资料发给你了，情况也已经同步给了总部。”

机舱内并非只有IOA特工，还有普通乘客，白楚年担心当场擒获会导致他们在地面的同伙发现异常，并在地面遥控引爆炸弹，造成严重伤亡。

只能等飞机飞入高空后，切断他们与地面的联系时再动手。

特工们经验丰富，从表面上根本看不出任何异常。

飞机起飞后，逐渐进入平稳飞行状态。

白楚年叫了双份餐盒给兰波吃，兰波很喜欢搭配餐盒的慕斯蛋糕。

“兰波，”白楚年轻轻靠近兰波耳边，压低声音嘱咐，“你等会儿就在这儿吃饭，不用插手。这架飞机上现在有六个恐怖分子，但等级都不高，我们打算活捉他们，你呢，不要出手，我怕你力度没掌握住，炸坠机了。”

“嗯。”兰波叼着铁质餐叉，习以为常地点点头。

六个恐怖分子分散坐在不同的舱位，待飞机进入高空后，他们便互递信号，从脚下的手提袋里拿出手枪和面罩，将面罩套在头上，举起枪口对准乘客。

飞机上的乘客在看见枪的一瞬间骚乱起来，却被面罩人怒吼恐吓回了原位。

六人分工明确，其中三人控制人质，另外三人再进行恐吓。

第一个人见坐在身边的医生温文尔雅，便将枪口抵在了他太阳穴上，低声威胁他不准反抗。

韩行谦笑笑，放下医学杂志，J1亚化能力“耐力重置”悄然发动，抵在太阳穴的手枪被一遍遍重置直到散架报废。

第二个人重重地将枪口撑在雪虎后脑，雪虎确实被打痛了，举起毛绒手包“哎呀”了一声。

“嘿，你是这么对待女士的吗？”小豹女嚼着泡泡糖，烟熏妆使她的目光看上去丝毫不友好。她双手一撑椅背，两条长腿从座椅内扫了出来，夹住那人手中的枪用力一拧，连枪带手一块儿拧断，麻花似的绞在一起。

另外几人见事态失控，慌忙去按引爆遥控器。然而，段扬已经坐在装有炸弹的手提包旁，将解码器吸附上去，并剪断了引爆线。

抱着步枪的恐怖分子也愣住了，慌乱之下已然准备对着乘客扫射。可惜晚了一步，枪口被白楚年双手轻轻握住，骨骼钢化的手指不过微微用力就让两把 AK 枪口弯曲扭转，打成了蝴蝶结。

最后一人已经毫无退路，随手抓了一个人质挡在面前，准备同归于尽。

IOA 特工们忽然鸦雀无声，一股脑看向他，目光有些惊恐。

白楚年也皱起眉，放下武器缓声安抚：“你不要冲动，别生气，我们现在可是在飞机上，弄不好要坠机的。”

恐怖分子见他们害怕，穷途末路之下狂笑起来，手中的枪重重抵着人质的头。

兰波被他当作人质抓着，尾巴尖隐隐变红。

白楚年又劝道：“兰波，别生气啊。”

那男人才发现，对方劝诱的竟不是自己，而是被自己抓来的人质。

兰波耸了耸肩，摊开右手，将机舱内的矿泉水引到手中，铸造成一把水化钢短管霰弹枪，反手抵在恐怖分子脸上。

“你的枪最多在我的头颅上留下一个微不足道的洞，转眼就会愈合。”兰波用枪口描摹身后瑟瑟发抖的男人的下颌，“要用我的枪吗，boy（小子）？”

图书在版编目（CIP）数据

人鱼陷落 . Ⅲ / 麟潜著 . -- 上海：上海文化出版社，2023.7
ISBN 978-7-5535-2776-5

Ⅰ. ①人… Ⅱ. ①麟… Ⅲ. ①幻想小说－中国－当代 Ⅳ. ① I247.5

中国国家版本馆 CIP 数据核字（2023）第 109432 号

出 版 人：姜逸青
责任编辑：顾杏娣
监　　制：邢越超
策划编辑：柚小皮
特约编辑：周冬霞
营销支持：文刀刀　周　茜
版式设计：潘雪琴
封面设计：有点态度设计工作室
插图绘制：水青山令　温　捌　bug 夏　不语竹　Rabi　黑芝麻糊
内文排版：百朗文化

书　　名：人鱼陷落 Ⅲ
作　　者：麟　潜
出　　版：上海世纪出版集团　上海文化出版社
地　　址：上海市闵行区号景路 159 弄 A 座 3 楼　201101
发　　行：中南博集天卷文化传媒有限公司
印　　刷：北京嘉业印刷厂
开　　本：640mm × 915mm　1/16
印　　张：20
字　　数：256 千字
印　　次：2023 年 7 月第一版　2023 年 7 月第一次印刷
书　　号：ISBN 978-7-5535-2776-5/I.1068
定　　价：52.80 元

如发现印装质量问题，影响阅读，请联系 010-59096394 调换。

我存在的时间只有十五分钟，你不用伤心，时间轴上有千千万万个陆言，我们……所有兔子，一岁的、两岁的、十岁的、二十岁的、四十五十岁的……都喜欢你。

听二十五岁的兔子说……我们结婚了，那天你穿的是白西服，手里捧着自己手上长出来的花，我……真想看看。